THE WORLD IS NOTHING WITHOUT YOU

加减乘除都是爱

如是嫣然 著
rushiyanran works

当代世界出版社

加减乘除，都是爱

目录
CONTENTS

1

这一天
就像橱柜

加 + 减 − 乘 × 除 ÷ ， 都 + 是 − 爱

这个世界就是这么的不公平。

有人进电梯的时候摔个狗吃屎便能够扑到镶钻金龟婿的怀里，有人相亲十多次却连一个稍微“正常”一点的人也遇不到。

简嘉坐在新娘休息室里，看着造型师给今天的新娘也就是她的表姐补妆，一边打哈欠一边聆听七大姑八大姨对于表姐的祝福，右眼皮狂跳，左耳朵发痒。

她时常想，真是什么人有什么命，表姐自小品学兼优，从校园到职场一路顺风顺水，裙下之臣一个比一个极品，身为精算师的纪怀恩最后选择了公子中的战斗机、才俊中的VIP邵年远，这位邵先生从外形到内涵无一不优质，简直是千载难逢的限量款。

反观自己，没有特色，没有特长，每次考试拼死也只能混个中上，现在每周还要被老妈绑去相亲，简嘉觉得自己不说是鲜花好歹也是一颗青翠欲滴的花菜吧，可是为什么还新鲜着就要被人推进特价甩卖区了呢？这实在让她很想挠墙。

外面的宴会厅里人声嘈杂，跟甜蜜的背景音乐混在一起，带着一种令人昏昏欲睡的情绪，娘子军们说完吉利话，终于发现了正在悄悄打瞌睡的她，先是二舅妈发话：“小嘉年纪也不小了呀，准备什么时候结婚啊？”

啊？关我什么事？她正在思考着表姐头纱上面缀的花会不会太艳，耳环换成珍珠的那一副效果会不会更好，忽然听见自己的名字，仿佛让人在耳边敲了一记响锣，整个脑袋都开始闷痛。

还没等简嘉回话，三姨已经挤开了二舅妈占领了有利地形：“二嫂你这个话问得一点建设性都没有，小嘉连男朋友都没有，还提什么结婚啊！小嘉，有合适的对象吗？干什么工作的？身高多少啊？家是哪里的？有房子没有啊？车子什么牌子啊？”

三姨连珠炮一般地发问，带着那一票娘子军都跟着转移了斗争方向，连自己的亲妈都开了口，挂着一副家门不幸人生惨剧的表情开始抱怨：“我都说了多少遍了，让这孩子给自己多操点心，快三十的人了，再不抓紧时间解决个人问题就要成电视上说的那个什么‘剩女’啦！上次你二姨介绍的那个你究竟有什么不满意的？”

简嘉苦笑，心中抱怨老妈的数学真有问题，她离三十还差几年好不好，不过提到上次那只“怪兽”，她的太阳穴就开始微微抽搐，口气不由地激动起来。

“妈，我亲爱的亲妈，拜托下次千万不要再介绍医生给我了好不好？我真的跟这种生物没有任何沟通的能力！”

简嘉妈极其不以为然，语气那叫一个云淡风轻：“这个跟你说了什么？不会又跟你聊科学发展观了吧？”

“聊科学发展观倒好了。”简嘉冷笑一声，“今天这个一直在给我普及解剖常识，我喝豆花他就向我介绍脑浆的形态与温度，我吃鱿鱼他就能联系到寄生虫的N种样子与饭前洗手的重要联系，夹一块糖醋里脊他居然问我，‘简小姐，你知道血液在空气中多长时间会凝结成这种形态吗？’”

一票娘子军顿时没了声响，都努力在脑中描摹着医生这种奇怪生物的具体形容，纪怀恩率先扑哧一声笑出来，简嘉妈想象了一下如果这位医生女婿出现在她家饭桌上的可怕情景，终于痛定思痛毅然决然地开口：“这个还是算了，算了，算了，等你表姐结婚了，让你姐夫再给你好好介绍几个。”

纪怀恩的亲妈简嘉的大姨也开口道：“怀恩，小嘉的事情你上点心，我看年远那几个伴郎倒还真不错，让他给小嘉留意一下。”

不等表姐开口，简嘉迅速终止了这场关于她终身大事的建设性讨论：“大姨三姨二舅妈还有我亲爱的妈，外面亲戚是不是都来了，你们出去看看吧……快快快，三舅姥姥那么大年纪了，你们谁去陪一下？”

“对对对，还有你三舅姥爷耳朵不好，得去看看。”

“你嫂子怎么还没到啊，我去大厅那边看一看。”

“我的头发好像有点毛了，二妹你跟我去一趟洗手间……”

不过几十秒钟的工夫，一票娘子军统统被简嘉打发干净，纪怀恩的最后造型也终于大功告成，连简嘉这样见过太多美丽新娘的人都忍不住赞叹：“姐，你真美！”

纪怀恩却伸出手抹了下脸上的胭脂，吓了造型师一大跳，连声制止：“纪小姐，这个妆要花掉了……”

纪怀恩并不理会，一边用吸管喝果汁一边对着镜子感叹："真不知道人为什么要结婚，结婚为什么还要有婚礼，一大清早什么都吃不到还要让人画成这种亲妈都快不认得的样子，这样折磨自己娱乐别人，真是得不偿失。"

造型师小妹深深地囧了，因为从来没有新娘会发表这种耸人听闻的感想，于是推说去外边帮忙，迅速逃窜。

简嘉彻底地汗了，心想亲爱的大姐你这个想法真是说到我心里去了啊，但要是人人都这么想，做我们这行的还不都得去喝西北风啊！

说到这里忘了介绍，简嘉其实是一名婚礼策划。

千万不要以为简小姐是在那种小打小闹的婚庆公司打杂，她在这行内也算小有名气，照片曾经出现在时尚杂志上，背景是她策划的主题婚礼，留着蘑菇头的简小姐淡淡微笑，知性范儿十足。

这一次，本着肥水不流外人田的伟大原则，她毅然决然承揽了这场婚礼的全部事宜。这是她入行以来的第100场婚礼，这个数字连她自己都觉得可怕，原来自己已经在这个行当里摸爬滚打了这么久，这期间不是没有美好回忆，只是同婚礼的琐碎复杂相比，那点美好实在有些可怜。

还没等简嘉回忆到那些令她记忆深刻的惨痛经历，纪怀恩忽然开口："小嘉，你好像很久没有谈恋爱了哦？"

很久？是从来没有谈过好吧！想到这里简嘉就觉得挫败，看着大街上的猪一对儿一对儿跑得都挺欢，可是自己连猪毛都没摸过，更不要提吃猪肉了，自己就是那种还没盛开就已经枯萎了的花骨朵，真是"餐具杯具"大团圆。

面对表姐这样的问题简嘉有点不知所措，不知道自己是该承认还是否认，而纪怀恩显然也不太需要她的回应，一边喝酸奶一边感叹："一转眼连你都到被人催婚的年纪了，总觉得你穿着背带裙翻墙进动物园却被挂在栏杆上的情景像是昨天。"

噗。

简嘉顿时觉得自己尼亚加拉大瀑布汗了，心想亲爱的表姐您为嘛在这大喜的日子里提起这八百年前的糗事，谁知道下一秒纪怀恩忽然开始感性起来。

"我们一起长大，在我心中，你就跟我的亲妹妹一样，所以小嘉，无论将来发生任何事你都会站在我这边的，对吧？"

看着表姐那双杏眼里慢慢浮起的雾气，想着表姐从今以后也许会一人侯门深似海，豪门夜宴的背后也许面对的是碧海青天夜夜心……

面对着从小无所不能，初中的时候还帮助自己教训过痞子同桌的表姐居然会露出这么无措的神情，简嘉的心忽然像是松动了一块，立刻上前抓住纪怀恩的手，亮出了自己的“赤胆忠心”：“姐，你放心，无论什么事情我都会帮你的！”

纪怀恩看着简嘉的眼睛，什么也没有说，只是轻轻地拍了拍她的手背，不知道为什么，简嘉觉得表姐最后的眼神很诡异，像是奸计得逞后的放心。

眼看着典礼马上就要开始，简嘉赶紧回到会场去做最后的确认，出门的时候大捧百合掠过她的裙角，香气立刻四散开来，简嘉忍不住打了一个响亮的喷嚏，从鼻子到心中都开始奇痒无比。

会场里灯光炫目，舞台正中的幕布上是两个人的英文名字，水晶灯细碎的光影折射在上面，显得万分触目，直照到人心里去。

红色的地毯从入口一直铺向最前方的舞台，两边是大堆白色的花朵，一边的香槟塔已经堆好，琥珀色的液体在光线的折射下发出轻柔的光亮，而另一边的蛋糕上两个身着礼服的奶油小人正笑盈盈地望着众人，蛋糕上厚厚的奶油和糖霜勾勒出绵密的褶皱与叶片，仿佛一朵花无声绽放。

此情此景如同一出大团圆电影的序曲或是完结篇，充溢着令人疲倦的欢喜，如果用小言的句式形容的话，就叫做——空气中洋溢着一种叫做幸福的味道。

想到这儿她不由地发抖，如果这样就可以称之为幸福，那幸福这东西还真廉价，简嘉摇摇头止住了自己的胡思乱想，开始认真地跟同事确认各个环节：音响，音乐，灯光，花瓣，泡泡机……

简嘉忙着跟同事沟通最新状况，听见身边两个年轻的女服务生窃窃私语：“有钱人可真麻烦！刚才听小丁说这场婚礼的请柬上印着条码，要刷一下才能进门。”

“这算什么，上次还有人请了专业的保安公司来维持秩序呢，只差没跟机场一样穿着内裤过安检了。不过有钱人就是大手笔，听说今天场地内所有的花都是昨天才从荷兰空运过来的，还有香槟，还有那巧克力，啧啧啧。”

“新娘子可真幸福，这婚礼简直跟童话里的王子娶公主一样啊……”

简嘉皱着眉头侧身换了个位置，不想却撞到了一堵厚实而温暖的“肉墙”，她立刻转过脸去道歉，却只对得上那人的下巴，目光往上，是一张被墨镜遮去一半的脸。

室内还戴太阳镜，需不需要这么夸张啊？再看看他扎着头盔似的头巾和身上的运动外套加牛仔裤，实在是同其他来宾反差太大，简嘉忍不住小声在心中感叹，穿成这样您是要来表演滑板么？

还没等简嘉开口说话，墨镜兄已经十足地不耐烦："小姐，看够了吗，请问新娘在哪里？"

她退后一步，眯着眼睛打量起这位墨镜兄，墨镜没有遮住的部分呈现出小麦般的色泽，嘴角微微翘起来，看起来似笑非笑。

眼前这个人明明一副吊儿郎当的样子，可是却有莫名的强大气场让简嘉有了些许不容错认的紧张，他绷紧的苹果下巴让她觉得耐心这种东西在他身上根本不会存在。

她刚想开口，却听那墨镜男说了声"对不起"，随即便转身离去。

"等一下。"

简嘉觉得这个来找表姐的墨镜男言行实在是有点诡异，完全不按常理出牌。不过表姐那票精英朋友里难免会出现几个怪胎，于是她还是为他指路："新娘休息室在那边，您请便。"

墨镜男忽然笑了，露出尖尖的犬齿，像是一只戏谑猎物的野兽，冷静而随意。

"原来你耳朵不聋啊。"他懒洋洋地开口。

"你耳朵才有问题呢！"简嘉立刻回嘴，声音里带着点咬牙切齿的意味，心里想着兄台你原来是哪吒阿童木加金刚葫芦娃啊，本姑娘可没有兴趣在这里跟你讨论小品的台词。

于是正色道："婚礼马上就要开始了，请您抓紧时间入座。"

墨镜男转身就走掉了，居然还不忘背对着她摆手，十足地得意洋洋。

一切都已经准备就绪，眼看着婚礼马上就可以开始，简嘉却看见亲爱的大姨从对面一路小跑着来到自己面前，气还没喘匀就急切地问："婚车还在地下停车场吧？怀恩的婚戒放在她的手包里，可是我把手包忘在来时的车上了，你现在记不记得我们来的时候是坐的哪辆车啊？"

简嘉此刻只想捂住脑袋痛苦地呻吟，姨妈啊，我亲爱的大姨妈啊，眼看着婚礼都要开始了，你这是给我整的什么幺蛾子啊！

好在她还记得姨妈坐的那辆车的编号，所以很快便找到了司机，两人迅速冲到地下停车场去拿戒指。

从宴会厅到停车场不过三分钟，简嘉的手机却在不停地唱歌，当那个蓝色丝绒盒子安静地躺在简嘉手心里的时候，她后背已经渗出了薄薄一层汗，站在电梯口被风一吹忍不住发抖。

不知道是不是越着急麻烦越多，等了好一会电梯还是停在二十楼不肯下来，眼看着时间一分一秒地过去，简嘉在等待中失去了最后一点耐性，看着停滞不动的红色数字，她索性朝着一边的消防通道跑去，反正宴会厅就在五楼，而且新娘休息室貌似离楼梯更近。

一层，两层，三层……在简嘉觉得自己即将要被楼梯绕晕了的时候，她终于看到了出口上那个鲜明的“5”，来不及松一口气，简嘉立刻用冲刺的速度朝着楼道入口飞扑而去。

可是，可是，推开门迎接她的并不是理应出现的走廊，而是——一堵高大的肉墙？

当简嘉意识到门后有人的时候一切已经来不及了，惨剧在她的尖叫声中低调地进行着，她把那个人狠狠地扑倒在地上，她的脸紧紧地贴在那人的胸口，手中的丝绒小盒子骨碌骨碌地已经滚出了好远。

简嘉顿时又惊又怕又痛，大脑里一片空白，几十秒钟过去，终于有个低沉的声音在她头顶响起来：“这位小姐，你究竟准备什么时候把手从我的下巴上拿走？”

“啊，对不起！对不起！”她立刻挣扎着坐起身来，只觉得羞愧难当，但也没忘记关注一下受害者，“你，你，还好吧。”

“如果你能快一点从我大腿上挪开，我觉得会更好。”

那人冷哼一声，简嘉这才发现这人原来就是方才在大厅里遇见的墨镜男，只是现在头巾和墨镜都已经不知了去向，一双眼睛深邃而明亮，仿佛天幕中最最璀璨的星辰。

任何女人被这样一双眼睛深情凝望怕是都会神魂颠倒语无伦次吧，可是被这样一双眼睛狠狠瞪着的滋味就极其不妙了，简嘉立刻跌跌撞撞地从他身上爬起来，自知理亏所以不住地赔笑：“这位先生，真的很对不起，我赶时间，所以有点急……”

她一边说话一边朝着戒指盒子的方向挪去，那人却并不理会，迅速从地上起身站了起来，还不忘伸手捡起了戒指盒，动作敏捷得像一只豹。

他打开盒子望了一眼，唇边漾出一丝不易察觉的笑意，然后扬了扬手中的小盒子，居高临下看着简嘉："在找这个？"

简嘉忙不迭地点头，然后伸手去接那只盒子，没想到他却将右手举得更高，眼里全是恶作剧的得意："我为什么要给你？"

一米七零的简嘉在一般女生中根本算不得矮，可是跟眼前这人比起来她顿时觉得自己很是渺小，自己怕是只能跳起来才能够得上那只抬高的手臂，而他居然拿着那只盒子左摇右晃，像是在逗弄小狗。

口袋里的手机又开始唱起歌来，激烈的旋律一声响过一声，简嘉又急又气，于是怒从胆边生，一把抓住了那人衣领："喂喂喂，这个时候不要开玩笑好不好，这是人家的结婚戒指，婚礼马上就要开始了！"

他又开始似笑非笑地看着简嘉，那双眼睛真是要多桃花就有多桃花，轻轻把她抓住他衣领的手拨开："我倒不觉得他们两个今天可以结得成婚……"

简嘉此时此刻恨不能拿只平底锅拍平了眼前这张莫名其妙冒出来搅局的脸，小拳头捏得咔咔咔直响，那人脸上的笑意更深，一双眼睛简直是要探到人心里去，他的声音低沉而魅惑，仿佛上好的丝绸滑过皮肤："不信，我们可以打个赌。"

"我为什么要跟你打赌？"简嘉扬起下巴看着他，像一只骄傲的小母鸡，而因为实在看不清对方而眯起的眼睛则让她看起来像是在说："少废话，快点把东西还给我！"

那人摇摇头："你在害怕什么？"

"谁怕了，我为……"剩下的话还没出口，只见她老妈跌跌撞撞地从新娘休息室那边跑过来，吹好的发型掉下来一绺，看起来十分搞笑。

但是她口中断断续续说的话却让简嘉怎么也笑不出来了："小～嘉～嘉，终于找到你了，不……不……不好啦，你表姐，表姐，她不见了！"

简嘉差点两眼一黑背过气去，狠狠瞪了那人一眼之后便立刻拖着惊慌失措的母亲大人迅速离去。还没走出两步就听身后那人闲闲地开口："你的东西还在这里。"

简嘉三步并作两步走过去，几乎是一把便将戒指盒子夺了过来。

“不打开看看？”他朝她眨眼睛。

她狐疑地打开了那只蓝色丝绒小盒子，里面的六爪美钻闪耀着璀璨的光泽，简直要刺痛人的眼睛，不过更加刺眼的却是贴在盒盖上的那张纸条，上面用黑色笔写了三个小小的字：

对不起。

简嘉立刻觉得自己眼前一片黑暗了，入行以来的第 100 场婚礼，就这样从“洗具”变成了“杯具”。

作为婚礼策划，简嘉其实也见过许多“大场面”，比如新娘在最后一刻婚前恐惧症爆发，抱住司仪的大腿哭喊：“我不嫁，我不嫁！”

又或者小夫妻在敬茶的时候突生口角，从对骂演变到对打，最后升级为婆家娘家双方“战队”的群殴，最后在 110 的帮助下两个人直接去民政局把红本换成了绿本。

最最八点档的一次是新娘的前男友连滚带爬地跑来闹场，被拖出去的时候还声泪俱下地控诉：“我的一颗心都可以给你啊……啊……你……好……啊……”

简嘉一度觉得自己应付发生在婚礼上的各种各样的突发事件都可以处变不惊游刃有余。只是她发现理想跟现实之间的差距是巨大的，当她看见那套随意丢在沙发上的昂贵婚纱和用口红在梳妆镜上写下的“对不起，我得先走”几个大字，简嘉真的觉得除了尖叫什么事情也不想干。

面对着被表姐逃婚这个事实惊呆了的一票家人和大厅里交头接耳议论纷纷的来宾，简嘉觉得自己毫无办法，连一个有说服力的理由都编不出来。

好在邵家上上下下显然见多了大世面，这种情况下还能处变不惊，自有一干人等出来收拾残局。邵年远那位年轻得实在不像话的帅叔叔走到台上宣布：“今大的婚礼因为一些突发状况不能顺利进行，我代表我的大哥深表歉意，但还请各位赏光留下吃一顿便饭，我们全家上下将不胜宽慰。”

可是在后边休息室里的邵老爷子严重地不能接受这个事实，指着邵年远，一副痛心疾首的样子：“无缘啊，这么好的一个女孩子终究还是跟我们家无缘啊，你这个臭小子究竟做了什么让怀恩不能原谅的事情啊？你是不是真的要气死我才甘心？！”

邵年远难得还能保持冷静，完全不像被人在婚礼前一刻放了鸽子的样子，对着简嘉那已经抓狂到晕倒三遍的大姨说：“伯母您不要太过着急，身体要紧，相信怀恩会跟我们联系的。”

可简嘉那可怜的大姨只在电视剧里见过逃跑的新娘，面对女儿在结婚当天上演的这出真人版大戏实在是没有一丝一毫冷静的能力，除了激动完全做不得别的事情，现在真的是欲哭无泪欲骂无言，唯一可以做的事情就是不停地拨打女儿的手机，然后听着悠扬的音乐声在休息室的角落里响起。

此时此刻家里那堆七大姑八大姨统统傻了眼，丧失了所有的表达能力，被这晴天霹雳炸得不轻，全家人只剩下简嘉稍微残存了点理智，对着暴走的一票娘子军连哄带劝，最后实在招架不住，溜到休息室后面的走廊上想要好好喘口气。

她无力地靠在墙上，一双脚被高跟鞋折磨得苦不堪言，这一刻也顾不得什么形象，直接脱掉鞋子放松脚踝。

还没冷静几分钟，就有一个声音在她头顶上响起来：“喂，你输了。”

转过脸，只见方才那个墨镜男的脸在自己眼前放大了好几倍，差点啊地一声叫起来，两个人离得那样近，她甚至闻得到他身上的味道，像是阳光混杂着海风，清冽异常。

不过她实在是心乱如麻，这花痴的念头只动了一刹那便被狠狠踩在脚底，咬牙切齿地瞪着眼前人，恨不得下一秒就把他撕碎。

可是那人却极其地没有眼力架，学着她的样子靠在墙上，悠闲地开口：“我说今天这婚不一定结得成吧，你还不……”

他话还没说完，简嘉忽然想起了什么，迅速跳到他面前，像是发现了什么重大案情一般，拿手里的高跟鞋指着眼前的人：“你怎么知道婚礼会出问题？你为什么一来就找我表姐？你到底是什么人？”

尖细的鞋跟距他的脸只有几厘米，他愣了一下，随即露出一个恍然的笑容：“你不会以为是我把新娘拐走的吧？想象力真丰富。还有，原来你是怀恩的表妹啊，亲爱的表妹，我要是对你表姐做了什么还会留在这里让你审问吗？不过……”

他的脸又凑近了一点，朝她眨眼睛：“你很有趣。”

简嘉不觉得他这是在赞美，反而恨不得咬他一口，在她准备用一连串的不文明用语问候眼前人的时候，有人在她背后清了清嗓子，说：“我们可以走了。”

“走什么……走……”她原本还想发出中气十足的一声“啊”，但是当她转过身看到身后这个人的时候，气势立刻矮了半截，因为她认得那是周峪珲，传说中的周峪珲!

当简嘉对上他那一双深不可测的眼，只觉得像是一把锋利无比的剑，阳光下还闪着寒光，她顿时觉得自己的气势矮了半截，这位周先生只立在那里就已经让她觉得后背发凉。

墨镜男完全没有被周峪珲的冰块脸冷到，漫不经心地开口：“哦，老大你发话了我岂有不从的份儿？”

转脸又对着简嘉嬉皮笑脸：“表妹，我们后会有期喽。”

谁是什么表妹啊！简嘉暗自腹诽，其实很想用点好听的称呼回敬过去，不过一瞥到周峪珲的冰块僵尸脸，她的怒火立刻被冰冻住，努力点头微笑恭送大人物离开。

看到诡异墨镜男随着冰块僵尸脸离去，简嘉在心中长长吁出一口气，想着原来这个奇怪的家伙是周峪珲的保镖啊，怨不得从衣着到行为都这么不靠谱，天天面对周峪珲这样的万年僵尸脸不变态才怪!

电梯里，墨镜男对周峪珲抱怨：“你怎么告个别要这么久啊，我还以为你要重新给邵年远做心理建设，毕竟在被人逃婚这件事上，大哥你比谁都有经验。”

周峪珲没有回应，只是皱着眉头对他说：“周翌珹，你今天的穿着倒是很特别。怎么？年远原本要举行的是运动风格的主题婚礼，所以你穿成这样做伴郎？”

走出电梯的周翌珹摘下墨镜，酒店大堂的阳光让他微微眯起眼睛，样子很像是看到鱼汤拌饭的老猫：“我就知道今天的婚礼要泡汤，所以这样方便开溜，我明天就上飞机，Evan 他们还在 Whistler 等我。”

周峪珲闻言眉头紧皱：“这么急？我以为你会留下多待几天。”

“如果你能够再次求婚成功，相信我一定会不远万里赶回来再次出现。”周翌珹一脸认真地拍了拍大哥的肩膀。

周峪珲只是扬了扬嘴角，不置可否地微笑。

处理完婚礼这堆烂摊子已经接近傍晚了，简嘉妈跟着一众娘子军转战表姐家继续长吁短叹，简嘉于是逃难一般地回到了自己的小窝。

简嘉一进门就冲向沙发，把身体抛向沙发的时候她还有点庆幸地想，幸亏当时没有住在大姨家，不然现在不知道有多悲惨。

现在的简嘉像是完全忘记了毕业后第一年频繁找房子搬家的惨痛经历，在家里舒舒服服住了二十年的她从来不知道在一个城市里找一个落脚之处有多么艰难。

最悲惨的一次，房东儿子要结婚，限她们在一个星期内搬走，跟她合租的同学迅速搬去跟男友同居，可怜的简嘉在那几天找房子找得差点崩溃，可还是没有什么结果，眼看着马上就要被扫地出门，她甚至想要像网上那个牛人一样睡公司卫生间算了，方便加班还节省资源。

幸好当时的上司叶得之把自己家里的老房子给她借住，还说是房子已经很旧，请她顺便照管，连租金也只是象征性地收一点，让简嘉差点没当场飙泪。后来叶得之结婚辞了职，她也换了部门，却在这间房子里扎下了根，舒舒服服地住上了几年。

小区的环境很是幽然清净，窗前便是大片高大的梧桐，夏天的早上甚至能听见布谷鸟的叫声，那些声响跟着阳光穿过梧桐树荫，停留在这样一个地方，哪怕是白天累得不想跟任何人多说一句话，回到这间房子，她还是有心情把地板擦得发亮。

可是今天她连给自己烧点开水的心情都没有了，一进门就把自己抛向了沙发，连回房间上床的力气都没有。正在装死，垂在沙发边缘的手上忽然传来了微痒的触感，简嘉痛苦地把脸闷在沙发里哼哼：“好啦，美丽，让我喘口气再去喂你好不好？”

简嘉的折耳猫美丽一面继续用爪子挠着她的手，一面从鼻子里滚出一大串呼噜声，表示勉强同意。

简嘉奋力从沙发里拔出身体，去厨房给美丽做饭，橘黄色的灯光下，她看着美丽优雅地把回锅肉味儿的猫粮一口一口吞进去，最后满足地靠在自己脚边磨蹭，咪呜出声。

端起灌装啤酒喝了大大的一口，温暖的房间和一只温暖的猫，简嘉觉得现在的日子惬意极了，虽然今天这一切实在有点像是一个巨大的消毒柜，除了“杯具”还有“餐具”。

2

天上
掉下了周先生

加 + 减 − 乘 × 除 ÷ ， 都 + 是 − 爱

星期天的早晨，像金子一样弥足珍贵。

简嘉难得在这个时候睡到自然醒，以往这个时候她通常已经战斗在各式各样的婚礼布置现场了。原本以为昨天的婚礼会让自己忙得筋疲力尽，所以早早就跟公司请了一天的假，事实证明这个决定相当英明，让她有这样一天的时间缓解昨天所受的身心折磨。

老妈认为她昨晚溜回家的这种举动十分可疑，非要让她交待出表姐的行踪，一群娘子军连夜轮番逼供，搞得简嘉苦不堪言。

隔着厚重的窗帘看不清窗外的天色，她只想重新埋进被子里继续睡过去，永远也不要醒过来。大概是昨天穿着高跟鞋站了太久，此刻全身的肌肉都在酸痛地叫嚣，比换季打折的时候连扫一天的店还要辛苦。

正想继续跟周公一起探讨人生哲理，手机却在床头柜上嗡嗡地震动起来，简嘉把头埋进枕头里装死，谁知道是不是老妈打来继续逼供，她一点都不想理会。

手机不一会儿消停了，门铃却开始大声响起来，而且一声响过一声，简嘉被闹得烦躁无比，睡衣外面随便披一件大衣就去应门，贴在门口有气无力地对着猫眼向外看，是一个穿着制服T恤的年轻女子，身后一个大箱子，给简嘉的感觉像是——送快递的。

简嘉一边回忆自己最近的网购记录一边迟疑地拉开了门，女孩子笑嘻嘻跟她打招呼："简嘉小姐是吧？我是猪头三万能帮公司的，这是纪怀恩小姐送给您的东西，请签收。"

表姐的名字让她像打了鸡血一样兴奋，一把扯过单据盯着上面的日期和地址猛瞧，等等，为嘛时间是半个月以前啊？

正想开口询问，那女孩子笑着跟她解释："我们猪头三万能帮为客户提供各种服务，纪小姐半个月以前委托我们将这个在今天交给您。"

她搬起地上的箱子，一只毛茸茸的脑袋露了出来，吓了简嘉一跳，连声尖叫："这……这，这是什么！"

没有惊喜只有惊吓，那分明是一只狗，还是一只较为"巨大"的小狗，睁着两只懵懂的眼睛望着她，一张小脸显得那样的哀怨。

"前天我们去纪小姐那里取货的时候纪小姐说它有三个月，基于我们对它一天的观察，它……非常乖巧可爱……"女孩拿起一份单据给她看，"请确认物品完好，猪头三万能帮期待再次为您服务！"

简嘉一边望着跃跃欲试想要跳出箱子的小狗一边郁闷地在单子上签了字，那女孩收回单据迅速下了楼，仿佛是怕她退货。

简嘉抱着箱子开始在屋内暴走，心里发出一声接着一声的哀号，表姐啊，纪大小姐啊，你到底是想干什么啊！！！

还没想好把这只辨不清什么品种的大个小狗安置在哪里，客厅里的座机又开始大响特响，随手把箱子放在一边，她没好气地拿起电话，恶狠狠地"喂"了一声。

那边像是有些迟疑，随后一个让她无比熟悉的声音传了过来，"小嘉……"

简嘉觉得自己要激动得无语泪先流了，居然是表姐！她开始语无伦次，差点没哭出来："你到底跑到哪里去了？"

"呃。"纪怀恩小姐像是在努力思考到底应该用什么样的语言来概括整件事，"这个，其实就是，因为一些原因，我不能跟邵年远结婚，所以……不过我现在很好很安全，你们不要担心，我妈那边情况还好吧？"

"好？"简嘉倒在沙发上，听着那边背景声很是嘈杂，明显是在机场之类的地方，转眼发现那只她辨不出品种的狗狗已经爬出箱子，正在努力地探索新环境，她一边努力地将小狗赶到自己的控制范围内，一边崩溃地抱怨，"你觉得她们能好吗？我被疲劳轰炸了一整夜，正在考虑要不要把你半个月前就在策划逃婚这件事供出来。"

"不要啊，小嘉嘉。"纪大小姐居然开始撒娇，"这里面原因很复杂，我以后再跟你解释，这几天你就好好劝劝我妈，我的车还在车厂保养，今天别忘了帮我开回来，你是我最最信任的人了，所以我才把周先生托付给你的！"

她觊觎表姐那辆粉红色 MINI 已经很久了，但是此刻她对于能够跟那辆小可爱亲密接触一点都不觉得兴奋，只注意到了那三个字。

"周先生？"简嘉不由自主地重复。

像是听得懂自己的名字似的，“周先生”很深情地朝她回应道：“呜～汪～”，简嘉看了看正在她脚边磨蹭的毛茸茸小动物：“你说这只正在试图啃我脚趾头的家伙叫周先生？好吧，那我可以问问你把这只……周先生弄到我这里是为了什么？”

伴随着简嘉的抱怨，脚边的周先生又有理有力地叫了几声，电话这边的表姐开始循循善诱：“周先生才三个月，还在换毛呢，如果没人照顾很可怜滴，反正你在养猫啊，多一只狗不是太复杂，对吧？而且美丽一只猫多孤单，有了周先生它们两个可以做伴嘛！”

简嘉挠头，还真没听说过猫狗在一起可以做伴的，可以作乱倒是真的，嘴角开始不自觉地抽搐：“可是，那个，美丽它……”

还没等简嘉可是出个所以然来，门铃声再次响彻整个客厅，简嘉妈中气十足的声音自门外传来：“小嘉，开门！都几点了，别再睡了！”

听到是老妈，简嘉惊吓地只差把手里的电话扔出去，顾不上跟表姐交代清楚就迅速移动到门前，下一秒钟却开始迟疑该不该立刻开门。

不过老妈制造出来的动静相当巨大，她怀疑自己再不去开门老妈就要破门而入了，所以迅速地开了门。

几乎是在她开门的同一时间，老妈身手敏捷地跳了进来，对着室内的一切上下打量。老妈在派出所干了几十年的内勤，虽然没有亲手抓过贼，但还是很有些人民警察的范儿，随便瞟一眼就让简嘉心虚到了极点，心中好像有几十只美丽在挠痒痒。

她忐忑地回到沙发边上继续接电话，表姐那边也听到了这边的动静，连声问：“怎么？怎么啦小嘉？”

“没什么。”简嘉觉得自己简直是太没有临危不乱的天分了，连声音都有点发抖，“我妈来了。”

“啊！”这下轮到表姐大惊失色，“好了，今天先不多说了，先控制住你妈再好好哄哄我妈，好好照顾周先生啊。”

表姐果断地挂了电话，空留简嘉愁肠满腹对着现在牢牢盯着自己的老妈和正在啃她拖鞋的周先生苦不堪言。

简嘉有点心虚地抬头看了老妈两眼，只见太后大人正抄着手迈着方步在客厅里巡视，不时朝着房间里张望，像是想在她这里发现点什么蛛丝马迹。

“刚才谁跟你打电话？”老妈的眼神嗖嗖嗖地射过来，像是一把把小飞刀，直直插在简嘉脆弱的小心心上，她差点就腿软倒地了，“呃，朋……朋友。”

“哦。”简嘉妈的视线落在她脚边的那坨毛球上，“这是什么？美丽的新玩具？”

周先生大概是觉得动静太大，迅速转过脸来看了简嘉妈一眼，小眼睛眨巴眨巴，像是在说：“喂，我哪里长得像玩具啊！”

简嘉妈恍然大悟：“原来是活的哦，这只大号京巴的毛怎么是这种灰不出溜的颜色啊？”

噗。噗。噗。

简嘉差点血溅当场，心想亲妈您那是什么眼神啊，虽然自己也认不出周先生到底是什么品种，但是据她多角度全方位的观察，这位周先生跟京巴的差距还是很大的好不好……

“这是，这是朋友让我帮着照看的狗，刚才电话里就是她跟我交待狗的事情。”

简嘉一看到老妈的脸就觉得心虚不已，总觉得自己对不起党和人民，如果太后知道自己刚才正在跟表姐通话肯定会治她个知情不报然后扭送大姨家负荆请罪，想想那情景就觉得可怕。

“一猫一狗，今后你这里不乱套了才怪。”太后终于停止巡视，开始对她进行新一轮审讯，“再好好想想，你表姐究竟会去哪里？”

“妈，我的亲妈。”简嘉持续哀号，“她都能从我们这么多人的眼皮子底下跑掉，可见一定是策划了很久，这种处心积虑的阴谋我们哪里防得住啊，我要是知道她去了哪儿早就不在这坐着了！”

老妈见她激动成这个样子，立刻也做出痛心疾首状，“哎，是啊，也不知道怀恩这孩子是怎么想的！”

危机解除，简嘉松了一口气，接下来的时间里太后大人从感叹表姐逃婚匪夷所思一直谈到她现在又养猫又养狗房子太乱实在应该收拾，最后还预测了这个月 CPI 的走势。

恭送太后大人之后，简嘉立刻开始大扫除，这期间美丽跟新来的周先生一直在进行初次见面的肢体对话，以至于她收拾了这个乱摊子它们又制造出了新的乱摊子。彻底收拾好的时候已经到了中午，她累得歪在沙发上一边喝着梅子酒一边想，为什么跑路的是表姐跟着倒霉受累的却是她呢？

小胖是在简嘉从车厂回来的路上打来电话的，那时候她正开着表姐的MINI步步小心时时在意，听着手机撒欢儿一般地在座位上震动，只觉得苦恼万分，小胖这个时候打来电话用脚趾头想也知道是为了什么，肯定是叫她一起去参加晚上小曼的婚礼。

她们是大学室友，小曼从当年到现在无论是恋爱还是嫁人都走在她们宿舍的最前沿，别人还奋斗在脱离单身的路上，小曼已经第二次给她们开了红色罚款单，两次之间相隔只有两年。

这一次，简嘉实在是不想出现。

并不是她没有同窗情同学爱，只是她实在不想在同学齐聚一堂的场合被人嘘寒问暖，在那种场合听到最多的问题是：

结婚了么？

什么时候结啊？

怎么还不找啊？

面对人家一张张关切的脸，不回应又不好，可是逐一应付下来简直是肉体和心灵的双重折磨，所以这次她提前跟小胖商量能不能不喝喜酒只交罚款，小胖断然拒绝，她死皮赖脸。

况且简嘉真真觉得小曼结婚后跟她们的代沟逐渐拉大，自从结婚后每次看她的眼神都带着点已婚人士对她们这些单身的悲悯，每每让简嘉觉得不寒而栗。

于是她决定不接电话，装死到底。

可简嘉显然小看了小胖的耐心和决心，大概也是不想被人连番拷问所以急切想拉个同盟来垫背，她不停地给简嘉打电话，直到简嘉被轰炸得头昏脑涨，终于忍不住接了起来。

小胖依然是几十年如一日的大嗓门：“今天甭想逃，一个小时后再不出现我就带着包子和小曼夫妇去你家闹洞房，我们说到做到，你相信不？”

还没等简嘉有所反应呢，电话就被挂了，她相信，她太相信那伙人的行动能力了。低头看了看自己身上的衣服，还算能见人，简嘉摇头叹气，在下一个路口赶紧掉头。

人在不情愿的时候，看什么东西都不那么顺眼，比如一路上她觉得红灯太多，等得快要疯掉，再比如好不容易来到酒店地下停车场却发现已经满了，她兜了两圈才找到空位，小 MINI 塞在讴歌 MDX 和宝马 Z4 中间，说不出的怪异。

她上去的时候来宾多数已经就位，新娘早已不见踪影，大概是在补妆。现场的布置和设计都属上乘，也许是晚上的缘故，简嘉觉得灯光太过昏暗，每个人脸上都挂着些影影重重的暧昧。

小胖她们老远就冲着他挥手，待她落座，小胖得意洋洋地冲包子伸出手来，“我说她不敢不来吧，给钱！”

可怜的包子兄被小胖欺压多年无怨无悔，笑嘻嘻地掏出一张粉红色的钞票，简嘉在心中叹气，这两位暧昧了这么多年，至今仍然不肯再进一步，不晓得为了什么。

同学来得不多，统共来了还没有一桌，简嘉意兴阑珊地喝茶吃糖嗑瓜子，有一搭没一搭地跟人对话，居然开始有点瞌睡，小曼终于穿着大红旗袍出场，笑得花枝乱颤，让人担心不一会就会把粉底笑光。

新郎的年纪让简嘉不知道该叫大叔还是大伯，身边两个女同学立刻开始讨论：“说起来还是小曼够幸福，今天的典礼好隆重，真让我们羡慕死了。”

另一个转过脸来对她说：“如果不是简嘉档期有问题，小曼是要找你们公司做设计的对吧？我看杂志上介绍萧崇至的婚礼，简嘉你还蛮上相的……哦呵呵呵……”

她干笑着点头，奢华的婚礼不见得是幸福婚姻的开始，Tiffany 和 Vera Wong 都保证不了两个人日后能举案齐眉白头到老，怨不得师太总是在著作中对我等未婚女青年耳提面命——婚礼不是婚姻的全部，小时候以为这是她老人家上岸之后站着说话不腰疼，现在才觉得这才是字字珠玑金玉良言。

婚礼也不过是一个饭馆拿到营业执照后举办的开业仪式，日后的生意究竟如何还要饭菜说了算，开张的时候锣鼓敲得再响一点用处也没有。

就在她思索这个严肃问题的过程中，仪式已经不知不觉进入了尾声，新娘准备开始抛捧花，司仪用他那极具煽动性的嗓音开始高喊：“不知道下一位走上红毯的幸运儿是谁呢？让我们拭目以待，5—4—3……”

场内的未婚女士开始蠢蠢欲动跃跃欲试，简嘉被小胖连拖带拽也走上前去，却只肯站在人群的最后。

随着那声中气十足的“1”,小曼的捧花被高高地抛出,弧线那叫一个优美，轨迹那叫一个飘忽，花束快速下落朝着人群奔来，小曼不愧是大学练过篮球的，这捧花的方向飘得是这么地……诡异。

有一把低沉的嗓子在简嘉耳边喊了一声：“小心！”她只觉得这声音熟悉无比，好像记忆深处某个人，某个根本不可能出现在这里的人。

简嘉的思绪开始飘忽，而关键时刻的飘忽总是会带来相当悲惨的下场，她失去了在最后时刻避免惨剧发生的机会。

0.01 秒后，那束捧花已经砸到了简嘉的身上，正确地说应该是砸在了她的脸上，不偏不倚不歪不斜，正好覆盖住她整张脸。

简嘉下意识往后退了一步，鞋跟不知道踩到了什么，整个人就这么直直倒在了地上，那一刻，她听见身边的人群发出整齐划一的声响：“啊……”

208 枝白色千金藤组成的花束跟躺在地上的她一起，组成了所有人关于这场婚礼最难忘的记忆。

倒地不起的简嘉正在思索在什么时刻用什么方式从地上爬起来，司仪那中气十足的声音又在会场响起：“这位小姐因为拿到这幸福的花束已经兴奋地不想起来了吗？”

简嘉被这句话狠狠地刺激到了，她一个鲤鱼打挺从地毯上蹦起来，动作十分地干净利落，还没有忘记把那束倒霉的捧花紧紧攥在手里，心里想的是下次再也不推荐客户用镶了小珍珠的千金藤做捧花了，砸在脸上真疼死了！

立在舞台上的小曼有点愧疚地望着她，只差没躲去墙角对手指，“嘉嘉，你没事吧？我是想扔远点的，没想到这个力道没控制好。”

一旁的司仪像是生怕旁人忽视他的存在似的，立刻接口道：“这位小姐怎么会有事呢，就算是打击，这也是幸福的打击啊，看来这位小姐的好事将近，下一个结婚的就是她呢！”

新郎大叔也立即点头称是，忙不迭表示希望简嘉沾沾自己的喜气，在不久的将来能再接再厉一鼓作气成功地给自己办一场婚礼，到时候他们一定来喝喜酒。

她僵硬地笑着感谢大叔的祝福，心中却把司仪痛骂了一千遍，好一个幸福的打击，你被底下托着一坨巨大花泥外加水还没沥干净的捧花砸一下试试！

婚礼在这个不大不小的插曲之后继续进行，简嘉这一顿饭吃得极其心不在焉，眼神不时游走在婚宴的各个角落，试图找出那个勾起她心底无数记忆的声音，可是晃了一个晚上依然是一无所获，胸中像是美丽跟那只周先生一起开动，八只爪子挠得她七上八下心乱如麻。

直到开车送小胖回家的路上她还有点心不在焉，小胖跟包子在后座嬉笑打闹，忽然没头没脑说："要说还是简嘉跟楚泽祺最熟。"

听到这个名字，简嘉差点手一滑拐到路边撞树，愣了半天才结结巴巴地回答："我怎么会跟他最熟。"

"本来嘛。"小胖一本正经，"只要他来代课你肯定就坐第一排，后来我们不是还派你套重点么，我们班你不跟他熟谁跟他熟？他今天也来了你没看见？"

简嘉的手指不住地敲打着方向盘，他回来了？谁跟他一起？为什么她没有发现？

楚泽祺这个名字自心间划过，这些年来它从不会被简嘉想起，因为未曾被她忘记，这三个字对于简嘉来说好像微风吹过七月的麦田，炫目，却又沉默无语。

她有时候真的厌恶自己时不时冒出来的文艺气十足的情绪，索性把车上的调频声开到最大，交响乐节目没能让她获得平静反而更加烦躁，还好她还记得要去超市给周先生买点狗粮，路过水果区的时候还挑了一只巨大的榴莲，心想让那销魂的气味把自己变得正常一些。

回家拎着榴莲上楼，简嘉心里想的是周先生和美丽闻到这个味道会不会捂着脸回窝拒绝理她，可是刚一进门还没来得及把东西放下，便听到阳台上传来异样的响声，简嘉一边竖起耳朵一边回忆：走的时候把美丽和周先生都关好了啊！

那声响越来越大，像是窗户被打开的声音，接着，一个人影在阳台上晃了一下，在黑暗中格外显眼。

简嘉咬牙切齿地想，这年头的毛贼怎么这么明目张胆啊，还没到下半夜就开始作案了，我今天要不好好教训你就白当了人民警察的女儿这么多年！

她端起榴莲就向阳台冲了过去，抬脚把阳台门踹开，闭着眼睛抡起榴莲就朝着那黑影砸去。

啊啊啊啊啊啊……

惨叫声响彻房间，连门外的声控灯都亮了。

“喂，小姐……”

那团黑影居然还能说出话来，简嘉一边喘着粗气一边靠着墙，其实她有点害怕，不知道眼前这毛贼还有没有胆子和力气反抗，几秒钟过去，那人终于说出了完整的一句话。

“小姐，我翻进你家阳台是我不对，不过，不过你也不能用生化武器对不对？”

“生化武器？”她看了看还被自己握在手里的“凶器”，那股“沁人心脾”的味道立刻荡漾在鼻端，呃，这个，对于普通人来说貌似是很不好接受的样子……

简嘉立刻终止自己的胡思乱想，对眼前这人大声问道：“你干什么的！翻进我家阳台想干吗？！”

为了壮胆，她伸手打开了阳台上的灯，眼前的场景吓得她退后三步，嘴巴大得能放下一颗巨大的鸡蛋，心里直犯嘀咕：自己刚才下手也太狠了吧，这家伙的脸都肿得像猪头不说，右眼还淤青了一大片，不过眼前这个挂着两管鼻血的猪头为嘛这么眼熟呢？

好像是，昨天那个……

只见猪头眯着被打肿的眼睛说：“表妹你单方面殴打我就算了，随随便便放毒气不太好吧。”

原来真的是墨镜男，这个BT昨天疑似搞砸了婚礼，今天居然直接出现在她家里，身上依旧是休闲装扮，不过比昨天的滑雪装正常了许多……简嘉丝毫不敢放松警惕，紧紧抓着榴莲指着眼前人：“你，你，你，你怎么上来的？”

他捏着鼻子推开了榴莲，轻松地越过她走出阳台：“我被人绑架了，而且我不是上来的，我是爬下来的。”

简嘉转过脸看了看上面又看了看下面，一脸狐疑：“你都有爬墙这身手了还能被人绑架？而且我家这栋楼的地形也不太适合藏匿肉票吧？”

她看着一脸猪头相还在客厅里闲逛居然还打开电视坐下来看新闻的墨镜男，重新抓起榴莲，声色俱厉：“说！你到底是什么人？再不说我报警了啊！”

他一边换台一边回答：“我姓周。”

这时候那只倒霉的周先生不知道从哪里跑出来，不停地围着她打转，还用爪子挠她的小腿，简嘉一边审问周一边想用脚推开它："那么请问周先生，您现在也脱离绑匪毒手了，可不可以请你快点离开我家。"

看电视的周先生紧盯着新闻频道不说话，狗狗周先生一边摇尾巴一边深情地看着沙发上的人，饱含深意地叫了一声："汪！"

狗狗周先生在她的脚上跳来跳去，弄得她只穿着丝袜的小腿痒痒的，简嘉挥了挥手中的榴莲想把它弄走，可是周先生显然误会了她的意思，直接冲着榴莲扑了过来。

简嘉缺乏跟小狗斗争的经验，一时激动直接把榴莲扔进了沙发上那位周先生的怀里，狗狗周先生也立刻飞奔而至，谁成想那周某人对小狗的耐受能力还不如她，立刻从沙发上跳起来闪躲，一脚踩到了她的脚上。

伴随着一阵此起彼伏的尖叫声，简嘉跟那位人类周先生已经扭在一起倒在了地上。

狗狗周先生望着自己亲手制造出来的惨剧，无辜地"旺"了一声之后便到一边继续研究榴莲去了。简嘉好容易才从地上爬起来，踢了一下还在地上龇牙咧嘴的周某人："这次是你先踩到我的，不能全怪我的哦，喂，你还不起来啊。"

过了两秒钟，传来周先生无奈又哀怨的声音："这个，我暂时好像没有办法起来了，我的腰，貌似扭到了。"

简嘉给步浅打电话要他到家里出诊的时候，深刻地觉得自己的运气简直是差到了极点，不知道最近是不是应该到庙里去拜一拜。好在步浅跟她有深厚的革命情谊，没多问什么就说马上到。

步浅来得很快，看到沙发上横着的人再看看简嘉，一脸了然的神情："小嘉嘉啊，不是我说你啊，跟男朋友吵架不要动手嘛，这位兄台看起来被你修理得满惨的……啧啧，听说腰闪啦？"

简嘉朝着步浅后背狠狠一拧，恶狠狠地说："少废话，快点给他检查一下。"

步浅上上下下检查了一番，最后得出结论："腰扭了，需要一段时间休养，外伤比较严重，估计三天以后才能出门，小嘉嘉啊，你这样暴力是不行滴……"

"喂喂喂！"简嘉打断步浅的长篇大论，"我叫你来是想让你帮他治疗下，让他早点能够走动，早点离开我家。"

步浅摊了摊手：“我不会，我是兽医哎，不会给人做物理治疗。”

“你到底是不是我朋友啊……”

“你居然找个兽医来看我……”

简嘉跟周某人一起咆哮，音效相当震撼，步浅深刻地觉得这俩人还真的是绝配啊，连吼叫都这么有默契，于是决定速速开溜，以免被误伤。

步浅穿上外套拍了拍简嘉的肩膀：“你都把人打成这样了，接下来还是好好照顾人家吧，煮个鸡蛋给他热敷一下嘛，你要对人家负责的啊。”

说完，扬长而去。

简嘉咬牙切齿了半天，最后不得不承认这个瘟神今天她是送不走了，只好进厨房去煮鸡蛋。

一张猪头脸的周某人在沙发上满脸悲愤：“我从来没想到自己有天会请兽医看病。”

“那你想到自己有天会翻进别人家阳台吗？”简嘉没好气地扔一只剥皮煮鸡蛋给他。

那周某人一边用鸡蛋敷脸一边故作正经地说：“我也没想到会被榴莲砸成这样，估计连我哥都不认识我了。”

简嘉心想这位兄台您身为周峪珲的保镖反应迟钝成这样还有脸抱怨啊，鄙视地瞪了他两眼，转身进房间里安顿周先生跟美丽。美丽不愧是淡定的折耳猫，方才那么大的动静也只是探出脑袋来望了两眼，现在正窝在篮子里呼呼大睡。

客厅的电视里传来午夜新闻里女主播甜美的声音：“本台刚刚收到的消息，知情人士爆料小股神周翌珹已经失踪超过十二小时，记者就相关问题联系天盛集团负责人周峪珲，没有得到正面答复，整个事件迷雾重重……”

有钱人家是非还真的不是一般地多，她一边给周先生用旧抱枕垫窝一边想，客厅里的那只不会跟这件事有什么联系吧……

忽然，她像是福至心灵，直冲到客厅对着沙发上的那人说：“喂喂喂，你不会是跟那只小股神一起被绑架的吧？绑匪把你们分别关起来？可是他们是怎么把你运过来的呢？你还记不记得自己是怎么来这儿的啊？这里是大学家属院哎，绑架你们的人好诡异……”

周某人趴在沙发上，一边躲避另外一只周先生对自己嘴手并用的亲热，一边懒洋洋地回答："你的想象力还挺丰富的。"

简嘉巨大的八卦热情被这张臭脸瞬间扑灭，但却忽然想起了一件事："喂，既然你都逃出来了，你有没有跟你老板联系啊？"

"我老板？"

"就是那个僵尸冰块扑克牌脸的周峪珲嘛，他不是你老板吗？"

周某人憋着笑，努力克制着自己捶沙发大笑的情绪："你形容得还真贴切，我都找不到这么精准的词来形容他，我以后一定把你这么特别的评价告诉他……"

周某人最后还是没控制住哈哈大笑起来，看着他笑得上气不接下气，简嘉一边皱着眉头一边想要不要这么激动啊，跟着周峪珲那种老板居然还这么不淡定，可见是没救了。

周某人终于停止大笑，一本正经地说："我会跟他联系的，在我觉得需要的时候。"

"那你什么时候需要啊？没关系，我可以帮你传话。"简嘉摆出一副热心过度的样子，心中其实想的是大爷您什么时候起驾，天天在我家沙发上卧着也不像个样子啊！

"什么时候需要啊 ~~~~"某人的样子十分欠扁，振振有词，"在我身心健康活动自如的时候，表妹啊，是谁把我打成猪头还压倒我害我扭到腰的，你不觉得你应该好好照顾我到康复，负起你该负的责任吗？"

简嘉恨不得拿抱枕把眼前这个人闷死，可是一想到自己还有大把帅哥没泡 Boss 没杀，于是狠狠地将自己的犯罪欲望扼杀在了摇篮里。

于是堆出一脸假笑，"那周先生您需不需要来床被子啊，我家客厅貌似蛮冷的。"

周某人大爷一样地点了点头，"别太厚啊，再拿两个枕头……"

终于把周大爷伺候完毕，简嘉一头倒进棉被堆里，楚泽祺和那些微妙的小情绪全数被她抛到脑后，再也没什么心情伤春悲秋。她以为自己会睡不着，可是倒下没两分钟便已经进入梦乡，梦里全是各式各样的 Boss，清一色长着周某人的脸，不停在她面前跳来跳去，挑战她忍耐的极限。

3

按倒霉处理

加 + 减 − 乘 × 除 ÷ ， 都 + 是 − 爱

星期一的早上，通常不那么美好。

六点半，门铃声大作，简嘉穿着奶牛连身睡衣揉着眼睛去开门，身后有条尾巴长长地拖在地上，送牛奶的小葵直接从门缝里跳进来："最后一家！简嘉，我给你做早餐吃好不……"

最后那个好字大约是看到了沙发上的景象而惊吓过度所以咽了下去，简嘉闭着眼睛一副不愿醒来的样子："你做早餐随便干什么都好，我去清醒一下。"

说完甩着牛尾巴向卫生间走去，走到一半又像幽灵一般转过身来，"对了，我多订一份牛奶。"

"呃，好。"小葵机械地点头，再看看趴在沙发上的那只鸡窝头帅哥，然后发出由衷的感叹，怎么会有人都变成猪头脸了还这么帅啊，啧啧啧……

随手把牛奶瓶放在茶几上，然后对着沙发上的猪头帅哥笑了笑，小葵赶紧蹲在卫生间门口跟简嘉八卦："你怎么把你的帅哥男朋友打成那样呢？"

简嘉一边刷牙一边狠狠地反驳："你怎么跟你老板一个思维啊，我跟那人一点也不熟，他在这儿是因为意外。"

小葵还是很兴奋："步步也见过啦，简嘉，你不是上个星期还在相亲咩，动作好快啊。"

简嘉有点抓狂，一边洗脸一边提醒小葵："明天记得多送一盒牛奶来啊，我今天先把定金给你好了。"

"好好好好！"提到钱，小葵眼中立刻泛起了金光，她是出名的抢钱公主，一直觉得世界上最美妙的声音就是数钞票的刷刷声，现在一天打三份工，拼命想在这个城市买一个小房间。

看到一边将"安全感"揣进口袋跳去厨房煎鸡蛋的小葵，简嘉很是羡慕她这种每天都像上了发条一般的生活状态，有目标的生活真好，不像自己现在……

想到现在，特别是赖在自家客厅不走那一只，简嘉心中的愁苦又多了几分，换好衣服准备去给美丽弄牛奶泡猫粮，也不知道那只周先生对狗粮的口味有什么要求，嚼不嚼得碎。刚刚走出房间就听见小葵一声尖叫，“啊……”

简嘉立刻飞奔出去，只见小葵指着茶几上空着的牛奶盒尖叫，某人一副满足的样子趴在沙发上，嘴边有可疑的牛奶渍。

简嘉忽然也很想尖叫，但她还是冷静地试探着问：“你把牛奶喝了？”

周某人一副坦荡荡的模样：“对啊，虽然味道有点奇怪，可是还不错。”

不知道美丽是不是被这边巨大的动静给惊吓了出来，跳上另外一边的沙发竖起尾巴狂叫，眯着眼睛打量周某人，目光很是不善。

“它这是怎么了？”某人还故作无辜地问。

“因为你喝的是它的牛奶。”小葵皱着眉头解释，“那个是宠物牛奶，猫咪专用配方。”

“你的牛奶盒子上为什么一个字也没有啊？”

“你喝之前不会问一问吗？”

简嘉跟某人再次同时发声，让小葵忍不住感叹，真有默契。大约是感觉到气场不大对，小葵放着没做完的早餐赶紧开溜，简嘉只好走进厨房继续煎蛋大业，抽油烟机呜呜响着，鸡蛋在平底锅上吱吱作响。

她真想在某人那份里放点巴豆，拉他个惊涛骇浪天昏地暗。一转念又想：我为什么要给他煎鸡蛋啊，应该让他吃生的，顶多再给他配个吸管。

牛奶没了，美丽只好吃干巴巴的猫粮当早餐，它哀怨地对着简嘉喵呜喵呜，简嘉搔搔它的脖子：“哥哥不小心喝掉啦，他也很郁闷，你不要跟他计较好不好？”

窝在沙发上啃煎蛋的某人再次抗议：“我是它哥哥？”

“难道你想当弟弟？”

安抚好美丽，简嘉忽然想起还有一只周先生，连忙跑进房间去看，只见周先生正安静地蹲在窝里，仰着头45°望着窗外，小背影真是要多销魂有多销魂，她心想，原来你还是只喜欢思考的狗啊。

喜欢思考的周先生显然要比美丽好伺候许多，大口大口嚼着简嘉昨晚在超市随便买回来的狗粮。就餐完毕的美丽轻巧地溜到周先生的身边，像是在打量这个新来的室友，末了不耐烦地叫了几声，像是有点吃醋。

简嘉一边给周先生换水一边对美丽说：“人家是弟弟呢，要在咱们家借住一下，不许欺负周先生，听见没有？”

“虽然我行动不便，但是我觉得自己被它欺负的可能性很小。”某人靠在墙上开口，一派悠闲，看不出有什么不便。

简嘉指了指正在喝水的周先生：“我说的是这位周先生，不是你。”

“呜汪 ~~~”趴在地上眼睛被狗毛遮住的那只周先生愉悦地答应。

幸好某人没有暴跳，只是说：“你怎么能给狗叫我的名字？”于是简嘉挑起眉毛偷笑：“您都能走路了，是不是可以从我家离开了？这次记得走门。”

“嗯……”某人一脸弱不禁风状，“直起腰来还是很困难，但是我不得不起来，你知道一个人总是有一些不能克服的生理需求，难道说你愿意帮忙？”

~~~~ (>_<) ~~~~

简嘉走的时候狠狠地把防盗门摔上了，明明是自己家，为嘛她刚才忽然有种寄人篱下的憋屈感？

恶狠狠地开着表姐的小 MINI 出门，今天跟客户约好了看婚礼的场地，说什么也不能摆张臭脸得罪财神爷，她拍拍自己的脸，努力地练习微笑。

见面地点在 CBD 一家顶级购物中心的咖啡厅里，简嘉是这家 Shopping Mall 的常客，除了季末折上折的时候能体会到疯狂扫货的快感外，她觉得这个后现代风格十足的建筑其实更像个室内主题公园，书吧、咖啡馆、西餐厅、电影院……人生的快乐在这里都能够聚齐，周末在这里泡上一天，最后再去超市整点干粮，简直是完美的体验。

可是今天这个客户却告诉她：“我们准备在这里的冰场办个婚礼，我们俩是在那儿滑冰认识的。”

简嘉顿时觉得有些傻眼，现在人结婚实在是太有想法了，冰上婚礼，那是不是还得给来宾准备小毯子啊，她正想跟客户详谈，谁想到服务生却过来告诉她：“小姐，停车场那辆尾号 3928 的 MINI 是您的吗？挡住我们的污水井盖了，今天我们工程部要进行设施检查……”

她只好下去挪车，好不巧另一个客户打电话过来朝她鬼吼鬼叫：“那个花车上的花说是粉色，怎么会是玫红色呢？一生一次的婚礼啊，我的花车上怎么能出现玫红这种土得掉渣的颜色呢？”

简嘉一边倒车一边程式化地赔礼道歉：“您放心，我们的工作人员会在
~~~~

最短的时间内给您换成粉色玫瑰！花店没有我们就去苗圃现摘，您看这样成么？”

不知道是太过紧张还是精神不集中，简嘉只觉得鬼使神差一般，小MINI的屁股直挺挺地往旁边那辆讴歌MDX上撞去，动静之大让人家的报警器响个不停，简嘉挂上电话赶紧跑下车，盯着她刚刚制造的“案发现场”，完全的呆滞。

没过几秒钟时间，连停车场的保安都跑来了，看到这个场面后的吃惊状不比简嘉好到哪儿去，仿佛是有点痛不欲生。

他对简嘉说：“小姐，那是我们总经理的车。”

这下轮到简嘉痛不欲生，虽然表姐的车肯定有保险，可是她还想在人家的冰场办婚礼来着，喜事还没办她就把人家总经理的车撞了，要不要这么倒霉啊 ~~~~~

保安大叔一直保持着如丧考妣的状态，问简嘉：“小姐，怎么处理？”

怎么处理，按倒霉处理呗，她十分冷静地说：“你们总经理的电话是多少？”

电话很快被接起来，是一个好听的女声，大约是秘书之类的，简嘉叙述完，电话很快被转接，短暂的空白音之后一个低沉的男声在耳边响起：

“你好，我是楚泽祺。”

简嘉在那一刻真的体会到了书上说的那种大脑一片空白，就像是忽然被什么东西击中，整个人顿时软下来，只差没在地上流淌了。

楚泽祺，楚泽祺，楚泽祺，这三个字在心间久久萦绕不去，这个名字对于简嘉来说像是在心口处揣了一只铁皮的糖果盒子，又甜蜜又沉重，这个名字和那些暗生的情愫纠缠在简嘉整个大学时光。此时此刻像极了小时候谈人生说理想的作文或是被人翻出写给后座男生的小纸条，带着点酸楚的难为情。她语无伦次地解释整件事，她听见自己语调平板声音艰涩，就像一架坏掉的复读机。

好容易把“罪行”交代完毕，却听见那边有笑声传来，虽然很短促，但是她确定，他在笑！

简嘉郁闷了，这有嘛好笑的，有嘛好笑的啊！

“简嘉。”楚泽祺的声音清晰地传到她耳中，“你可以说慢一点吗？”

简嘉愣了一下，只差没把手机扔出去，于是开始语无伦次：“你，你，你，你怎么知道是我？”

他声音里的笑意更深：“你这个号码的尾数是我的生日，你说，我怎么会忘记？”

这个号码从大学用到现在，她不敢换也舍不得换，说是害怕跟老同学失去联络，其实她自己心里明白，她期待的是如果有一天楚泽祺从太平洋的那一边回来，如果他还会想起她，可能会随手给她一个电话。

但是，这仅仅是如果，仅仅是个期待。

这样短短几句话让简嘉瞬间从液体凝固为石膏像立在停车场中央，有风吹过，掉下的碎渣咔咔作响。她没听清楚泽祺最后说了什么，貌似有等着有下来之类的，那时候简嘉大脑里残存意识是：

这不是做梦吧？

为嘛这梦的情节还这么离奇……

不远处的电梯叮地一声打开，走出的那个人让简嘉心中的小波浪极速翻涌，甚至产生了立刻转身逃掉的冲动，简嘉真有点不理解小言女主在重逢时分那丰富而曲折的内心活动，因为她在此刻思考的确是该从左边溜掉地形比较好呢，还是要从右边跑走比较快。

可是最后她什么都没有做，只是呆呆地站在原地，看着楚泽祺的脸一点一点在自己眼前清晰起来，然后听他开口说：“小嘉，好久不见。”

在这样一句话后，简嘉便什么也听不见了，仿佛坠入一个真空的世界。

一秒，两秒，三秒……

无数秒的沉默过后，楚泽祺眯起了眼睛，每次看到他这样的表情，简嘉都会自动检讨一下自己是不是逃课又被他发现了……

他微微侧着脸打量她，从简嘉这个角度看去，可以清晰地看见他鼻子的弧线和唇边淡淡的笑纹。这一切远去了那么多年，终于在今日这个不经意的意外时刻重新回到她的面前。

“请问简小嘉同学你这个样子是不记得我了吗？”

“呃，我只是在想，如果这是一个梦的话，会不会我一开口说话梦就会醒了？”

这段明媚而忧伤的对话之后，楚泽祺脸上露出哭笑不得的表情，简嘉真空状态的小心心终于破了一个小小洞，像起了化学反应一般强烈翻涌。她从来没有想过有一天自己会跟楚泽祺重逢，虽然这场景毫不浪漫，不时有车子擦着她的裙角开过，但是她望向那双渗出笑意的双眼时，忽然觉得自己身体某处的那颗种子，又发芽了。

他邀她一起午饭，用的简直是命令的语气，一点选择的机会都不给就拍拍她的肩膀上楼去，仿佛是怕她那乱七八糟的小脑袋瓜里又冒出什么惊天动地的话来。

简嘉有点兴奋又有点气闷地回到咖啡厅，被她丢在一边的客户居然没有发飙，而是冷静而又哀怨地问："简小姐，你迷路了？"

~~o（>_<）o~~

刚跟客户谈好下一阶段的细节把人打发走，手机就大声响了起来，忙不迭接起来，楚泽祺给的指令简短而又清晰："B 座那间回转寿司。"停了几秒之后又问，"你知道路吗？"

简嘉再次泪奔了，不带你这么鄙视人的 ~~~~

回转寿司这种地方太适合回想当年了，一些相同而又不同的东西循环往复出现，音乐跟食物什么都是淡淡的，连回味都像是若有似无。

她跟楚泽祺并肩坐着，因为看不到对方的脸所以还算放松，两个人有一搭没一搭地聊天，聊着那些曾经无比熟悉而后又相继离开的人，说他走后她的一切一切：图书馆五楼落地窗外的风景依旧，大部头的工具书仍然会弄得人灰头土脸；毕业答辩时莫名卷入导师之间的明争暗斗，险些延期毕业；婚礼策划这份工作做到现在，当初是因为爱，现在却渐渐没有爱。

以前什么都相信，而现在，什么都不愿相信……

简嘉没有勇气问楚泽祺的近况，如果他跟那个人幸福，她觉得自己肯定会因为内伤严重失血过多，如果他过得不好，她心里又会酸涩无比，这样纠结的话题，还是不要去触及。

而楚泽祺像是跟她有默契似的，只是轻描淡写地谈了一下自己这几年的经历，一点婚姻爱情家庭什么的都没有提及，简嘉松了一口气。

他的声音混在音乐与人声里面，虽在耳边却有点遥不可及，手指不经意地转着眼前的茶杯："看到现在的小嘉，我觉得自己可以放心了。"

简嘉低低地哼了一声："你是觉得我跟几年前没有变化而放心呢，还是发现我跟那时完全不一样而放心？”

楚泽祺看着她嘟起嘴的样子大笑，整个眉头都舒展开来，简嘉再次呆掉，她，她，她，对他这个样子最没有抵抗力了，索性低下头继续进攻面前的手卷。

“其实今天本来想约你吃晚饭好好聊聊的。”他的声音里带着点遗憾，“因为我儿子要求我晚上回去陪他吃饭……”

噗。

大概是芥末什么的，简嘉觉得一股辛辣的气流由下自上从内而外在胸中眼前环绕，几乎要招架不住，仿佛下一秒就要落下泪来，热茶都压不住，直接咳嗽起来。

楚泽祺一边给她递纸巾一边拍她的后背，像是在哄一个小孩子："怎么这么不小心啊，跟我家修修一样……哦，修修是我儿子，什么时候让你见见。"

简嘉眼中含泪地抱怨："芥末这种东西是我小心得了的吗？”那股辛辣已经渐渐淡去，某种酸涩却久久挥之不去。

下午回公司开会，整个人都处于被严重打击过后的碎渣状态，眼前浮现的全是楚泽祺提到儿子时脸上洋溢的温暖表情，她觉得自己现在处于三观不正的边缘，为什么看到曾经暗恋的人过得幸福她却会觉得自己失败?

也许她错了，那不是曾经，她的感情她的关注她的喜欢从未随岁月改变分毫，这个名字是她珍惜收藏的宝物，过了这么久，她仍然不愿接受自己已经失败的现实。

没有什么比初恋是暗恋并且还没见光便已经死翘翘这件事更让人吐血的了，简嘉狠狠地干活，狠狠地怨念，狠狠地开着屁股擦伤的 MINI 回家，一想到家里还有一大一小两砣周先生，她就觉得自己简直要生出报复社会的想法。

带着一肚子负面情绪回到家，一推开门就看到大砣周先生立在客厅中央，居然，居然，没穿衣服!

好吧，不能算完全没穿，好歹裤子还依然健在，看不出这人身材这么好，胸是胸腰是腰的，尤其是那几块小砖头一样的腹肌，怎么看怎么不谦虚不淡定……不过简嘉依然气急败坏地尖叫："你你你，你，流氓！”

他瞟了她一眼，目光却忽然划过她的脸往旁边移动，那眼神看起来很是不怀好意，简嘉心里有点发毛，甚至在下意识寻找附近有没有什么时间短见效快的防身工具，只听他刻意清了清喉咙：“我觉得你还是把门关上比较好。”

简嘉这才发现自己进来后居然忘记关门，对门的老先生跟老太太正在一脸兴味地看着他们……

孤男寡女还有人衣冠不整，看在谁眼里都会有好几万字的联想，放在天涯什么的网站一个小时候就能盖楼无数，她顿时觉得又羞又气，咣当一声把门关掉，直接冲到某人面前：“你这个大变态！赶紧把衣服穿好！”

“我觉得这有点困难。”他指了指地上那一堆咸菜状的布料，“你的这只，周先生，貌似是叫这个名字对吧，大概对我和我的T恤很感冒，刚才直接扑到我身上来，并且，方便了一下。”

另一边正在被美丽追得不亦乐乎的小砣周先生听到自己的名字居然很欣喜地“汪”了好几声，并且绕着他的裤脚不停地打转，像是发现了下一个作案地点。

呃，看到这里，简嘉有点心虚，狗不教，主之过，虽然这个主人是暂时的，但是也得负起责任来。但是！这也不能成为这个BT暴露的理由吧，她像外交部发言人一样地表明立场：“你可以把衣服洗干净，然后穿上。”

他居然摊手：“我不太会。”

好吧，谁让犯错的是自己的那只周先生呢，简嘉皱着眉头把那件T恤丢进洗衣机，某人却在身后提醒道：“那个，它只能手洗。”

……

简嘉觉得自己今天悲惨极了，白天乌龙地同暗恋对象重逢，却赫然发现人家已经娶妻生子其乐融融，回到家居然还要给这个莫名其妙的家伙洗被莫名其妙送来的狗弄脏的衣服，这得是人品亏损到什么地步才能有的遭遇啊！

她一边洗衣服一边觉得现在这个画面来个二泉映月什么的做伴奏是再好不过的了，好容易洗好扔去烘干，转过身却看见某人拿着她的手机立在洗手间门口，拿着手机的手朝她扬了扬：“你的电话。”

电话还在响，她擦干双手接了过来，不忘对某人嘱咐：“你自己盯着，好了自己取出来穿上！”

陌生的号码，简嘉靠在墙上接起来，口气有点不耐烦：“你好，我是简嘉。”

那边先是传来一阵低沉的轻笑，随后那个她万分熟悉的声音在耳边响起：“小嘉，是我。”

简嘉吓得差点没把手机扔出去，居然是楚泽祺！她慌乱异常，冷静什么的荡然无存，完全不知道该怎么回应，只差没问出什么“你怎么知道我电话”这种白痴问题，只能一边吱吱呜呜应付一边心想：完蛋了！

楚泽祺的声音像是吹进心底深处的微风，格外轻柔：“今天好像忘了告诉你，这是我的私人号码，我刚回国不久，有许多事情还要咨询你。”

“啊，没问题，欢迎咨询，欢迎骚扰。”她松一口气，正想开展点深入友好的交谈，只听身后的洗手间有凄厉的惨叫声传来：“啊！离我远一点！”

还没等简嘉做出什么反应，电话那边的楚泽祺忽然笑起来：“跟男朋友在一起？那我就不打扰了，下次再骚扰你。”说完就挂掉了电话。

她听着耳边传来的嘟嘟声，只觉得百口莫辩加无言以对，郁闷得只想吐血，恨不得立刻把刚才捣乱的某人拖出来打个生活不能自理什么的，推开门却看到那人倒在满地是水的洗手间中央，身边是上窜下跳的美丽跟四处躲藏的周先生。

某人虚弱地指着不住用尾巴扫着他脸的美丽：“能劝她离我远点吗？我对猫过敏。”

噗，简嘉抱起美丽之后不厚道地笑了，某人立刻敏捷地从地上爬起来，哼了一声：“这也算疑难杂症的好不好，你不能歧视我的缺陷。”

“好吧好吧，歧视人家缺陷是不厚道的”，简嘉决定将这个秘密深埋在心里，在没人的时候拿出来自己偷笑一下。

带着这份突如其来的另类好心情，简嘉愉快地给乐此不疲追逐了一天的美丽和周先生做了晚饭，翻出大姨秘制的三鲜饺子准备补充能量，想着该去补充点零食蛋糕水果当存货，每天跟大的小的斗智斗勇，简直是太消耗体力了。

饺子出锅放在桌上，转身去拿醋的工夫，只见某个身患疑难杂症人士已经津津有味地吃了起来，看到她手里拿着的醋瓶子居然还主动伸手接过来，说：“谢谢。”

对于这种无耻到让人出离愤怒的行为，简嘉只想掀桌，但是她相当镇定地拽过盘子，说：“这是我的。还有，敢问周先生，你准备何时起驾离开我家？”

某人的吃相极其优雅，一副不紧不慢的样子，连跟她说话都很像是回答记者提问：“在我觉得需要的时候，你看，我在你家受到了你以及你家猫猫狗狗所带来的身体和精神的多重打击，我觉得无论从道理上还是道义上你都应当给我提供多方面的照顾。”

某人心满意足地吃完，还不忘提出意见建议：“饺子皮太软了，还有，方便面能换个牌子吗？中午我吃的那筒实在是太辣了，我觉得口味清淡的比较好。”

好强大的无赖用语啊，简嘉现在唯一想做的事情就是把盘子盖到眼前这个人的脸上，心想你当那只僵尸周的保镖真的是太大材小用了，你应该是去当律师啊啊啊！

简嘉气都气饱了，不再对晚餐有什么想法，关起门抱着本本上网，借此发泄心中的郁闷，大概是心情沉重降低了警惕性，看到一个陌生邮箱发来的附件，随手就打开了，然而，降低警惕性的后果就是本本华丽丽地中毒了，要钱不要钱的杀毒软件貌似都不能彻底消灭，最后只剩下重装系统一条路。

好在她简嘉是新时代的杰出女青年，虽说写不了代码，但是重装个系统翻个墙之类的事对她来说易如反掌，中毒算什么，二十分钟之后又是台好本！

可是，二十分钟之后，悲催的事情发生了，系统镜像居然没有装在C盘里，而且，她的整个硬盘的分区都不见了，变成了一只完整的，裸机？

那一刻，她有点体会到万念俱灰是怎么样的感受了，最想做的事情是立刻打开窗子对着月亮狂叫，为什么我会这么倒霉啊！

4

阿姨与表哥不得不说的故事

加 + 减 − 乘 × 除 ÷ ，都 + 是 − 爱

纵然大叫一千万遍倒霉，大概也唤不回那离简嘉越来越远的文档和资料，想到那里面几个文件夹的婚礼视频和一大堆策划书和文件资料，有的还是公司电脑没有备份的私人版本，现在她只想泪流满面。

不死心地努力了两回，本本却还是那个状态，绝望地关上电脑，简嘉觉得自己内伤严重，几乎就要血溅屏幕。

简嘉拖着身体去洗手间清醒清醒，迎面就看见周某人一边擦着半干的头发一边从浴室踱出来。这次倒是衣着整齐，不过他那副闲适得如同待在自己家的模样狠狠地刺痛了简嘉的眼睛，无奈她满腔怒火全数贡献给了自己的本本，只能狠狠地瞪着眼前人，试图用目光将某人的脸烧出一个洞。

待她清醒完毕出来，只见某人四肢伸展瘫在沙发上，懒洋洋地对着简嘉说:“我有些事，把你的电脑借给我用一下。”

那个语气，活生生是大少爷吩咐小丫环，此刻的简嘉沉浸在惨痛的损失中，实在是没有心情和力气斗嘴，所以凉凉地回应：“对不起啊，周先生，今天这个不能有，我的笔记本在刚才坏掉了……”

一字一顿地说完，简嘉仰起脸眯起眼睛等着他的回应，样子活生生地挑衅。

而周某人居然只是扬了扬眉毛:“哦，那我帮你修一下。”

简嘉对周某人的话很是怀疑，不过还是搬出本本摆在他的面前，反正它现在是一匹死马，纵使被某人修不成一只活马也不会比死马更惨。

他迅速开机，只看了一眼就说:“系统镜像装错地方了。”

接下来的时间里谁都没有说话，某人专心干活，简嘉专心围观，屏幕的荧光映在他的脸上，折射出异样的光芒，那种冷静而坚定的目光，让她觉得眼前人忽然变得很陌生，仿佛瞬间变成了另外一个模样，这样的念头只存在了一瞬，下一秒简嘉已经开始嘲笑自己，他们有那么熟吗？本来就只是陌生人而已。

还没等她思想活动结束，周某人已经将笔记本推给她："好了。"

简嘉打开我的电脑，只见自己那一排文件夹整齐地排列在那里，一个都没有少，她差点热泪盈眶，心情"冲动"得很想抱住眼前这个人狠狠亲一口，他真是她的英雄，拯救她于水火，为她降妖除魔。

还没等简嘉想出表达感谢的方法，周某人已经悄无声息地从她手里接走了本本，很认真很诚恳地问："现在可以借给我使用了吧？"

"可以，可以，可以……"简嘉忙不迭答应，这个时候别说借电脑，就是让她给他端茶倒水捏肩捶背，哪怕是撒花跳大腿舞她都二话不说立刻照办。

周某人抱着笔记本上网，简嘉开始觉得他不说话的样子看起来顺眼极了，原来任何男人认真起来都是有魅力的。

简嘉心满意足地哼着歌洗洗睡了，想着今天晚上峰回路转的传奇经历，觉得最近的日子过得真是玄幻，跟做梦一样，失而复得的感觉真好。

大概真的是转运了，简嘉接下来的工作也进展得出奇顺利，冰场的人同意租用冰面办婚礼，不过只在婚礼的时间。这就意味着布置现场和一些细节的设计只能在有限的很短的时间内进行，简嘉只能跟同事一起一次又一次地来到冰场对着满场压步跳跃旋转的小朋友大朋友指指点点，讨论灯光和场地的布置和设计，几次下来，觉得跟空中建楼一样。

这天周末，简嘉租了冰鞋准备亲自感受一下冰场的长度和宽度，上了冰才发现自己每走一步都举步维艰，根本只能扶着挡板沿着四周慢慢挪动，更别说走到中心测量一下滑行需要的时间了。哪怕是再小心，也会被人不小心撞倒，每次都摔得四仰八叉毫无形象。

几次下来，牛仔裤的湿度已经相当可观不说，她的小屁股已经提出了严正的抗议，简嘉简直想要躺在冰面上装死，还没等她的想法变成行动，就有个小小的身影从她身边滑过来，撅起屁股俯身捡起刚才摔倒时被她的冰鞋砸出来的冰花，然后把小小的冰坑填上，转过脸对她说："姐姐，滑行的时候膝盖应该收紧，不然很容易摔跤。"

简嘉这才看清那小身影原来是个小男孩，四五岁的样子，小圆脸蛋上唇红齿白很是可爱，不过这表情是不是有点太严肃了？看那小眉头皱的，跟高中政教主任似的，怎么看怎么都跟他的年纪不符。

于是她笑嘻嘻地回答："我刚学，我还不太会。"

“哦，初学，那你应该和她们一样买个护臀。”他指了指一旁跟着教练练跳跃的小女孩，“不然会摔得很惨。”

“好的，我会考虑的，谢谢你小帅哥。”

简嘉一边说话一边从地上爬起来，很想捏一捏眼前这个小帅哥的小脸蛋。可小帅哥却不领情，撅着嘴看了她一眼：“我不叫小帅哥，我叫修修。”

修修，好那啥的名字啊，怪不得小朋友这么严肃，简嘉觉得这个名字有点耳熟，忘记了在哪里听过。

摔了无数次之后，她终于对这个冰场的面积有了直观的掌握，换鞋子出来的时候时间已经不早，简嘉索性不回公司了，准备逛个超市直接回家。

在超市囤积了大量零食和存粮，简嘉抱着战利品准备回家，却在超市外面的商铺里发现了一家很有意思的小店，全是情侣T恤，图案可爱到爆而且每个颜色和图案只有一套，完全不用担心在街上撞衫。

她看上一件红色的，指着它对店员说：“小姐，我想试一试那件。”

上身效果比挂在那里还好，她连衣服都不想换就要付账买下来，可是店员小姐却说：“小姐，我们店里的衣服是情侣装，不单件出售。”

简嘉有点傻眼：“可是，可是，可是我只喜欢这一件。”她一脸哀怨地看着店员MM，心想着难道买件男版回去当睡衣？

店员MM也一脸爱莫能助的表情：“老板就是这么规定的，我们也没办法。”

她真舍不得把这么可爱的衣服放回去，忽然灵光一现，对了！还有家里那只，看在他帮她修好电脑的分上，给他准备件换洗衣服也好，哈哈哈，就这么定了！

简嘉欢欢喜喜地拿着两件衣服交钱结账，想着要不要去另外一边的甜品屋买点泡芙带回去，刚走出店门就看见了刚才那个叫做修修的小朋友，还有牵着修修的那个男人……居然看起来这么眼熟！

“小嘉，这么巧？”楚泽祺的声音里带着大大的惊喜。

简嘉这边就只剩下惊没有喜了，怪不得她觉得那孩子的名字耳熟，原来楚泽祺曾经介绍过，他的儿子就叫修修！

她腾出提满袋子的手跟眼前的一大一小打招呼：“你们好，是很巧。”

他为她介绍：“这是我儿子修修。”接着低下头对修修说：“这是简嘉阿姨，跟阿姨打个招呼。”

修修看了看简嘉又仰起脸看了看爸爸，然后很有礼貌很大方地向简嘉问好：“简嘉姐姐你好。”

简嘉于是黑线了，姐姐？你叫我姐姐我难道要叫你爸爸叔叔？那辈分岂不是全乱了？她浑身发冷，莫名生出一种乱伦的错觉。

楚泽祺温和地纠正：“简嘉阿姨是爸爸的同学，应该叫阿姨。”

修修眨巴着水汪汪的大眼睛，一本正经地说：“妈妈说过，还没结婚的都应该叫姐姐……”

呃，很好很强大的理论，简嘉刚在思索该如何解释，方才那家店的店员MM却拎着一个袋子跑了出来，对她说：“幸亏你没走远，我们现在正在做活动，买二送一，跟你这件一套的裤子已经没货了，这个是男装的裤子，回去送给你男朋友一起穿。”

她握着袋子道谢，回头看见楚泽祺看着她露出了然的目光，慌忙解释：“那个，其实，我家远方表哥现在住我那里，这是给他买的！”

很多时候，解释就是掩饰，像简嘉这个样子，一般被称作自以为是。

楚泽祺帮她拎过那只巨大的购物袋，简嘉跟在那一大一小的身后，恨不得立刻把他俩敲昏洗脑，可是修修显然对表哥之类的发生了浓厚的兴趣。

“爸爸，堂哥跟表哥有什么区别？”

“是这样的修修，爸爸家的哥哥都是堂哥啊，妈妈家的哥哥就是表哥。”楚泽祺的回答显得温和而有耐心，不过显然存在着漏洞。修修很有思辨精神地反驳：“那敬敬为什么也是我表哥，姑姑不也是爸爸家的吗？”

“呃……”楚泽祺努力思考该如何跟自己美国出生的儿子解释中国人的亲戚关系，简嘉在这个时候开了口。

“很好分辨啊，跟你姓一样就是堂哥，不一样的都是表哥，明白了没，秀秀~”

她故意变了腔调，叫错名字，惹得小男生一本正经地纠正：“我叫修修，不是秀秀。”

“秀秀，秀秀，秀秀……”

“修修，修修，修修！”

楚泽祺看着简嘉孩子气地跟修修斗嘴，唇边漾出一抹微笑，让偶然抬头的她差点淌着口水呆在原地。

简嘉一边拼命咽口水一边严格提醒自己要注意素质注意影响，千万不要有违反五讲四美的想法，不要做会被天涯人肉的事……

正在她奋力对自己进行人生观价值观教育的时候，却赫然发现自己今天是搭同事的车出来的！从这里回家自己需要换三趟公车，望着那两大袋战利品，简嘉顿时觉得自己跟泄了气的皮球一样，瞬间地瘫倒了。

还没来得及进一步悲伤，才发现自己又一次来到那个悲催无比的停车场，楚泽祺利落地把她的购物袋放进后备箱，接着跟她招手："快点啊，小嘉。"

看着手边的袋子，又看看正在朝她招手的一大一小，好吧，搭孩子爸的顺风车不影响简嘉做新时期的好青年，她觉得自己跳上车的动作有点急切，险些撞到头，不好意思地朝楚泽祺笑笑："师兄，麻烦你了。"

MDX这样的大车一直是简嘉的梦想，而现在同样是她梦想的男子就坐在自己的身旁，却已经是人家的丈夫孩子的爸，怎么能不让人捶心肝！

简嘉忍痛发问："师姐，她还好吧。"

"靓子？"楚泽祺对于她的问题显然没有什么准备，神情居然有点不自然，"她很好。"

"哦。"她有点无措地闭嘴，不知道接下来应该说点什么，好在车上的电台里播的财经节目拯救了她，"这几天股市好诡异，不知道为什么跌成这样。"

连简嘉这样的股盲都知道这几日大盘全面飘绿，每一个同事都是愁眉苦脸，楚泽祺却只是轻笑一声："一点都不诡异，周翌瑊至今下落不明，这几支股票他都大量持有，市场这样的反应在意料之中。"

想到小股神，再想到家里那只周先生，原来自己跟这种大人物有了这种千丝万缕的关系啊，要不要到天涯去开了树洞帖呢？名字该起什么好呢？

大概是想得太入神，连修修凑到她身边看她都没发现，只听小正太在她耳边出声："姐姐，你在想boyfriend吗？"

噗。

简嘉立刻囧了，嘴角都有点抽搐："秀秀，阿姨我没有想那种东西！"

"不要叫我秀秀！"

"不要叫我阿姨！"

看着吵成一团的某两只，楚泽祺唇边的笑纹越来越深，原来某人真的一点也没有变，还是那么有趣。

放学时间学校外来车辆不得入内，简嘉跟楚泽祺告别之后只能自力更生拎着两只大袋子挪回家，不时有年轻的面孔跟她擦肩而过，眼角眉梢的意气像极了那时候的自己。

路边的荷塘里莲叶田田，沉默无语。

时光仿佛不动声色地流转回去，回到了她在校园里遇见楚泽祺的春天，那年的春天真短，好像两个人相处的时间，仿佛一夜之间已经消失不见。

简嘉一边想一边泄气，手袋里的手机却哇哇哇地唱起来，她实在腾不出手去接，可那铃声却执著得让人抓狂，她只好停下来摸出手机，居然是小胖，懒洋洋的声音从听筒那边清晰地传过来："猪头嘉，你的彩铃这么难听，居然还让我听两遍！"

她也没好气："猪头三您老人家有啥最新指示？"

小胖的声音立刻变得神秘兮兮："你知道那个惊天大八卦不？关于咱们楚师兄的。"

简嘉差点没心动过速，强装淡定发问："什么？"

"你还不知道啊！那天遇到一个师兄说啊，金童玉女分手了！咱们楚天王跟靓女王，离婚啦！哦呵呵呵 ~~~~~"

听筒里传来小胖夸张的笑声，简嘉却已经什么都听不见了，这一刻，她想做的居然是扔掉手里的袋子，然后，欢呼！

不和谐不和谐不和谐，真的太不和谐了，怎么能幸灾乐祸呢，简嘉一边提醒自己千万得注意素质，心中那块大石头却落了地，莫名地开朗起来，一本正经地跟小胖八卦："怎么会这样？他们的儿子都那么大了！"

"还说没关注过他，都知道人家有儿子，儿子再大该离还是挡不住，楚天工那种男人摆在眼前，想当后妈的人不要太多哦，还省得自己生了呢，多么完美的人生啊！"

简嘉随口跟小胖聊了两句便挂了电话，心中却开始加足马力消化刚才的消息，没有会被天涯人肉危险的人生是美好的，鉴定完毕！

借着这股兴奋劲儿，她简直是一路小跑地回了家，索性连钥匙也懒得拿，直接按门铃，某人居然很久才来开门，顶着鸡窝头的样子有趣极了，一脸怨怼："干嘛不自己开门。"

简嘉又产生出违反《治安管理处罚条例》的冲动，不过看在眼前这个人拯救了她的电脑的分上，她生生压了下来，然后解释："东西太多嘛！"

某人接过他手中的袋子，一本正经地说："看你这种阵势，人家会以为你家里养了牛。"

她哼一声："最近新养了猪。"

"哦。"他拎着东西放进冰箱，"那请你今天做顿像样的吧，真要让猪吃你今天做的早饭它们会食物中毒的。"

简嘉斜眼看他，什么都不想说，径自瘫在沙发上，却看见某人拎出那件情侣T恤："这是什么？"

"这个啊……"她抬起脸来看他的脸，"新款宠物服装。"

简嘉顺手把裤子塞给他，还一本正经地解释："因为不想看某些人穿着暴露有碍观瞻。"

"哦。"

某人咧嘴无声微笑的样子看起来实在不像是什么纯良动物，看得简嘉抓狂，于是恶狠狠地问："你到底什么时候走？"

"在我觉得合适的时候。"

"你觉得什么时候合适？"

"在我确定自己不会再被人敲昏扔在洗手间地板上的时候。"

他说最后一句话的时候整个人笼罩在一抹阴冷肃杀的气息中，让简嘉后背发凉，很是想要抚摸一下自己的脖子，权衡一下是不是要继续这场对话。

不过下一刻他又恢复了简嘉熟悉的那副BT猥琐又死相的状态，拎起袋子说："我去洗个澡先，期待你的晚饭。"

说完转身离去，活脱脱的少爷样，简嘉没好气地拖过放在客厅茶几上的本本，发现不知道什么软件正在快速运行，一串串数字看得人头晕眼花，让数学总是低空飞行的她直接推开，不想再看一眼。

不知道是不是小胖的电话让自己放下了心中满是罪恶感的大石头，简嘉明显感觉自己的心情发生了质的变化，直接表现在她居然一边哼歌一边做菜，还顺便热了鱼丸和牛肉丸给美丽和周先生加菜，看到那两个小家伙姐友弟恭地抢食的样子，她简直要大喊：

生活真的是太美好了！

甚至，要包括湿着头发从洗手间晃出来的某人，那套衣服明明就是再普通不过的T恤加棉布裤子，但是穿在他身上依然好看到难以形容，连美丽都像是被某人的色相吸引，喵喵地绕着他的裤脚打转，他弯下身来抱起美丽，衬在夕阳余晖里的侧面剪影像是一幅画一样，亮得叫人睁不开眼。

简嘉心中的一根弦仿佛被人轻轻拨动，有些东西仿佛变得不太一样，可是下一秒钟她却发现什么都没有改变，因为某人一边跟美丽亲密互动一边提醒她："请问我们是要吃干煸香菇吗？它好像快煳了……"

#￥%￥%……%&*&（*）（——）——）——（&……

她急忙补救，可还是晚了一步，看着香菇菜心那惨不忍睹的尸体，简嘉决定再来一道以证明自己的厨艺，那就是番茄炒蛋！

简单是简单了点，可是好歹也算是自己的拿手菜，简嘉一边打蛋一边指挥某人干活："来来来，帮我打两个鸡蛋。"

可是还没等某人打开冰箱，她的手机就在客厅里高声唱起来，于是她指了指自己的包包："去帮我拿一下电话。"

某人还真听话，二话不说就拿来了手机，简嘉得意地想，还真是听话呢，不过简嘉看到屏幕上闪动的那个名字就立刻说不出话来了，是老妈！居然是老妈！

她深呼吸几下接起来，老妈的声音依旧中气十足振聋发聩："简嘉！这个周六12点去味鼎轩吃饭！一定要去听到没有！"

吃饭？一听就知道是相亲，她才不要："那个，妈，我……"

"不要我，我，我的，具体地点我提前一天通知你，这次你舅妈保证这人工作正常人品正常性格正常什么都正常，你要是敢故意不正常你小心点！"

老妈一副抗拒从严的架势，吓得简嘉吱吱呜呜："不是……"

"不是什么？要重视这件事啊，你这个年纪要把终身大事当做主要任务来抓！好了，周六一定去啊！"

还没容得简嘉完整地说出一句话，老妈就直接把电话挂了。简嘉宽面条泪ing，相亲，又是相亲，她想不通老妈加那一票娘子军为什么要拖着自己在相亲这条不靠谱的路上越走越远呢？

"那个……"某人试探着发问，"还要打蛋吗？"

"不打了不打了不打了……"

狠狠地扔掉电话，她的好心情已经消失殆尽，再没心情做菜做汤，直接开了一罐准备留给美丽的鱼罐头下饭，美丽哀怨地窝在沙发上长喵短呜，简嘉在心中长吁短叹，相亲嫁人什么的真的就那么重要吗？难道女人的终极目标就是结婚？那结婚之后呢，混吃等死颐养天年？没有人告诉我们灰姑娘的婚后生活究竟如何，到底是幸福得难以言表了呢，还是无奈到无法诉说？

这些问题一直困扰着简嘉，思想上的问号多了，难免就变成了行动上的顿号，想到连楚泽祺跟俞靓子这样的两个人都会离婚，她也难免有点泄气……努力收拾心情，她从饭碗里抬起脸，居然看到阳台的晾衣架上有可疑的黑色三角形物体在飘荡。

她嘴角抽搐地看着某人："请问，那是？"

他瞟了一眼窗外，嘴角上一丝若有似无的笑："内裤。"

"你的？！"简嘉的声音陡然提高一个八度，"我不记得你爬进我家阳台的时候有带换洗衣物！"

"没错，但是我是个有着良好卫生习惯的人！"

良好，卫生，还习惯？

简嘉控制着掐死某人的欲望问："那你现在……岂不是？"

他居然很慎重地点了一下头："其实感觉不错。怎么？你想验证一下？"

啊啊啊啊啊！

她觉得自己再这样下去离爆血管实在不远，饭一吃完就跑去外面校园里某甜点屋吃冰激凌降温，恨不能连勺子都咬掉以发泄她满腔的怨气，正想着要不要再来一份，忽然有人在她肩上轻轻拍了一下，转过脸去，居然是小葵。

小葵笑嘻嘻地在她身边坐下："四有青年，怎么一个人啊？"

"什么四有青年，我今天烦着呢！"

"小嘉嘉，你现在就是书上说的那种'四有'青年嘛，有猫，有狗，有车，还有男人，真的是要多典型就多典型！"

简嘉强打起精神来义正词严地反驳："车猫狗都是别人的，至于男人，如果你是说来路不明赖在我家里不走的那只的话，我想说，我现在深深盼着谁能把他领走，他这种类型，我实在吃不消。"

小葵一脸诡笑："我都听步步说了，你表姐搞出那么大一件事，八卦杂志居然只字不提，纪家肯定请主编们去喝茶了，肯定！"

简嘉差点忘了，自己跟家中某只冤孽的来源就是万恶的纪怀恩的婚礼！一想到这里她就觉得耳畔开始嗖嗖刮凉风，只差没有来个二泉映月映衬此情此景。

小葵微笑着雪上加霜、一本正经地分析：“我觉得她是不会回来了，事情搞成这样，要是我可是没勇气回来收拾残局。不过你表姐好有个性哦，让世纪婚礼变成反转剧，我已经决定让她做我第231个偶像了，阐述完毕。”

表姐的残局简嘉现在已经没有心思去想，她现在心心念念的是自己那乱七八糟的一亩三分地，小葵却不依不饶：“我今天看到一个大帅哥送你回来哦，人帅车也很帅呢！”

“呃……”简嘉一提到跟楚泽祺相关的话题，完全又是另外一种样子，神色语气总有点不自然，“那是我大学师兄。”

“师兄好啊，师兄好，如果家里那只实在不是你的菜的话，那就去扑倒师兄吧，看师兄那车就知道那是一只金龟啊！”

“喂喂喂，什么扑倒啊，向小葵你矜持点好吧！”

“这年头要是矜持哪能搞到好货啊，不要怕难为情！难为情哪会有爱情！”

小葵语重心长地对她说：“你光在岸上钓哪能弄到金龟啊，现在要下河潜水去摸清这水的深浅，一定要在最短时间内打入敌人内部！有条件要上，没有条件打自己几个嘴巴也要创造条件啊！知己知彼才能百摸百准！”

简嘉被小葵握着拳头说话的气势撼动，心中开始思索自己要不要把思想活动转化为实际行动。

5

进化与还原

加 + 减 − 乘 × 除 ÷ ，都 + 是 − 爱

还没等简嘉想好该怎么开始自己下河捉龟的实际行动，万恶的周六就到来了，纵使是一万个不愿意她还是得按时把自己送去供人参观挑选。

换好衣服对着镜子刷睫毛的时候她忽然觉得相亲什么的像极了逛超市，人找东西，东西仿佛也在找人。你不能指望在特价区淘到宝这种低概率事件发生在自己身上，也不能相信所谓名牌的性价比有多高，鞋穿在脚上，舒不舒服最终只有大脚趾知道。

换鞋出去的时候，窝在沙发上的某人居然朝她吹口哨："去约会？"

简嘉没好气："你有意见？"

"那怎么敢？"他一边拎起试图在他肩膀上睡觉的美丽，一边朝她眨眼，"我只是在想，谁这么有勇气，哦不，是有运气。"

简嘉忽然想起了什么，眯起眼睛看正在沙发上良好互动的某两只："有个人那天好像说过，自己对猫过敏？"

某人却一脸受迫害无奈摊手状："你没听说过以毒攻毒吗？你家丽丽太热情，我有点无法抗拒。"

简嘉狠狠关上门，下楼的时候还在想，真肉麻，还丽丽，我家明明是美丽好不好。想到刚才出门的时候美丽满眼只有某人的存在都不望她一眼，她就只想找个墙角挖蘑菇抠墙皮。这种情绪严重影响了她的RP，五个路口赶上五个红灯，郁闷得她只想把方才抢她车道的大叔抓出来痛扁一顿。

眼看胜利在望，手机唱起来，抓过来一看，居然是楚泽祺！她酝酿好情绪跟语气，等着那铃声唱完半首之后才接起来，楚泽祺那边语气很急："小嘉，你可以帮我一个忙吗？我现在有急事要去外地出差，已经快到机场了，可是刚才保姆打电话来说家里有点急事不能去接修修，你能不能现在帮我去冰场接修修下课，然后送他去保姆家？"

面对楚泽祺，无论是几年前还是现在，简嘉都不可能对这个人说出一个不字，她听见自己坚定的声音回答道："好，我现在就去。"

简嘉到了冰场才发现自己今天至少做错三件事：

穿雪纺裙子站在挡板前等人，实在是很突兀。

冰球原来是这么那啥啥的运动，一群小男孩简直像刚从笼子里面放出来的小猩猩！

她不该忘记自己还要去相亲这件事。

三舅妈跟老妈不停地电话轰炸，打得她电话直接没电关机，她也乐得清静，带着修修吃了午饭，欢快地走在奔去保姆家的路上。

还没走八百米，问题就来了，看着短信上楚泽祺告诉她的地址，再看看路边的标志，她试探着问修修："秀秀，你觉得我们这样走，有没有一点奇怪？"

可怜的修修小盆友先是一脸抓狂地纠正："姐姐，我叫修修，你在前面路口右转就可以了。"

简嘉得意地在他鼻子上点了一下："就听你的，亲爱的秀秀，叫我阿姨！"

修修对她做个鬼脸，扭过头小声地嘟囔："哼，什么听我的，直接说你是路痴不就完了 ~~~~"

把可怜的修修小盆友送给保姆，简嘉在开车回家的路上心中全是开心舒畅的情绪，好像那时候把楚泽祺那只不小心遗失的 U 盘还给他之后的心情，总觉得那是一份变相的幸福。

回到家，那一人一猫一狗相处得甚是和谐，围着打翻的垃圾桶闹成一团，她正想发飙，却在目光落在那堆垃圾上的时候陡然停住……等等……那些都是？

简嘉用颤抖的双手打开冰箱，果然果然果然！冰箱空空如也，她还没来得及享用的存粮居然都……没有了！

越抓狂越冷静，她异常淡定地问某人："我的车厘子呢？"

"昨天吃掉的，可是我真的不觉得那个比樱桃好吃哎，皮真厚！"

"我的蛋糕呢？"

"也吃了，最后一点香蕉味道的给了这个，周……周先生，不过他好像觉得味道有点奇怪。"

某只帮凶居然还很配合地汪汪了两声！

"那，我的凤梨酥呢？"

"那个是今天的下午茶，配你的奶茶味道还不错……"某人的语气显然有点意犹未尽。

“果冻呢？”

“我是觉得黄桃口味的很SOSO啦，不过你家美丽貌似很喜欢，我跟你说，我有个朋友做的榴莲冻很好吃，找个时候带你去试试……”

简嘉只想用手掐着眼前这个坏蛋的脖子让他把所有的东西都吐出来，不过她还是有始有终地问了最后一句：“鸭脖子鸭舌头鸭锁骨泡椒凤爪都吃掉了？”简嘉的声音幽幽地，美丽甚至跳上了窗台，试图远离风暴中心。

“我觉得跟周黑鸭的真空包装比，还是新鲜的好吃哎，不过这个周……周先生它貌似不太喜欢，也许觉得肉太少？”

“汪汪！”

简嘉怒从心头起，直直朝着某人扑了过去：“啊啊啊啊啊啊啊……”

惨叫声再次响起，美丽优雅地用爪子搔了搔脑袋，找个能晒到太阳的角落趴好，心想，人类啊，真的是太幼稚了！

幼稚的人发起飙来，实在是太老练了。

把偷吃三人组关进阳台，啊不对，是一人一猫一狗的跨物种犯罪团伙！简嘉一边收拾方才“战况”激烈的客厅一边狠狠地表达自己的愤怒，此时此刻，她也仅仅剩了点愤怒。

垃圾还没收完，同事珠珠的电话就打了过来，那边人的声音都快哭了：“简嘉，快来救下场吧，达哥和小王忽然肠胃炎了，晚上这个婚礼人手不够，我们这边群龙无首啊！”

她可是敬业的简小嘉，所以换了衣服就冲出门去，完全忘了阳台上还有三只正在面壁思过顺便挠门……

那边的婚礼真的手忙脚乱，不过还好，有惊无险地一切顺利，新郎的妈妈还送给她一瓶私酿的红酒，让她多了些意外的感动，瞬间把今天那些糟心的经历都抛到了脑后。

不过，有些人肯定是不会甘于被抛向脑后的，比如，简嘉那卓越出色伟大的妈。

简嘉上楼的时候就隐隐觉得气场有些不太对，心头莫名发紧，直到老妈的脸出现在自己的眼前，她才觉得自己的感知能力简直是太差了，这种强大的小宇宙自己居然没有及早发现及早处理！

失察的危险是巨大的，比如说耳膜差点被震破什么的……

“简嘉！你怎么回事！白天放鸽子不说，还这么晚回来！你想气死我啊！”

老妈大概是真的拿出了在审讯室的英雄气概，一整个单元的声控灯都亮了，为了大家安静的夜晚，她赶紧开门把老妈拖了进去。

一边放东西一边赔笑脸道：“我不是说了么，朋友有点急事，我去帮他接儿子，你不是从小教育我对同志要春天般温暖嘛！”

“那现在是怎么回事？现在几点了？12点半！你还抱着酒瓶子回来，你到底干吗去啦？”

“加班啊，酒是人家送我的，他们家有个酒庄哎，这是自己酿的！”

简嘉不无得意地举了举手中的酒，老妈环顾四周，紧紧地皱了皱眉头：“你这屋子怎么乱成这样，还有，经常开窗通风知道不，年轻人不要老开空调。”说完径自走向阳台。

简嘉忽然想起了什么，可是已经来不及了，只能眼睁睁地看着老妈打开阳台推拉门的暗扣，坐在地上搂猫抱狗的某人出现在两个人的面前。

“阿姨好！”他还挺有礼貌。

怎么办？该怎么解释某人的存在啊！不过下一秒她差点晕过去，因为她听见老妈用平稳的语调说：“呀，你同事的儿子还挺大的啊！”

“其实，那个，这是……”简嘉觉得自己平日里面不改色心不跳地编瞎话的能力在关键时刻没有办法派上用场，该怎么跟老妈介绍自己藏了这么大一只在家里？

不不不，关键问题是，体积不是关键，恐怕性别才是最重要的，要是老妈知道自己跟这位来路不明的周先生共处一室朝夕相处这么久，不押着自己立马跟他领证结婚才怪！

情况很危急，后果很严重。

正在这千钧一发的时候，终于有人挺身而出，只听某人开口：“阿姨，我是简嘉的朋友。”

“哦。”简嘉妈看了看他又看了看简嘉：“就是你今天要我们简嘉帮你接儿子啊！”

简嘉妈脸上带着笑，问出来的话却叫一个掷地有声，某人的回答却也不忙乱。

“对啊，我儿子就是这只。”他拖着周先生朝简嘉妈挥了挥爪子，“我今天送它去兽医那里打针，可是临时有事没办法接它回来，就只好拜托简嘉了。医生打电话跟我说，幸亏有简嘉去照顾它，不然小周会更难受的，它消化不良，天天晚上呜呜哭，真的是太可怜了……”

“是啊，这么小就受这么大的罪，哎，我上次看到的好像就是它吧，虽然就是只杂毛大号京巴，难得小伙子你对它还这么上心，不错不错不错……”

简嘉妈平日里就是个听新闻联播都会飙泪，看艺术人生会哽咽到不能自已的中年妇女，看到某人唱做俱佳的这出戏立刻感同身受融入其中，大夸某人是有爱心负责任的新一代好青年，承诺以后有啥事尽管来找她……和简嘉，娘俩一定有求必应能帮就帮，甚至还邀请某人下次带着“儿子”到家里吃饭。

周某人演戏演得还真到位，最后抱着周先生躲到外面去装作告辞，简嘉慌乱中还不忘把自己的手机塞进某人口袋，然后一脸“壮士，今晚多亏你”的表情望着两位周先生消失在楼梯尽头。

经过一番折腾，简嘉妈彻底忘记了自己是来兴师问罪的，交代了她一些事情又被大姨几个电话 call 走。

送走老妈，简嘉发现自己简直是满头大汗，整个身体都陷在警报解除后的虚脱感中，不过还是得先把两只帮了大忙的周先生找回来，用座机打自己的手机，那边的声响很是嘈杂，周某人懒洋洋的声音从电话那边传来：“我们在这边的夜市，忽然发现我们哥俩都饿了，你带着钱快点来！”

O（╯□╰）o

这哥俩真是什么时候都能带给她无限的“惊喜”，等她拎着小包赶到夜市，周某人已经坐在那家经典的铁板烧摊子前点了一堆东西吃了起来，周先生则是哀怨地蹲在地上，接受几个小女生的轮番抚摸。

简嘉坐下二话不说也跟着吃起来，担惊受怕是一件极其消耗体力的事，何况这家的烧烤真的很美味，鱿鱼什么的躺在铁板上吱吱作响的声音简直是太动听了，牛柳和鸡胗配着豆皮蘸酱的滋味也很不错。啃着鸡翅膀配啤酒的时候，简嘉忽然想起了大学时那个叫做小木屋的烧烤店，那个围着小熊围裙的老板，还有那只每次看到她都会叫的小狐狸。

那时候，吞下的食物叫做快意，入喉的淡酒叫做豪情，那时候，她觉得面前坐着的男子的白衬衫，像被春雨洗过的太阳……

那时候，她的眼里心里只有楚泽祺这么一个名字。

周某人居然细心地为她倒酒，低声询问她要多少的时候简嘉惶然对上他的眼睛，像月下的湖水，闪耀着异样的光芒。只是那对视的片刻，她便觉得心慌，心被某些不知名的情绪触动，像是扔进湖心的石子，噗地一声便不见了踪迹。

为了挥去这种不正常的情绪，简嘉把自己的注意力全部放在消灭面前的食物上，啤酒冰凉，入喉爽口，微风在脚趾间流转，不知不觉就喝下许多。

酒精让人精神放松，却也让简嘉舌后肌肉超级兴奋，开始喋喋不休地跟对面的人叙述：

“这个烧烤啊，配大酱最好吃，其实甜面酱也挺好吃的，我上大学的时候经常这么吃。”

“你知道吗，我大学的校园里也有大片樱花，虽然不如武大出名，可是一到四月真的是美极了……”

他拿烤好的玉米给她。“看起来上大学是件蛮有意思的事，可惜我没上过大学。”

“大学很变态的！尤其是数学什么的，考计量经济学之前我都想去老师办公室偷卷子了，那是什么课啊，简直是天书天书天书！”

“虽然踢足球的男生通常都是罗圈腿，面部表情还很狰狞，但是我还是觉得，踢球的男生最帅了！”

“我最讨厌暑假最讨厌夏天了，因为每到这个季节都会有这样那样的人离我而去，看着别人的背影在自己眼前越来越小，这种感觉最差了……”

……

某人不再说话，只是微笑着看着简嘉，眼神依旧晶亮，空气中有些什么东西已经变得不一样了，只是两个人都没有察觉。

喝啤酒能醉成这个鸟样的，全世界大概只有简嘉一个人。

前言不搭后语到了最后已经演变成扯着嗓子唱歌，等到周某人从她包包里拿出钱来付好账背着她往回走时，已经演变成了背诵诗歌，从鹅鹅鹅到长恨歌，从咏柳到琵琶行，连织毛衣联句打油诗都不放过。大概是累了，她的声音一点点低下来，脑袋埋在某人肩上，感觉这里宽阔无比，像一座山，一座可以隐匿自己的山。

简嘉用低不可闻的声音在他耳边喃喃道：

“一月你还没有出现，

二月你睡在隔壁，

三月下起了大雨，

四月里遍地蔷薇……”

跟在他们身后的周先生哀怨地看了几眼前面两个人，心想着：拜托你们俩走快点好不好，都这半夜了还在路上大喊大叫地拽文，很丢人的说……

醉得不省人事的简嘉在回到自己的地盘之后迅速找回了状态，迷迷糊糊半醉半醒地指使着周某人端茶倒水干这干那，还赖在沙发上抱着红酒瓶子不肯去睡，他把湿毛巾递给她，忽然轻声问：“简嘉，你是不是在等什么人？”

简嘉去接毛巾的手瞬间停在半空，二话不说穿上拖鞋逃一般地奔回了自己的房间，自己多年的心事被这么一个陌生人用一句话洞穿，她不知道自己是要气急败坏还是该百感交集。

她不知道，他看着她的背影时流露出的眼神和唇边漾出的笑。

醉酒加胡思乱想的夜里，简嘉做梦了，梦里是空荡的考场和宽阔的走廊，她穿着红裙子在楚泽祺面前走过，就像那只等待着的狐狸……

梦中她静静坐在图书馆的落地窗前，不知怎么的忽然铃声大作，她烦躁地翻了几页书，可是铃声却还没有停下的意思，最后才发现居然是自家的门铃声。

也许是昨晚的酒精降低了警惕性，她穿着睡衣就走出房间跑去开门，口中还不耐烦地嚷嚷：“好了好了，就来了。”

眯着眼睛开门，首先映入眼帘的是黑色的衬衫，然后是黑色的西装外套……努力睁开眼，一张熟悉的扑克冰块僵尸万年面瘫脸出现在自己面前，周峪珲！

“一大早又是谁来了啊 ~~~~~~”

懒洋洋的声音响起，某人半裸着站在客厅里擦头发，有水珠流下，缓缓消失在肌肉的纹路里。

晨光大片大片从玻璃窗里投射进来，跟水汽一起描摹着他身体的轮廓，腰上那条浴巾看起来危险无比，正在摇摇欲坠，潮湿的头发让他看起来有点孩子气，眯起眼睛那种不耐烦的神情虽然欠扁，但是从一个女性的角度来客观鉴赏的话，那还真的性感无比。

美男出浴这种场景出现在任何时间任何地点都会让简嘉口水狂流，色心顿起……但是，如果发生在她家，门口还正好立着一个万年面瘫僵尸冰块脸的城内名人，却着实让她生出一种被捉打叉在床的感觉。想要解释却也无法解释，特别是面前身后两人隔空交流的强大电弧正在激烈碰撞，立刻让简嘉的神志产生了如下变化：

周峪珲："不好意思，简小姐。"

简嘉："没有没有，好意思。"

周峪珲："今天冒昧地来打扰……"

简嘉："不是不是，不打扰不打扰。"

~~o（>_<）o~~

飞速穿上衣服的某人在这种时刻及时拯救了正在当复读机的简小嘉，一把扯过她将她拦在身后，一边抱怨："老大，有没有你这样的人啊，大清早跑到别人家来。怎么？要混早饭？"

简嘉在后面戳了戳某人："喂，他是你老板哎……"

好在周峪珲不愧是见过大场面的人，面对这么囧囧有神的情况还能镇定自若，只是挑挑眉毛："倒是确实没吃早饭，不知道简小姐这里方不方便。"

"方便方便……"

"不方便……"

得到主人首肯，周峪珲堂而皇之坐在简嘉的餐桌上，神态轻松，一脸"想知道你们给我吃什么"的表情。简嘉站在冰箱前一通狂翻，被开冰箱声音吵醒的美丽与周先生姐弟俩巴巴地张望，她有点慌乱，某人的声音在身后响起，带着点不耐烦："别翻了，绿豆粥晾好了，我还加了蜂蜜，快去喝。"

看到身后端着碗的某人，她实在是错愕，这人怎么一夜之间化身田螺先生了，然后听他招呼美丽和周先生吃早饭，声音轻轻的，带着点怨念的语气，像是在哄小孩子。

生煎菜肉包，绿豆粥，麻油泡菜，这么家常的早餐已经很久没有出现在她家的餐桌上，虽然生煎是速冻的，泡菜是袋装的，绿豆粥有点糊，可是搞定这一切所需要的工夫肯定不是一点半点，某人这是转性啦？

简嘉觉得有些不可思议，不过她也没忘了招呼客人："周先生先喝点粥吧，您的这位下属，他……他……他表现还不错。”

周峪琿正想动手，却被某人一把夺取饭碗：“没他的份儿！”然后迅速递上一包雀巢速溶咖啡随身装：“我记得你早上就吃这个，开水在那边，请自……”

那个“便”字还没说出来，就被简嘉用桌子上棉布厚手套狠狠地K到了脑袋：“有你这么对上司说话的么！太不懂事了！”

也许是她的表情太过凶恶，也许是她出手真的重了那么一点，餐桌上另外两个人看她的眼神是那么出奇一致地——诡异！而且一直镇定的僵尸周还差点被粥呛到。

这俩人一致的表现让简嘉心里迅速发毛，呼噜呼噜喝完了粥之后就借口要去出逛逛，临出门还不忘对某人交代：“看你老板都找到你了，好好听话知道不？”

校园早晨的阳光和空气让人浑身舒爽，开车出去路遇一个男生双手拎了四只暖水壶，不知道是昨晚打赌输了还是在爱情力量的驱使下变身大力水手，年轻真好，只要想到什么都可以做得到。

因为开了车出来，所以在看到附近卖场店庆抢购的时候简嘉一点儿也不手软，完全把自己家冰箱当做仓鼠洞来储备，需要不需要的都先屯了再说，连冬天的厚拖鞋都一次买了两双，等等……为什么会有男式的啊？

简嘉在心里狠狠地打了自己两巴掌，难道你还要为某人在你家打持久战做准备？人家老板都找上门了，搞不好马上就要闪了，本来她应该松一口气的，为什么现在的心情却那么难以形容呢？好像是难过，又有点不舍……

不对不对不对，她大声在心中反驳自己，我一定是喝多了还没醒还没醒还没醒……

仓鼠简嘉满载而归，甚至还批发了一箱冰激凌回家，放在后座咝咝冒冷气，简嘉从脚趾爽到了手心，幻想着自己躺在沙发上吹空调挖冰激凌的美好生活，那场景，简直美到玄幻。

把车停在楼下，简嘉直接抱着箱子上了楼，把门铃按得山响，有人在家给自己开门真是件得意的事，打开门，某人出现在她面前，T恤湿了大半，一脸不耐烦。

难道是跟老板水战了？

她顾不上了解详情，赶紧抱着箱子奔赴冰箱，一边塞满还不忘指挥某人：“下面还有东西啊，钥匙在鞋柜上。”

某人无声下楼，跟在屁股后面的还有看样子刚刚出浴的周先生，身上的毛半干半湿地糊在一起，样子极其搞笑。不过她还没笑出声，忽然想起自己的手机还在楼下，得赶紧下去拿，万一错过了什么重要电话可怎么好？

激动地冲出门，刚好看见某人拎着袋子上来，错身让道的刹那，不知道哪里来的一阵邪风，门哐当一声就被死死关住，两人面面相觑，终于还是简嘉颤抖着出声："我好像忘带钥匙了。"

被锁在门外是相当郁闷的，特别是一个大汗淋漓女跟一个半湿身拎包男外加一只刚洗完澡的狗，于是简嘉开始想办法："你去楼上敲门翻阳台下去。"

"我刚才开空调关了所有的窗。"

"那我们找开锁的。"

"那个要身份证的吧？"

正在苦思怎样才能进门，简嘉忽然福至心灵："对了！"

拉着两位周先生下楼，好在车钥匙还在手机还在，简嘉赶紧给房东打电话："得之姐，你在家吗？"

"在啊。"

"那就好。"

还没等无辜的叶得之明白怎么回事，简嘉就挂了电话，然后带着队伍准备朝着人家家行进，她对某人说："你来开车，我手酸。"

他则很有力地拒绝了她："我没驾照。"

KKKKK，不会开车，你怎么当人保镖的啊，简嘉在心中腹诽，只好带着同样湿漉漉的两只一起朝着叶得之家行进，房东是熟人的另外一个好处是，随时都可以拿到钥匙。

叶得之跟其亲亲老公殷其雷住在城郊的豪宅区，简嘉第一次来的时候居然还迷了路，而据说他们举家从市内温馨静谧美好外加同样巨贵无比的四合院搬来这里的原因居然是因为孩子越来越大，要给她大点空间奔跑……她那时候就汗了，心想殷先生您家到底是养孩子还是饲养宠物啊！

好容易找到了地方，简嘉立刻小跑着奔去按门铃，她听见响起一阵欢快的脚步声，然后门被打开了，眼前居然什么都没有！

一个声音从底下响起来："咦，嘉嘉姐姐，你也是来给我庆祝生日吗？"

一只小鸡，啊不，是一个小女孩出现在她眼前，如果她没认错，这应该是得之姐的那个需要放养的女儿……薇薇？

接着，一只巨大号的狐狸跟一只小号的熊出现在她的眼前，那只熊满脸意外：“小嘉？呃……”

简嘉心想，原来你们一家三口带着头套系着尾巴在家玩动物 cosplay 啊：“得之姐，我来拿备用钥匙，我被锁在外面了！”

“哦，快进来，我拿给你！”大熊摇着尾巴跑走了。

狐狸的目光却穿过她的脸，落在后面那只的身上，脸上带着温暖的笑意，嘴角上扬的样子，真的是要多魅惑有多魅惑，只听殷其雷轻声说：“小嘉还真的是很久没来玩了。”

简嘉呵呵干笑，大概觉得自己带着两个奇怪的家伙来找钥匙真的有点不妥，讪讪地介绍：“这是我表哥，下面这只是周先生……”

“表哥？”殷其雷的声音里充满了兴味，唇边的笑纹更深，“那今天就请小嘉表哥跟这只……周先生一起给薇薇过生日吧，小孩子都喜欢热闹。”

“这个……”简嘉正想婉拒，却看见小鸡转了一圈朝着自己的方向奔过来，然后越过自己抱住了某人的大腿，“嘟嘟，嘟嘟。”然后转过脸来对自己说：“嘉嘉姐姐，呃不对，是嘉嘉阿姨，你是来把嘟嘟当礼物送给我的吗？

简嘉黑线了，条件反射一样地发问：“嘟嘟是谁。”

“木偶剧里面的一匹狼……”狐狸先生好心地解释。

……(╯□╰) o

狼？不知道小盆友为嘛会觉得某人像狼，顶多一德国牧羊犬！

熊妈妈跟狐狸爸爸留他们一起吃蛋糕，据说还是狐狸爸爸亲手制作的。那是尺寸十分了得的一只巧克力蛋糕，上面的小花朵都是用巧克力做的，看不出殷其雷除了会挣钱还有这等等级的手艺。今天殷其雷的火红狐狸装真的十分惊艳，其实殷其雷是她见过的除了周峪珲之外最喜欢穿黑色的人，不过殷其雷穿黑色让她觉得好正好性感什么都好，周峪珲却总让人忍不住猜他内裤是不是也是黑色的，而且还是一个款式统一编号每天一条……

“小嘉不说话在想什么？”殷其雷忽然出声。

简嘉却忽然被吓到，下意识开口：“我没在想周峪珲的内裤颜色！”

6

有只咸鱼在等你

加　＋　减　－　乘　×　除　÷　，　都　＋　是　－　爱

这句话足以让现场的每个人被雷得外焦里嫩，包括简嘉自己，她在心中痛骂自己，你这是什么心理素质啊，就这么把内心深处的想法现场直播了出来，最要命的是内容还这么天雷滚滚囧囧有神！

不对不对不对，她内心深处真的没有对周峪珲的内裤产生过一丝一毫的兴趣，这完全是神经短路搭错线外加系统中毒出现乱码啊！不过，大家纷纷用自己的表现向她表达了任何解释对于这种天雷来说都是苍白无力的。

叶得之握着蛋糕刀的手停在半空，周某人看着她的眼睛不动声色，殷其雷唇边的那抹微笑未曾改变，但是望着她的眼神像是又深了几分，让简嘉有点莫名的不寒而栗，大家都没有再说话。

她郁闷之极，除了傻笑再不肯开口说一句话，心中盘算着什么时候该告辞拖着两只周先生赶快离开现场，一边小狐狸薇薇在跟狗狗周先生亲切互动，乐得小家伙险些把尾巴摇断，只差没有平躺在地上摆 pose 拗造型。另一边人类周先生在跟狐爹熊娘闲话家常，看起来很是熟稔的样子，不过也对，身为周峪珲的保镖，怎么能跟老板的死党不熟呢？

正在她低头不语狂吃狐狸形状小饼干的时候，殷其雷再次出其不意地开口：“年远最近还好吗？怀恩有没有跟你联系？”

这次换简嘉变成石膏像了，狐狸爸啊！你为嘛总是喜欢搞突然袭击啊，而且还是这么难以回答的问题！不过话说回来，她差点把这对极品搞出的幺蛾子忘掉了，想到由那场婚礼引发的一系列连锁反应，她就恨得牙痒痒。

简嘉叹气：“这两个人……应该都好不到哪里去。”

殷其雷却眨眼：“我看未必，对吧，周小弟。”

噗。

她庆幸自己刚才没配着茶吃饼干，不然现在必喷无疑，周小弟！腻歪到囧囧有神的称呼啊！那声周小弟带来的震撼力，让简嘉忽略了殷其雷那句“未必”里饱含的深意，也忽略了由某人嘴里发出的疑似闹耗子的咬牙切齿的声音。

告辞的时候小狐狸对周先生依依不舍，强烈要求爹娘带她再次跟周先生进行亲密接触，殷其雷一边答应一边给小狐狸绑鞋带，这场景再次震撼了简嘉，温柔奶爸神马的最萌了，以至于在回去的路上她还喋喋不休地跟某人念叨。

“你注意到殷其雷跟女儿说话的眼神没有，简直温柔得冒泡啊，男人果然还是当爸了以后最有魅力！”

某人斜眼看她一眼，从鼻孔里发出两个音：“有吗？”

简嘉一边开车一边拉开架势跟他八卦：“我第一次见殷其雷是在那个绝世奇珍的鉴宝活动，看到他举起小锤子砸掉赝品的动作实在是太帅了，比那个大马猴型的男主持人帅多了，他那个眼神啊，简直是冷静到让人热血沸腾啊！

后来没过多久第二次见到他就是在一个 party 上，表姐带我去的，那晚他搂着美女大跳 salsa，动作火辣得差点把音乐都点着了，看得我险些喷鼻血，真是太那啥了……

然后今天他就直接跪在地上给女儿绑鞋带，我的小心肝再次受到了强烈的震撼，果然成为父亲才是真正成为男人的开始啊，花花公子进化为居家型男的过程真的是太震撼人心了！”

她绘声绘色地说了一大堆，连后座上的周先生都哓得呜呜两声，周某人却一点回应也不给，最后只是哼一声：“你一直都是花痴得忘乎所以吗？”

简嘉趁着等红灯咬着嘴唇毫无技术含量地反驳：“你才花痴，你才忘乎所以。”

转过脸却瞄到右行车道上有辆化成灰她都会认得的车和那个化成灰她也会认得的人——楚泽祺。

他不是一个人，呸呸呸，应该说车上不是他一个人，隔着一辆车和楚泽祺的侧脸依稀可以看见那个人美丽的脖颈曲线，像是那个她羡慕嫉妒恨多年的对象——楚泽祺的前妻，俞靓子。

某些情绪又翻上心头，手心不停地出汗，方向盘像是快要握不住，直直打滑。绿灯亮起来，她像个机器人似的打火起步，直到发现路边的景物有些诡异才缓过神来：“我们是不是，走错路了？”

“没有。”某人摇头，“不是我们，是你，你在直行的车道上左转，刚才还闯了一个红灯，情况有点严重。”

￥#% ￥……&……*&

她有点气急败坏，把车靠边停下：“你发现了还不提醒我！”

某人却挑了挑眉毛：“下车。”

没头没脑的两个字，简嘉却像听到了圣旨一般乖乖地下车，从那边下车的某人一把抓住她塞进后座，以迅雷不及掩耳盗铃的速度坐进车里开车就走，她还没来得及发作就被突如其来的加速度摔到后座的椅背上，顿时满眼金星，接下来的时间里，她抱着周先生被飙车的某人整得七荤八素，直到到了自家楼下才缓过劲儿来。

一切归于平静，简嘉忍着强烈的晕眩结结巴巴地问出了一个她一直在思索的问题：“你不是没有驾照吗？”

周某人给她的回答是：“可我没说过我不会开车。”

好吧，无照驾驶的行为只有他这种BT中的战斗机才能做出来，她这个守法好公民才不齿这种行为，刚想义正词严上纲上线地教育一下这个坏蛋，却听到他问：

“那个就是你要等的人吗？”

简嘉不知道某人为什么总是这么真相这么犀利，还妄图嘴硬不肯承认，可是他接下来的那句话让她的伪装彻底破功：“那为什么不敢让他知道呢？”

她怔住，这真的是个好问题，人们爱上一个人总是有这样那样的理由，灵魂慰藉，肉身温暖，和风霁月，电闪雷鸣，任何缘由都能成就这样那样的相遇，鲜花着锦，烈火烹油，要多美丽就有多美丽。

然而爱一个人，却真的是一件孤独的事，渴望拥有，更怕失去，于是瞻前顾后，裹足不前，心事酝造多年，却真的可以跟另外一个人无关。

“你知道吗？”黑暗中简嘉开口，声音艰涩，“小时候看动物世界，每次看到那些洄游的鱼类逆流而上回到自己出生的地方产卵，有的甚至需要付出生命的代价，我就在想，是什么力量驱使它们不知疲倦地开始跋涉的征程，又没有GPS什么的，它们怎么知道自己应该到哪里？后来我才明白，那是一种本能，这种力量驱使它们回到那里去。

我也曾经以为这段感情是一时迷恋是年幼无知，这些年里我一直以为自己已经把他忘记了，可是这多么年过去了，我仍然可以清楚地记得当时在他身边每一次激动忐忑的心情。我不能忘，也不会忘，我想，这也是一种本能吧，就像一条鱼，总是要游回到生命中最重要的那个地方。”

黑暗中的沉默维持了许久，连周先生都忍不住困意打了个哈欠，某人的声音很轻，却很清晰：“原来你当了这么多年的咸鱼。”

如果放在平时，简嘉肯定在第一时间臭骂，啊不对，是反驳回去，可是今天的简嘉却早已经没有了那份气力也没有了那份心，甚至有了点被人发现心事后的小哀怨：“对啊，是咸鱼，还是条属鸵鸟的咸鱼。”

“傻瓜。”他的声音一点点低下来，轻轻的，像是一声无奈的叹息，让人的心霎时变得柔软。

“总有一个人要做另外一个人的傻瓜，每个人总要这么傻一次的。”

简嘉把脸埋在周先生柔软的皮毛里，觉得异常温暖：“我以前才叫傻呢，为了引起他的注意，我想了各种各样的办法，比如穿很奇怪的衣服在他面前乱晃啊，在路上遇见他的时候就故意大声说话或者是发出很奇怪的笑声，现在想起来真的是傻透了。”

“这不是傻。”某人顿了一下，似乎是在思索什么重要的问题，然后很认真地对她说，“你这是低能。”

然后还迅速自我补充：“跟某个人一样恋爱低能，有时候我简直怀疑你们这样的不是地球人。”

简嘉嗤地一声笑出来：“贵球太乱了，我早就准备回海王星了。”

两人在小小的车厢里怀想当年，有一搭没一搭地闲聊，背景是小区里的灯火点点，衬着路边一树树的凤凰花，显得柔和又温暖，打死她也想不到自己会在清醒的状态下跟某人探讨这么深刻的人生情感问题，感觉怪怪的。

抒发完情感回到家，周先生已经到了昏迷状态，在某人怀里打着小呼噜，惬意无比的样子，简嘉衣服换到一半就听见沉默了一整晚的手机大声唱起歌来，从手袋里摸出来看也不看就接起来。

“小嘉。”

当楚泽祺的声音透过手机传过来的时候，她吓得差点没在这边惊声尖叫，刚刚跟别人聊了一晚上跟人家不得不说的故事，这会儿主角之一就打电话来，这叫什么人品啊！

“小嘉，有没有兴趣回树屋看看？”

她其实很想说只要是跟你别说是去树屋了就是去茅房她也有兴趣，看了看时间，九点，还好，所以立刻答应。

不知道为什么，简嘉觉得楚泽祺的声音听起来疲惫无比，仿佛带着浓重的无力与感伤，是因为刚跟前妻见过面吗？想到这里，她刚刚燃起的那点小雀跃立刻烟消云散，一股低气压在心头盘桓。

穿上鞋子准备出门，正在伺候美丽吃夜宵的某人无声地看了她一眼，那眼神深刻得让她几乎有点心虚，于是嘿嘿干笑了两声："我有点事，你好好看家。"不等他说话就咣当一声关上门，走到楼下才似乎缓过神来，为嘛自己刚才会心虚呢？

一抬头居然看见楚泽祺的车就停在自家楼下，顿时傻了眼，呆呆地看楚泽祺为她拉开车门，直到车子驶出了小区才缓过神来："你怎么知道我家住哪栋？"

楚泽祺居然朝她眨眼："这是个秘密。"

简嘉凌乱了，她对乱眨眼神马的简直是太没抵抗力了！

哪怕是在同一个城市，简嘉也很少回到自己的母校来，因为这里埋藏了她太多的秘密太多的回忆，哪怕已经是物是人非，可还是让她觉得有点点无法面对。

树屋从外观看还是老样子，树皮贴满墙壁，大叔穿着熊围裙，只是内容变化有点大，烧烤店现在居然变成甜品屋！

于是简嘉跟楚泽祺就着车厘子布丁喝大叔私酿的梅子酒，然后各怀心事地听着音乐沉默，中途还时不时被大叔的插科打诨骚扰：

"这个布丁不错吧，其实我家芒果布丁最好呢，可惜卖完了。"

"酒还不错吧，以前用它配烤蛏子最好了，可惜我已经从烧烤界金盆洗手……"

"小楚你这个表妹还是一如既往的能吃能喝啊，小姑娘今年多大啦，毕业了没有啊？"

简嘉真的好想学咆哮马握着大叔的肩膀摇晃，大声喊你看清楚我得留多少级才有现在还没毕业这种水准啊！

楚泽祺却摸摸简嘉的头，笑着对大叔说："表妹她毕业很多年了。"

什么嘛，虽然是亲密接触，可是简嘉觉得那动作简直太像是摸美丽或者是周先生了，完全是把她当宠物神马的嘛！

大叔于是顺势开始怀想当年：“哎，我觉得她还是那个样子嘛，傻吃傻喝的，不过这种人通常都比较有福。”

傻吃？还傻喝？简嘉心想大叔你这个我可以理解为夸人方式有点特别吗？然后她问出了盘桓在脑海中一整晚的问题：“大叔，你是受了什么刺激想到转行卖甜点的呢？”

大叔却一脸得意：“因为我遇到了一个让我觉得终生甜蜜的人啊！”

在大叔惬意万分的笑声中，简嘉再次凌乱了，楚泽祺则提出了今晚最为凌乱的问题：“小嘉，你觉得是改变好还是不变好呢？”

她想一想，说：“如果一个人，三十岁的时候还保持着二十岁的善良与执著，这样的不变我觉得很珍贵，再反过来想一想，如果一个人被时光一点点磨砺，人生境界都修炼到很高的高度，这样的变化却很动人。可是没有人是不会变的，那些我们认为跟从前一样的东西，都是我们的一厢情愿。”

楚泽祺抿一口酒，然后苦笑：“的确。”

简嘉觉得今晚的气氛苦闷到了极点，两个人话没说多少，酒倒是喝了一大堆，虽说梅子酒入口极好，但是喝多了仍有点上头，离开的时候简嘉觉得自己整个人都飘起来了。

楚泽祺打车送她回去，在夜深的校园里左绕右绕，到了楼下简嘉的思维已经狠狠缠绕到了一起，头重脚轻的现象愈发严重，被搀扶着爬上楼的时候居然忘记了自家还蹲着一个大活人这种要命的事情，开始大力地按门铃，还不忘转过脸来对楚泽祺说：“家里有人就是很方便……”

话音刚落，门就被打开，直到看到周某人那张脸简嘉才猛然醒悟自己究竟做了什么，无奈这时候大脑的转速严重受到了酒精的影响，半晌才酝酿出一句话：“这个是我……”

表哥两个字还在喉咙，她整个人便被某人大力拉近门里，眼前所有的景物都像是被人大力晃动的镜头，什么都是虚的。

声控灯忽然灭了，他没有看见楚泽祺脸上那诧异的表情，更没有留意到周某人眯起来的眼睛，只会呵呵地傻笑。

只听周某人说：“谢谢您送小嘉回来，很晚了，慢走不送。”

说完咣当一声把防盗门狠狠关上，像平日拎美丽那样把简嘉弄到沙发上，居然立刻转过身不见了，她一个人躺在沙发上大脑一片空白，想着某人真的是太没礼貌了，明天要好好教育一下。

还没等简嘉想出教育人家的好方法，一个巨冷无比的物体忽然降落在简嘉的脸上，吓得她一个激灵从沙发上蹦起来，酒已经醒了大半。

抓下来一看，原来是冰毛巾，她瘫在沙发上无力地说："不知道今天我做了什么蠢事没有？"

某人哼一声："要不要我打个电话问问他你有没有朗诵《梦游天姥吟留别》之类的？"

"滚。"简嘉没好气。

"对了。"他忽然想起了什么，"晚上睡觉注意点。"

简嘉心中一动，没想到某人还关心我半夜会不会难受起来吐啊，可是这人接下来的话却让她很想对他做点违反《治安管理处罚条例》的事。

某人冷静地说："我怕你酒后乱性侵犯我。"

在气沉丹田用尽全身力气发出振聋发聩的一声"滚！"之后，简嘉奔回了自己的卧室，把自己摔到床上后还忍不住想，家里这只人类周先生真不知道有什么特异功能，能让人前一秒钟想抱住他拍肩膀后一秒钟却想把他一拳打倒在地并且踏上一万脚！

也许是思想活动太过剧烈，简嘉居然彻底清醒了，在心中大呼好几声"完蛋了！"

刚才楚泽祺看到三更半夜她家里居然有这么大一只男人，不知道心里要作何感想，会不会以为他是她的同居密友什么的！

完了完了完了，要真的是这样，那可是毁灭性的打击，简嘉一定不能允许这种还没上场就被三振出局的事情在自己的身上发生，所以她对着没拉好的窗帘外巨大的月亮握拳发誓，一定要在最快的时间内把这位周先生处理掉！当然，是人类的那只。

重新倒在床上，她开始不由自主地回忆起自己被迫跟这么一枚极品同居以来的点点滴滴：

自从有了周先生，喂猫喂狗什么的事情她再也没有费过一点心，他会不厌其烦地把她丢在卫生间里的小言一本本放回书架，甚至跟原先摆放的位置丝毫不差。虽然他也会在晚饭后跟她猜拳决定谁去洗碗的时候毫不留情地赢她，但是这段时间以来除了冰箱里存粮消耗量比往日大了些以外，简嘉似乎也没觉得有什么不甚和谐的地方，而且自己居然在悄悄地适应这种生活！

是不是太可怕了点？

不行，不能再这样下去了，何况他老板都已经找上门来了，自己没有义务也完全没有必要再收留他，所以一定得采取措施，第一步就是——不对，第一步是她得先把门关好！

跳下床将门反锁，又推了椅子堵上，松一口气瘫在床上，这下彻底安全了。

安心地倒在床上，她做了一夜的美梦，梦见自己跟人在芬芳的草地上翩翩起舞，音乐美妙香槟香醇，裙裾翩然舞动，他的手掌宽阔肩膀坚实，可以把她的一切妥善收藏，周围的背景都在一点点淡去，这世界仿佛只剩下他们两个，就这么跳着跳着，直到地老天荒……

简嘉看不清那人的脸，只听他在她耳边说："等了这么久，我终于等到了这么一天。"

她缓缓抬起脸，居然，居然，居然是周某人的脸！！

美梦瞬间变成噩梦，被惊醒的时候简嘉还大口喘着粗气，这都是什么跟什么啊！太可怕了！

于是简嘉在清醒后准备跟周某人认真地谈谈他滚蛋的时间表问题。

"你准备……"

"煎蛋要不要？"周某人穿着围裙一脸认真地问。

简嘉于是沉痛地点头，什么问题都要向生存需求屈服，这就是人的无奈。蛋煎得很漂亮，晃动着的蛋黄上还有一滴酱油，看起来真的是十分美味，像某种踏实的温暖，让人无从拒绝。

吃完煎蛋，简嘉又试着开口："那个，其实吧……"

"我用你的豆浆机榨了点苹果汁，你要不要……"

"要要要。"

再次屈服于口腹之欲的下场是一直到快要出门她还没有将要说的话表达出来，在各种纠结各种心理准备之后，她终于开了口："算起来你在我这里已经住了很久了。"

某人盯着美丽跟周先生不许它们互换口粮，头也不抬地回答："是有几天了。"

“几天？”他轻描淡写的样子让简嘉一边腹诽一边拉开双边会谈的架势，“那咱们是不是要认真地考虑一下下一步的问题呢？”

“下一步？”他抬眼，眼底还余了些投放在猫猫狗狗身上的和煦的笑意，“你终于要对那个人展开行动了？需要我提供战略支持？”

见鬼的战略支持啊，一提到某些话题，简嘉明显开始慌神：“我，我跟你讨论的是很严肃的问题……不能再这样下去了！”

他不动声色，伸手抚摸周先生厚厚的皮毛：“哦，那就去跟他说啊，把你昨晚说的那些话都告诉他，不管结果如何，至少要他知道。”

那声音很轻，连语气都是淡淡的，简嘉却被他的话吓到，下意识地退后一步，后背紧紧靠在一边的小柜子上，装杂物的小框应声倒地，针线药片指甲刀什么的散落了一地，然后，她就在一地狼藉中落荒而逃。

开车上路的时候她还在想，这是第几次被吓到要从自己家逃走了？自己为什么要逃呢？是那句“要他知道”还是别的什么？

疑问句太多，思绪像是美丽喜欢的那堆破毛线，已经乱成不可辨认的一团。

不能再往下想了，简嘉害怕自己想出来的结果连自己也接受不了。

今天约了司仪在冰场给那对儿新人彩排，一大早冰场没什么人，远远看着两个人牵着手立在冰面上，笑着商量是不是要来个旋转或者是摆个什么亮相的造型。这样的场景简嘉见得太多，仍然觉得十分美好，这个世界这么大，在恰当的时间遇见恰当的人，这该是怎么样的幸运。

一切都进行得很顺利，直到最后才出了点小问题，原本用来空投戒指的模型直升机居然没电了！

负责道具的同事立刻傻了眼：“呃，大概是一直忘记把电池拆下来了。”

这种环节不彩排怎么能保证效果呢？同事还得看着泡泡机的效果，所以简嘉决定亲自跑一趟，反正冰场上面就有大卖场。

一进卖场简嘉便觉得压力巨大，大概是又有什么促销活动，身体倍儿棒的大爷大妈们拎着筐推着车战斗在排队第一线上，她每走一步都异常艰难，左躲右闪像极了突破封锁线，终于胜利到达日杂区的时候只差没握拳头大声欢呼，抓过电池就以冲刺的速度冲向收款台。

幸好她速度快，赶在一群满载而归的大爷大妈前付了账，正在简嘉准备全速前进冲回冰场的时候，悲催的事情发生了——在她出门的时候，报警器居然响了！

那一刻，她只觉得所有的目光都聚集在了自己脸上，一旁拎着鸡蛋排队的大爷一副“没看出来这姑娘是这种的人”的表情，在门口负责的大姐一脸淡定：“小姐，麻烦您再过一遍。”

再过一遍，仍然是警铃在唱歌。

简嘉这下囧大发了，满腔满脸的尴尬夹杂着哀怨，举着手中的电池说：“我交过钱了……”

闻声赶来的保安可就不淡定了：“小姐，您回忆一下，有没有不小心把什么东西随手放在口袋里？”

听完这话，简嘉也开始不淡定了：“你这话是什么意思？我从来不会不小心放什么东西在自己口袋！”

正当她还要继续发作时，某个昨晚还跟她畅谈人生哲理的声音在耳边响起：“请问出了什么事？”

真是天要灭我啊！简嘉转过脸去的时候绝望地想。

7

人生何处不悲催

加 ＋ 减 － 乘 × 除 ÷ ， 都 ＋ 是 － 爱

那一刻的她恨不得自己是一枚钻头，可以穿过地板深埋进土里，或者可以一拳把自己打晕，醒来之后便天下太平云淡风轻。

方才的一腔怒火现在全数泄去，没有比这更差的亮相了，保安大哥见到忽然出现的一票高层，表现出一副爱岗敬业追查到底的样子，旁边围观群众开始渐渐增多，简嘉余光扫到有人拿出手机准备现场直播，谁知道等下她会不会爆红网络。

“其实……”她不知道自己是该支吾以对还是要理直气壮，好像这两种态度都不太对。

简嘉还没做完思想运动，就感觉有人在背后拽了拽她卫衣的帽子，转过脸去，一位政教主任模样的大叔从帽子里掏出一个小盒，像是得出了什么重要科研成果似的宣布：“是因为这个掉进去才会响的！”

她伸手接过那个小盒子，盒子上那坨黄色不明物体正戴着墨镜对着每一个人挤眉弄眼地窃笑，上书三个大字——杰士邦。

简嘉此刻万念俱灰，迅速将这玩意儿塞进保安手里，然后挤开人群迅速落跑。边跑边回忆起原来自己刚才路过洗化区的时候不小心撞了下货架，谁曾想弄出这么一出，货架大哥您威武，下次我一定绕着您走。

整个过程她都不敢再去看楚泽祺的脸，不敢想象此次他的眼中是不是会渗出自己熟悉的那抹笑意。

不想了不想了，越想越觉得丢人且崩溃，走楼梯回 B3 的冰场时一阵阵地觉得冷，几近发抖。远远看着那群在等着自己的人，被灯光在冰面上映出薄薄的光影，她边走边想，现场的灯光是要彩色追光营造炫目感呢，还是用白色营造神圣感嘞？

工作果然是一剂良药，能让人忘却所有尴尬的丢人的无言以对的事，彩排完毕回到公司的简嘉已经把发生在超市的乌龙事件当成一场应该遗忘的晦气噩梦，用强力的自我暗示压缩压缩再压缩，丢进了记忆深处的破箱子里。

邮箱里一封封工作邮件不停地蹦出来，最后一封还没看完，小胖的肉包子头就在电脑右下角闪了起来：

胖丁 15：23：39

小嘉嘉，出来！

嘉宝 Tequila　15：24：01

今天很郁闷，不想聊天。~~~~（>_<）~~~~

胖丁　15：24：15

肿么了？今天午饭的时候我见到楚师兄了耶，好帅，口水啊！

嘉宝 Tequila　15：24：53

呜呜呜，不要提他，今天我在他面前做了丢人的事！

胖丁　15：27：01

你……你在他面前裸奔了？！！！！小嘉嘉你威武！

嘉宝 Tequila　15：27：45

噗，奔你妹啊！你才裸奔呢！

在简嘉准备就裸奔问题与小胖进行深入细致的探讨的时候，桌上的内线电话响起来，耳边传来同事瑞秋焦急的声音："小嘉，救命啊！我下午跟老大去见一位 VVVVVIP，可是我发现一张展示光盘忘带了，就在我桌子上，你可不可以帮我送一下？"

简嘉一口答应，连再见都来不及对小胖说就关了电脑，开车奔向瑞秋说的地点，不过这位 VVVVVIP 家可真够偏僻，GPS 一路指引着她往城外开去，在这个城市生活了这么多年的她居然不知道市郊有这么一个地方，山脚下的独栋别墅，依山临湖，住在这么个地方，一定是 VIP 中的战斗机。

核对地址停好车，就有管家模样的人迎出来，对她说："是简小姐吧，请跟我来。"

那人带她进门，简嘉以为他要带自己去什么会客室之类的地方，没想到却是一个小型会议室，老大正在做介绍，那位传说中的 VVVVVIP 有一张似曾相识的坚毅侧脸，看着展示场景的投影若有所思。

简嘉悄悄走到瑞秋身边坐下，一落座便有人送上茶点，无声无息，训练有素。她低声道谢，还没抬起头就听见一个清亮的男声说：“靓子，你的意见？”

循声望去，一名卷发女子正在低头翻看画册，只看得到一双眼，眉目淡然，像极了小说里面万能无敌的女主角，只一个抬眼便可以动人心魄，凡是出现过的雄性生物全数拜倒在她脚下，没有一个人能够站起来。

只见女主角缓缓抬起脸来，简嘉差点跳起来尖叫，这张脸她认得，而且是永远也不会忘记的那种认得，因为那是自己永远无法企及的“情敌”，楚泽祺的前妻俞靓子！

那俞靓子却没有立刻答话，先松一口气，然后微微皱眉：“展云。”

听到这两个字，简嘉忽然想起来，原来那是杨展云！那是写在每一本励志教材上的杨展云，那是享誉全球的知名建筑师杨展云，那是年轻时在工地上意外失去左腿的杨展云，一直都知道杨展云的祖籍在本市，可是她不曾想过自己可以用这样的方式见到传说中的人物。

“可是……”俞靓子先对众人微笑，目光最终还是落在了杨展云的身上，“可是我看了这么多，那样的程序那么多的环节，好像这场仪式仿佛就是为了娱乐观众，我在想，这是我的结婚仪式吗？”“靓子。”杨展云拿下眼镜，一丝笑意慢慢在脸上舒展开来，“让亲友开心也是我们的福气。”“好吧。”俞靓子合上画册，“你说得对，那我不介意付出时间精力金钱请专业人士折磨我们两个取悦其他人。”

大家都在笑，真难得有人看得这样透彻总结得这样精辟。

接下来的时间，简嘉送来的光盘终于派上了用场，老大跟瑞秋开始就一些细节做详尽的介绍，而她却开始进入到了省电待机模式。

那天见到俞靓子跟楚泽祺一起，自己差点出车祸，而这次，她居然，居然又要结婚了，胸中涌起莫名的情绪，不是酸涩不是释然而是不着边际的怅然，脑海中涌出的想法居然是——她再婚，那楚泽祺怎么办？

这个念头一浮现出来便把简嘉吓了一大跳，怎么会冒出这样荒诞可笑的想法，眼前那个人的神态和语气毫无造作，在简嘉眼中看起来轻松又俏皮，跟自己记忆中的女神形象相去甚远，那个记忆中模糊的影子此刻正鲜活地坐在她面前，感觉却渐渐不真实起来，仿佛过去所有认知顷刻间都变成一个巨大的假象，模糊而遥远。

最后告辞的时候，杨展云与俞靓子很客气地站起身来送他们到书房门口，杨戴着假肢，但行动自如，几乎看不出同健全人的差别。简嘉的目光一直落在俞靓子的身上，她的幸福由内而外写在脸上，像是春风拂过八重樱花瓣，说不出的甜香。

出来的时候天色已经不早，爱妻号的老大忙着去接老婆下班，简嘉只好送瑞秋回市区，高峰时段的路堵得让人心情烦躁，好在有瑞秋一起，两个人可以有一搭没一搭地闲聊，不过话题全是关于刚才那位杨先生，神秘、极品、别具一格，仿佛有无尽的形容词可以描摹，却又都不真切。

“你知道么？”瑞秋一边插空补妆一边跟简嘉八卦，“你知道杨展云跟杨展宁是堂兄弟么？哇，两个人差距不要太大哦！”

杨展宁？貌似是前表姐夫的狐朋狗友来着，居然跟杨展云是堂兄弟，这个世界有时候简直是太玄幻了！

正待进一步八卦，手机却大声唱起来，是家里的座机，疑惑着接起来，某人懒洋洋地开口：“回来的时候带一把油麦菜啊，记住挑嫩一点的。”

“油麦菜？你……”

简嘉还有问题，某人却直接挂了电话。

喂，在我面前装大爷啊，简嘉怨念，某人的恶劣程度还真的是与日俱增，瑞秋却不怀好意地笑起来：“小嘉嘉，来，坦白，哪位让你买菜回去啊？这么快就共谱柴米油盐新生活啦！什么时候让我们参观一下？”

“呃，是我表哥，今天去我家做饭，嗯，做饭。”

瑞秋眯起眼睛，一副等她慢慢招供的表情，简嘉只好快速转移话题，心里把某人骂了无数遍。

瑞秋在地铁站下车，天色一点点暗下来，人们管这种时刻叫做狼狗时间，暧昧不明混沌未分，跟清晨太阳未升起的某个时刻极其类似，某段路走到尽头，而另一段却正要启程。尽管要绕一点路，简嘉还是听话地买了油麦菜回去，一进门就闻到满室香气，她已经渐渐熟悉这种感觉，有时候觉得自己像是回到了小时候，温暖且安逸。周先生撒着欢儿迎上来，蹭她的膝盖猛摇尾巴，简嘉一把把它拎起来，一边端详这张毛茸茸的狗脸一边说：“你究竟吃了多少啊，才几天就重了这么多，你是想打破巨型京巴世界纪录么？”

抱着周先生走到客厅，这才看到了另一位周先生立在厨房的身影，他一边低声跟人用英文讲电话一边认真地翻动着锅里的东西，声音温暖而柔和，美丽安静地蹲在厨房的窗边上眯着眼睛看着他，万分期待的样子，而周先生也从简嘉的怀中跳了出来，几步奔到某人身后，焦急地摇尾巴打转儿。

简嘉靠在墙上静静地看，原来某人煎了牛排，那几块牛排可是上次自己在超市的战利品，一直没时间没精力没顾得上吃，没想到被某人……幸好不是偷吃！他将牛排装盘，甚至还准备了配菜来点缀，专注的神情像是在精心摆放什么艺术品。美丽从窗台上无声地跳下来，瞪着眼睛跟周先生猫言狗语地不知道在交流着什么，某人低下头望着它们，一字一顿地说了三个字："不要闹。"两个家伙立刻安静了下来，立在一边乖乖待着。

简嘉心中忽然涌起一股莫名的吃醋感觉，自己的家自己的厨房自己的猫自己的狗，凭什么他在这里得心应手好像主人一样啊，周先生新来的也就算了，凭什么美丽也这么听他的啊！

不过，她简嘉是新时代有文化有素质有涵养的好青年，所以她只是没好气地把手里的青菜水果丢在台子上，没想到某人却用温柔到不行的语气对她说："去洗手准备吃饭吧。"

就像是用尽全力挥拳出去却发现要打的其实是一个棉花包，各种羡慕嫉妒恨被硬生生压回胸中，那感觉简直是奇怪极了。晚饭的搭配十分奇怪，牛排配白饭，豆豉油麦菜，圆菇白蛤大酱汤，这是中西医结合疗效好么？不过随便评论人家吃起来还不错的劳动成果是不知好歹没礼貌的行为，这样不好，不好。

肉足饭饱，简嘉的小心思又开始活络了起来，忽然发现一些刚才没有注意到的问题："你这件衣服好像不是前两天那件。""对啊，不换衣服很不卫生的好不好，所以我就让你很关心人家内裤颜色的那位我家老大帮我送来了一些，不过他的品味一向很无趣，没办法我暂时忍耐一下吧。"某人摊手，做无可奈何状。

简嘉斜眼瞟了一下了衣服的牌子，啧啧啧，这你还暂时忍耐一下，这位保镖大哥你是有多大牌啊？

吃口青菜喝一口汤，简嘉进而发现了更加细微的问题。

"你今天出门了？"

"没。"

"那我记得我从来没买过豆豉这种东西！"简嘉从青菜里夹起一颗，"不要告诉我校园里那些超市居然有人手送外卖了。”

他指了指垃圾桶里的豆豉鲮鱼残骸：“哦，这个啊，早上你走了以后，那位送牛奶的向小葵，应该是你朋友吧？她来过了，说美丽的猫罐头暂时缺货，她私家提供你几听，让美丽凑合吃两天……”

简嘉嘴角抽搐，用指控的眼神望着刚才滔滔不绝的某人：“你给我吃美丽的剩饭！”

“怎么会是剩饭，刚好下午美丽出去玩，带了男朋友回来，我就开了一听招待它朋友，不是说豆豉它们吃了不好么，所以我提前拨出来准备晚上炒个青菜给你吃。”

……

简嘉抽搐得更加厉害：“男朋友？”

“对啊，我看它俩感情挺好，你要当外婆喽！”

“外婆？”她差点一口汤喷他脸上，“美丽是公的好不好！”

咳咳，这下是某人喷了。

饭后的美好时光是属于两位周先生的。

夜色阑珊，星光点点，简嘉坐在石凳上看着那两位周先生成了一票女生的关注焦点，某人不知道说了什么笑话逗得人家哈哈大笑，某狗在奋力卖萌，小姑娘们纷纷握爪摸头，兴奋地说：“好可爱，还可爱……”

不知道为什么，简嘉忽然想起了美丽，她是在大三那年遇见美丽的，那时候楚泽祺这三个字开始在她的生活里慢慢淡去，不再参加什么社团活动，也不再喜欢坐在图书馆的落地窗前发呆，一切可能会勾起她对楚泽祺记忆的人或者地方都在简嘉的字典里被小心隐藏起来，直到它们都消失不见。

美丽被放在步浅宠物店靠橱窗的笼子里，安静得简直有些寂寞，每天除了舔爪子洗脸就是闷头大睡，简嘉没来由地觉得它可怜。

后来才从步浅那里知道，美丽原来被一对情侣饲养，后来两人分手，却都不愿意留下这只身上带着彼此回忆的猫，于是决定将美丽送回宠物店希望有人可以领养。

于是简嘉便把美丽抱了回去，美丽开始还独自坐在窗边向外凝望，仿佛在等什么人，像在宠物店的橱窗边那样，后来也许渐渐明白，那些人可能永远不会回来，终于放弃。

简嘉不知道，它是否伤心，已经绝望。

美丽很快适应了学生宿舍的生活，住在书柜顶层，跟管理员阿姨捉迷藏，与校园里的流浪猫称兄道弟，仿佛已经忘记了前尘旧梦，努力做一个全新的自己。

它陪着简嘉写毕业论文、实习、找工作、租房子，最后终于在这么个安乐窝里安顿下来，这期间，她身边发生了那样多的事，美丽不言不语，不离不弃。

还没伤春悲秋完毕，某人牵着周先生一边走近一边对她说："我们该回去了，我怕美丽会想我……"

真是有够那啥，简嘉觉得某人一定是"不自恋会死星"人，她在心中默默吐槽，不知道自己还需要忍这个家伙多久，不知道自己的小心脏能不能成功撑到他搬走的那一天。

打道回府，看着周先生四处撒欢的样子，简嘉思索着是不是得带这孩子去步浅那里打个疫苗什么的。不知道是精神力量太大还是怎么样，步浅的电话刚好在这个时间进来，带给她一个不大不小的惊喜："周先生要来体检了，还有，你表姐留了一件关于周先生的东西，让我转交给你。"

东西？还关于周先生？现在她越来越相信把周先生这么个大麻烦扔给她是表姐跟许多人一起精心谋划的阴谋。

转过脸去看到某人挑着眉头一副探究的神情，她忽然觉得，那只周先生算什么，这位周先生恐怕才是麻烦中的战斗机，阴谋中的VIP吧……

第二天一早约了公仔设计师去拿周六那场冰上婚礼的玩偶，所以简嘉一早就带着周先生出门去步浅那里，下楼的时候刚好看见一西装精英状青年男子正准备上楼，看到她礼貌问好："简小姐要出门？"

简嘉条件反射地回答："是啊，上班去。"

待那人上楼去她才反应过来，他怎么会认识她啊？管他呢，也许是邻居的儿子也说不定。

步浅的医院里生意真好，一大早就有主人带着猫狗排队候诊，一位阿姨牵着一条疑似多动症的金毛，而她前头的大叔脚边则坐着一只跟拖把长得没什么两样的狗！周先生见到同类兴奋异常，绕着人家上蹿下跳，努力摇着没有尾巴的大屁股，让简嘉很崩溃。

小葵送完牛奶回到店里正在帮忙取药，见到她高兴得要命，恨不得飞扑过来，简嘉看到这种情况知道速战速决这种事情已经不可能，于是只好把周先生暂时寄存一下，正事要紧。

办完正事已经是中午，简嘉立刻奔去宠物医院，这个时段路上还算通畅，可是她总觉得有一辆车在跟着自己，有时候远，有时候近，而且那车看起来异常眼熟，却想不起是在哪里见过，算了算了，管他那么多，想着今天中午可以顺便敲诈步浅一顿午饭，简嘉立刻不去想自己疑似被人跟踪的事了。

到了步浅那里，简嘉已经想好了午饭的几种预案，等着跟小葵商量以后拍板，刚进门就收到短信，一看居然是银行的转账通知！有人往她的账户里转入了一大笔钱！！！

那真是一大笔，那几位数字让简嘉瞬间产生了如果是转错了让她还给银行会很肉痛的纠结悲催感，正沉浸在这种纠结中无法自拔，步浅从里间走出来笑嘻嘻对她说："收到银行短信没有，你表姐给周先生留下的伙食费我已经转账到你卡上了。"

伙食费？

简嘉泪目了，心中想着表姐你对我实在是太好了，我以后一定好好照顾你的周先生，一定再也不嫌弃他毛长屁股大了！

冲过来看热闹的小葵也激动了，双手拖着下巴感叹到："哇，一条古牧的伙食费这么多钱！它该有多能吃啊！"

这句话迅速让沉浸在喜悦与感动中的简嘉回到现实中来："古……牧？那是什么品种？难道它不是一只大号灰白花京巴？"

小葵夸张地摇晃着简嘉的肩膀："小嘉嘉你不是吧，养了人家这么长时间都不知道人家是古代牧羊犬啊！世界名犬耶，人家放羊很厉害的好不好，对了，就是多乐士广告那只大狗啊！"

多乐士？

简嘉疑惑地看着正乖乖趴在一边啃骨头的周先生，对着小葵跟步浅提出了自己的疑问："你们是说，周先生将来会长成一只没有眼睛，站起来有半人高，差不多像一只小牛犊的狗？"

步浅扶了扶眼镜，很专业地回答："是的，英国古代牧羊犬在发育完全后基本上会长到肩高 55 厘米左右，体重会接近 30 公斤，基本上来说，周先生将来会变成个大家伙。”

简嘉眼前立刻浮现出自己将来被巨大的周先生扑倒在地的情景，那画面简直是——太悲惨了！

因为沉浸在得知周先生品种这一悲痛消息的打击中，午饭时她完全没有发挥出自己应有的水平，完全没有了方才准备痛宰步浅的豪情，连平日里最喜欢的白蛤蒸蛋都吃得寡然无味，幸好下午没什么大事要办，不然照她现在这个状态，精神恍惚错漏百出是一定的。

午饭之后回到医院接周先生，小家伙居然睡起了午觉，阳光透过落地窗照在它身上，看起来被太阳晒屁股的感觉相当好，简嘉不想叫醒它。

渐渐又有人带着猫猫狗狗鹦鹉兔子仓鼠变色龙上门来，周先生兀自酣眠，岿然不动（在狗身上乱用词语也是不对的啊喂！），简嘉索性拿本宠物杂志坐在椅子上等。上午那只拖把狗再次出现了，大叔还很亲切友好地跟她打了招呼，号召她一起跟自己看电视，简嘉正想说财经节目她最没兴趣了，抬头却看见头顶上电视中出现的那张脸居然是——周某人！

画面中他虽然穿着正装，却没有系领带，领口的扣子解开两粒，看起来轻松而随意，可是谈论的话题却是他的财富人生，比如十五岁拿着零花钱炒股赚得人生第一桶金之类的，屏幕下端斗大的字幕写着：专访“小股神”周翌珹。

这，这究竟是怎么回事？

大叔还在一边做解说：“这个小孩好厉害的，我买了他家公司的股票！前几天说他失踪啦，结果一个好大的投资案子都不能签约啊，那边公司损失惨重啊，周家公司的股票也哗哗哗往下跌哦，搞得我都没心情带蒙蒙出来玩了，对了，蒙蒙是我们家狗。”

简嘉用悲痛的眼神示意大叔继续，在心中却将这段时间来的一切前因后果细枝末节过了一遍，得出的结论是，自己太傻，被人玩了！

大叔喝了口水继续道：“没想到人家前几天就上电视了哇，人家没有失踪，只是跟家里开玩笑在度假，还去电视台录了这个访谈以正视听哦。这下子我的股票又涨回来了，我们全家都松了口气哦，这不我带蒙蒙来剪个头发做个造型……”

小葵带着那拖把狗出来，正好看到电视，立刻指着屏幕对着简嘉哇哇大叫："这，这，这，这，不就是？小嘉嘉原来你钓到的是这么大一只金龟啊！"

步浅闻声也走了出来，看了看电视又看了看正在鸡血的小葵和已经石化的简嘉，皱着眉头说："这么一人物你还家庭暴力人家，简嘉你真行。"

大叔这下激动起来："原来你们认识啊，有没有内幕消息啊，透点风声给我。"

三个人在她耳边吵，简嘉几近抓狂，掏出手机拨通了家里的号码，待到某人接起来，咬牙切齿地说："周先生，你死定了！"

一边睡觉的某狗立刻被这声音惊醒，胆怯地回应了一声："呜，汪……"

她是用飙车的速度回到家的，周先生在后座被她晃得七荤八素，下地直打晃，可是她完全被自己莫名的愤怒冲昏了头脑，直接冲上楼去，打开门看见周某人正抱着她的小白窝在沙发上，这会儿她倒来了些冷静，冷笑道："周先生日子过得很悠闲嘛。"

某人说了声等一下，把小白放在茶几上，疑惑地看着简嘉："你好像有点不太一样。"

"不一样，太不一样了！周先生，周翌城先生，尊敬的小股神周翌城先生，你是不是觉得没事干编个白痴弱智被人绑架追杀的理由待在别人家里特别爽啊？每天逗着我开心特别带劲啊？看我傻乎乎被你骗得晕头转向特别有成就感啊？"

周翌城倒是冷静："你都知道了。"

简嘉恨不得抓住他领口把他丢出去，继续咆哮："我说你那僵尸脸大哥怎么大清早跑来我家呢，原来不是找到保镖，是因为人家找到亲爱的弟弟了。你这样耍着我玩很有趣是不是？！我现在正式通知你，周先生，请你现在离开我的家！立刻！马上！"

说完立刻半拖半拽着周翌城往门外走去，她十分用力，周翌城有所顾忌所以也不敢反抗，几下就被她推出了门外，防盗门咣当一声在他面前关上，发出巨大的一响。

周翌城摸摸鼻子，开始敲门："小嘉，我不是故意要瞒着你的，你说我是我哥的保镖，我也没有承认啊。"

简嘉在里面凉凉地说："不要叫小嘉那么肉麻，我跟你有那么熟吗？"

“呃，简嘉，这件事我真的没有刻意去隐瞒什么，一直在这里只是我觉得，在这里很放松很舒服，你也并不讨厌我的存在啊，不是吗？”

想起这段日子以来的点点滴滴，简嘉胸中的火被浇灭了些许，但是一想到自己被他骗了那么久，立刻怒火重燃：“我劝你还是不要在门外叫了，对门叔叔的心脏不好，大中午的被你吓出个好歹怎么办？”

门外再也没有想起敲门声，不久后她听见下楼的脚步声，大大松了一口气，胸中却涌起一股异样的感受，仿佛有些很重要的东西，就那么失去了，很是莫名。

重重瘫坐在沙发上，也许是刚才骂人用力过度，太阳穴突突地疼，正想直接躺倒，却听她的小白忽然发出了声音，凑近一看，原来是视频会话，那边一间会议室里一群西装男正襟危坐，为首的一位试探性地问：“请问，周先生去了哪里？”

原来这小子跟人家开视频会，真把她家当办公室了，简嘉从鼻孔里哼出三个字：“不，知，道！”然后重重合上了小白，把脸埋在沙发上的抱枕堆里，双颊滚烫。

整个房间异常的安静，仿佛忽然变成了这个世界的另外一个空间，美丽不知道从哪里跑了出来，无声地跃上窗台，朝窗外望了一眼，像是微微地叹了口气。

简嘉恨不得这是一场梦，醒来的时候一切都恢复正常，周翌城什么的从来不曾出现……想到这里，她忽然反应过来，自己刚才匆忙上来骂人，貌似把周先生忘在楼下了！

完蛋了！完蛋了！她立刻从沙发上跳起来，奔到窗边往下看去，那只周先生正绕着另外那位周先生打转，不时挠挠人家的膝盖，渴望抱抱的样子。

周翌城抬起脸来朝她微笑，隔着五层楼的高度简嘉都觉得那笑容明亮得刺眼，正想开口，某人开始先发制人：“简嘉，你原谅我吧！”

简嘉无语。

“小嘉，我错了，你让我进去吧。”

简嘉不理。

“小嘉嘉，你看周先生它都想美丽了，你放我们进去吧……”

简嘉好想吐血。

这个时间正好是下课，这栋楼离教学楼太近，他这样大喊大叫惹得路过附近的雄性动物们纷纷叫好。

“哥们，加油！”

“兄弟，我挺你！”

“再努把力，智取不成咱们强攻！”

连对门那位拎着购物袋准备去夜市买菜的老教授都走过去拍着周翌城的肩膀说：“小伙子，要有耐心，要注意方式方法和策略，等我买完鱼回来教你两招……”

群众纷纷出谋划策，周翌城微笑着一一笑纳，并且改以无比哀怨的语气说：“你看周先生都饿了，你就放我们爷俩上去吧。”

她一个头两个大，眼看着两位周先生都成了大家围观的目标，让人感觉压力巨大，于是赶紧挥了挥手，无奈地说：“给你们一分钟，快点上来！”

周翌城在群众的掌声中抱着周先生爬上了楼，周先生一进门便奔着美丽而去，简嘉则抱着胸靠在墙上，对周翌城下达最后通牒：“周先生，我不想听你的解释，但是我给你时间，明天早上，不，明天晚上之前，请你从我家离开。”

说完抱着美丽夹着小白进了房间，空留两位周先生在客厅里面面相觑。

最后期限？周翌城摸摸鼻子，还真的是舍不得这个地方呢。

8

你的问题，我的答案

加 + 减 − 乘 × 除 ÷ ，都 + 是 − 爱

第二天简嘉还没等到亲自欢送周某人的伟大历史时刻，就被同组菜鸟同事的一个疏漏搞得人仰马翻苦不堪言，补救工作做到晚上进度依然不容乐观，眼看着婚礼就在明天，看来一场通宵加班在所难免。

她自己加班是没什么问题，可是家里还有一猫一狗，以前只有美丽的时候，她不回去美丽会自己翻东西吃，目标精准完全不弄乱房间，但是周先生那个小傻瓜就不一定了……

简嘉只得含泪拨通了家里的电话，也顾不得昨天要赶人家出门的最后通牒了，听到周翌珹的声音就赶紧布置任务："晚上我要加班不回去，美丽要给她吃罐头，吃完晚饭一定要带周先生去散步，我怕他消化不良，还有，我不回来你不许走！听见没有？"

说完最后那句话，简嘉忽然觉得很奇怪，这样命令的语气明明是十分相信和依赖一个人才会有，为什么自己会那样自然就说出口呢？

不过周某人可没她这么纠结，一口答应保证好好照顾两个小家伙，直到简嘉胜利归来。

打完电话转过身就看见瑞秋对着她挤眉弄眼坏笑："安排家中大事呢？甜蜜死了，真让人羡慕。"

简嘉懒得解释，只在心中默默吐槽：甜蜜在哪里啊？让你们谁跟这个大麻烦待一天你们绝对得疯掉，也就是我倒霉，稀里糊涂地收留他，等明天忙完，我一定要把他踢出去，一定！

一组人一晚上的补救还算有成效，第二天终于可以让婚礼顺利进行。一个通宵下来，简嘉只觉得头重脚轻，脚下像踩着棉花包，可还是得打起精神来。

收拾好东西从公司出发的时候，简嘉发现自己的脚已经肿得塞不进高跟鞋里去，只好穿那双平时放在公司备用的芭蕾舞式的平跟鞋，虽然让穿着裙子的她看起来像只熊，但是能走路就已经很好，谁还管漂亮挺拔与否。

那场冰上婚礼很成功，虽然因为场地的原因到场的亲友有限，但是新人的冰友们带来的表演节目还是吸引了冰场旁边咖啡厅的客人驻足观望。

两个人出场时在冰上携手滑行的画面比许多刻意制造出来的意外和新奇的出场方式更让她觉得感动，那新娘说自己是因为丢了冰刀套才与新郎相识，新郎却说是自己捡到刀套故意不还，真相在此刻大白，新娘却笑着说："这样的伎俩，谁会看不出来呢，可是只有丢了刀套，我才遇见你。"

简嘉忽然觉得心中有块地方陡然松动，有什么东西静静从尘封的记忆中走出来，她默默叹气，当年她捡到楚泽祺的U盘进而同他相识，仿佛已经花去了她所有的运气。

仪式结束，新人及其亲友移步酒店开始喜宴，简嘉跟同事立刻开始收拾现场的各项设备和装置，冰场接下来还要继续营业，善始善终比较好。

巨大的热闹后面是让人困倦的疲惫，身体跟心理都一样，一个通宵加一个早上，简嘉现在唯一的想法就是干完活回家睡觉，果然是不比前几年啊，刚毕业的时候也有通宵加班，早上洗把脸就可以恢复精神，现在通宵一下就困得生不如死，老了老了。

简嘉去二层的调音台收拾完碟片，看着同事把精心布置的场景一点点拆卸运走，整个冰场又恢复了它原先的样子，真是笙歌散尽梦复醒。

她抱着碟片下楼，走下最后一级台阶就看见楚泽祺在前方不远处，此刻的她满脸浮油一双熊猫眼，心想他为什么总是在她没法见人的时刻静静望着她出现。简嘉极其不自然地招了招手，楚泽祺走近她，脸上是万年不变的温和笑脸："婚礼总是给人许多感触，你这份工作应该有相当多乐趣。"

简嘉想一想："你看，做这行看到那么多笑脸，所以，累一点也值得。"

楚泽祺笑："在美国的时候修修最喜欢我带他去参加人家的婚礼，跟着我回来以后，也没什么机会让他参加婚礼了。"

"那还不简单，下次我带他去参观下。"

楚泽祺抬手看了看时间："那我提前向你道谢好了，有没有时间吃点东西，这层咖啡厅的柠檬慕思不错。"

提到吃的简嘉才想起来，自己从早上喝了一盒牛奶后还没吃过任何东西，立刻点头答应。咖啡厅里客人不是很多，一个年轻妈妈带着两个孩子，那个大一点的兴奋地满场跑，从简嘉身边蹭过，接着传来了玻璃碎裂的声音。

她下意识地侧过身子避让，楚泽祺立刻出声提醒"小心……"

只是为时已晚，尖利的玻璃碎片轻易地刺穿她那双薄底平底鞋直插进简嘉脚心，她疼得弯下身子又想尖叫又想骂脏话，楚泽祺冷静的声音在她耳边响起："不要乱动，我扶你站起来。"

简嘉哪里敢乱动，只是把左脚从地面上挪开这么一个小小的动作就仿佛牵动了全身所有的痛感神经，不过是站起来坐下这么一个小小的动作，已经让她的额头上渗出一层冷汗。

小男孩的母亲有点惊慌，不住地连声道歉，咖啡厅店长也迅速赶来查看情况，见到楚泽祺则是明显一愣："楚先生，很抱歉，是我们工作的疏忽。"

楚泽祺弯下腰来检查简嘉左脚的情况，只看了一眼便说："我送你去医院。"说完居然一把将她抱起来，对店长吩咐道："帮忙通知一下简小姐的同事。"

虽然他用的是传说中的公主抱，但是简嘉现在疼得神经发麻实在冒不出什么粉红色的泡泡，可她还是能清楚地感受到楚泽祺手臂的力量和掌心传来的温暖，让人安心。

他开车送她去医院，路上除了打了一个电话和不时关心她的脚伤之外没有多说一句话。简嘉靠在车窗上静静看着他的侧脸，凝视着那道熟悉却又陌生的弧线，仿佛回到了多年以前的校园，在他们初识的那个夏天，楚泽祺也是这样送被开水烫伤的她去医院，疼痛被风吹散在丁香味道的空气中，带着异样的香气。

到了医院楚泽祺抱着她直奔急诊，刚进走廊就有人等在那里，穿着医生的白袍，懒洋洋地说："我以为是你小子又出了什么问题，原来是英雄救美了啊！"

楚泽祺只是冷冷地看了那人一眼，那人立刻摆出一副"这个人已经无药可救"的样子，一边带他们进治疗室一边对简嘉说："这位妹妹，你怎么这么不走运认识了这么一个闷瓜呢？"

楚泽祺哼了一声："叫你来不是说相声的。"

被放在床上的简嘉忍痛憋着笑，那人白了楚泽祺一眼，一手扶着简嘉的脚腕一边还自我介绍："我姓何，是这家医院的医生，另外还是这位楚叔叔的高中同学。不过话说回来，小妹妹你是踩得多用力啊，虽然这鞋底儿薄，但是扎得这么深也不常见啊，小妹妹你得吃点苦了。"

说完把她的鞋子脱了下来，动作可真称不上轻柔，血立刻涌了出来，那何医生叫护士帮她消毒清洗，简嘉差点没哭出来，真是太太太太疼了！她感觉自己的脚变成了一条鱼，被人掏去内脏正在反复清理，总算知道《小美人鱼》里面形容每一步都走在刀尖上是怎样的感受，每一次呼吸一定都痛不可抑。

她逞强没有哼一声，楚泽祺也没有出声安慰，只是将手轻轻放在她额头上，拭去上面渗出的汗珠。

何医生看着楚泽祺，摇着头感叹："喂，你疯了一样打电话叫我下来是要我对你羡慕嫉妒恨的吗？一大把年纪了要不要这么肉麻啊！等下我给她缝合的时候你是不是还要把自己的胳膊给她咬？"

一旁的小护士忍不住笑了起来，楚泽祺终于有了点回应："废话真多，她要缝几针？"

何医生立刻恢复了专业的样子："你处理得当，而且玻璃没扎到血管，缝个八九针就没事了。"

八九针？没事了？简嘉快哭出来了，楚泽祺拍拍她的头："别怕，有我在。"

打了一针麻药之后，何医生开始给她缝合，缝好之后居然还盯着简嘉的脚底欣赏起来："哎，好长时间没做缝合了，看来技术还没生疏嘛！"

简嘉差点没晕过去，楚泽祺这究竟找了个什么极品医生啊！那何医生欣赏完了杰作转身坐下开始开处方，对简嘉说："破伤风针还是要打，还得打点抗生素防感染，小妹妹，虽然这位楚大叔现在中年失婚，但是以我对他多年的了解，他还是一个很值得托付终身的人，你好好考虑啊！"

楚泽祺咳嗽了一声，打断了何医生的长篇大论："忘了做介绍，简嘉是怀恩的表妹。"

"哇哦！"何医生脸上的表情更加丰富，"原来是表妹啊，话说我听说怀恩不是结婚了么，结果前段时间我在洛杉矶遇到她转机去布宜诺斯艾里斯……"

"你见到我表姐了？当时她是一个人还是……"简嘉还想详细打听一下表姐的踪迹，结果被楚泽祺直接拖出了治疗室，何医生在后面哇哇大叫："喂，表妹，可以打我手机咱们详谈啊，号码楚大叔知道……"

不过，看这样的架势，楚泽祺是肯定不会把何医生的联系方式透露给简嘉半个字的。

听着那远去的声音，简嘉总结道：“何医生好像挺风趣的样子。”

“你真的不记得他了？”楚泽祺扶着她的胳膊就想抱她起来，“那年我们同学聚会，最巨大的那个，还跟你做自我介绍来着。”

“奔驰的河马？”简嘉嘴角又开始僵硬。

“Bingo，答对了！”

简嘉的脸变成囧字形，拒绝再被楚泽祺公主抱，坚持一只脚蹦跳着去输液室，蹦到一半忽然想起来什么：“真想不出河马哥哥是个医生。”

“恩，我们同学也很意外，他在这家医院心外科，现在也算小有名气，如果有亲戚朋友有这方面的问题可以来找他。”

“心外科？！”简嘉风中凌乱了，“你找心外科医生来给我缝脚！”

楚泽祺挑眉看她：“上次修修额头撞伤也是他缝的，我觉得他技术还算过硬。”

奢侈，太奢侈了，简嘉沉默地蹦到输液室躺下，左脚被包成了一个巨大的粽子，通宵加班外加刚才这么一折腾，最后一点精力也消耗完了，一边输液一边昏昏欲睡，除了中间接过几个同事打来询问情况并表示慰问的电话，剩下的时间她都在跟周公进行亲切友好的交谈。

楚泽祺一直陪在她身边，迷茫中她听见不时有电话打进来，他都有条不紊地交代下去，声音冷静而条理清晰，她有点抱歉，睁开眼说：“不好意思，耽误你的工作。”

他挑眉：“这样说的话，该抱歉的是我，如果不是我要带你去喝咖啡，意外就不会发生。”

简嘉摆手：“嗨，你都说是意外了，是福不是祸，是祸躲不过，许多事情它都是注定的。”

“所以，我们都不需要因为意外感到抱歉，OK？”

楚泽祺的声音带着种坚定的魅惑，简嘉乖乖闭嘴，不知不觉又去会见周公，睡得好不香甜。

看着她的睡颜，楚泽祺唇边漾起一丝温暖的笑意，从前那个小麻烦精，好像又回到他身边了。

大概是太累了，输液完毕简嘉还没清醒，连护士把针头拔出来的时候也只是哼了一声就继续睡过去。楚泽祺无奈，只好把她抱到车上送她回家。

回去的路上简嘉继续昏睡，楚泽祺简直怀疑河马开的处方里除了抗生素是不是还有麻醉剂，好在他知道她家的地址，送她回去应该不是什么大事。

一路上简嘉的手机不停地唱，他想了想还是帮她接起来，刚喂了一声那边就挂断了，他看到个应该说还算熟悉的号码，眼中闪过一丝玩味，瞬间消失在黑夜的流光中，再也寻不见。

到楼下停车，从她手袋里拿出钥匙，抬头看见那扇亮着灯的窗，摇头苦笑，这一趟上去，怕是不那么容易。

简嘉依然昏睡不醒，楚泽祺继续抱着她上去，到了她家门口，还没等他掏出钥匙来，门便在他面前打开，周翌城站在玄关，面无表情地说："楚泽祺，我们又见面了。"

楚泽祺眼里的光变了变："周先生，简嘉今天出了点意外，我送她回来。"

周翌城伸手直接从他手中把简嘉接过来，动作巨大，而简嘉面对这么大的动静居然只是哼了两声还把头埋在周翌城胸前蹭了两下，接着继续她的美梦。

而周翌城抱着简嘉转身进房间，对着楚泽祺丢下一句："进来喝杯茶再走。"

楚泽祺关上门走到沙发边上坐下，周翌城端着一杯水重重放在他的面前，水珠溅出来落在茶几上，在灯光下异常闪亮。

"谢谢你送她回来。"周翌城靠在沙发上，双臂搭着沙发靠背，那是一个蓄势待发志在必得的姿势，连他脸上的笑容也是那样，像一只黑暗中面对对手的豹，丝毫不掩饰眼神中的侵略光芒："本来我是想问你一些问题的，但是刚才我觉得你的答案对我来说，一点也不重要了。"

周翌城看着关上的那扇门，眼中的情绪转瞬即逝，被楚泽祺成功地捕捉到，两个人的眼神在黑暗中无声地交流，仿佛是试探又像是承诺。

楚泽祺终于开口，却只是指了指装药的袋子："记得按时提醒她吃药，好好照顾她，时间不早，我先告辞。"

门被关上，周翌城在满室沉寂中想，这两个人在口是心非这个方面还真的是一个类型。

简嘉做了一个绵长的美梦，梦里是一个衣香鬓影的舞会，舞曲优美而气氛奢靡，她提着裙裾茫然四顾，有一个声音在她身后响起："美丽的淑女，可以请你跳一支舞吗？”

她点头应允，却害羞地只把视线放在那人胸前的纽扣上，那是一枚定做的纽扣，闪烁着精致的光芒，他们在舞池中翩翩起舞，音乐……

虽然音乐怪了点，明明就是自己平日里的闹钟嘛！不过帅哥在前什么都可以忽略，可是这声音会不会太大了一点啊！

简嘉猛然惊醒，拿过闹钟一看立刻坐起来想奔去洗漱，左脚刚一着地她就痛得扑倒在床头柜上，发出了巨大的声响，在狼狈中简嘉回忆起了昨天倒霉的种种，可是自己这是怎么回来的？

把身体折腾回床上，抬头就看见拎着汤勺的周翌城靠在门口。

“醒啦？我帮你去洗手间洗漱一下吧，早饭好了，可以吃了。”他说得十分认真，可是那表情怎么看怎么像在笑？

简嘉断然拒绝了周某人的帮忙，一蹦一跳跌跌撞撞地奔赴洗手间，刷牙的时候她想起自己下的最后通牒，立刻浑身充满了力量，拿着牙刷对着镜子使劲儿挥了挥，暗下决心：清净的幸福生活等着你，加油加油加油！

粥很鲜甜，在她面前冒着热气，周先生跟美丽正在一边埋头苦吃，连它们的饲料看起来都很美味的样子。周翌城板着脸在一边接电话，这个时候的他跟僵尸周真的十分神似，不过他大哥也许不会像他这样不耐烦……

嗐，管他耐不耐烦呢，想到等一下自己再也不会见到这张欠扁的脸了，简嘉十分兴奋，如果不是现在不良于行，她简直要整块大红绸子大唱“解放区的天是明朗的天”了，所以她等周翌城回来吃完早饭就十分正式提出了那个问题：“周先生您准备什么时候收拾收拾走人呢？今天我实在不方便行动，您慢走我不送……”

周翌城对她微笑，那笑容让简嘉有点浑身发冷，他“哦”了一声，“其实行动不方便的人一个人在家很危险的，我有个朋友只是脚踝扭伤而已，结果上卫生间的时候不小心滑倒，脑袋撞到洗手台，昏迷大半天才自己醒过来，爬去客厅打 120，我觉得真的是很危险……”

某人轻描淡写地讲述这样一个悲催的案例，简嘉不由地开始幻想自己一个人扑倒在又湿又冷的洗手间然后悲催地爬去打 120 的画面，那绝对是惨绝人寰！

见她发呆，某人继续说：“你这样子我是不放心的，要不我给伯母打个电话，那天她走的时候还专门留了电话给我，要我带周先生去看她。”

“不要不要不要不要！”简嘉断然拒绝，如果让他把老妈搬来，在老妈的逻辑里肯定认为自己跟他没有一腿也有一小拇指头，相当长一段时间内自己休想跟他脱离干系，她绝对不能让事态朝着那个方向发展。

看她一脸沉痛，周翌城自动地替简嘉做出了决定：“所以还是留在这里照顾你吧。”

噗。

简嘉差点没吐血，这个人的逻辑是自创的吗？为什么每次她都觉得这个地球上的一般道理对他是无用的呢？看着他埋头吃早饭的样子，她觉得空气中忽然充满了苦逼的味道。

“极具收藏价值的青玉手镯，现在只卖一万八，一万八，赶快拨打电话订购，机不可失！”

卖个东西要不要嚷嚷这么大声音啊！换台。

“女儿啊，你不能跟他结婚，他是你爸爸！”

擦干被喷了满脸的狗血，继续换台。

“喜羊羊，我看你这次怎么逃，今晚我就要吃红烧小羊排……”

好无趣，简嘉摔了遥控器，索性瘫在沙发上，已经很久很久没有在早上看电视了，不知道是节目不对还是她的心情不对，总觉得一切都怪怪的。

早上给公司打电话确认病假以后，简嘉就在想着如何计划这因倒霉而带来的假期，她好像已经很久都不知道放假在家可以是一种什么样的状态了，像一只高速旋转的陀螺，忽然停下来之后，浑身的不自在。

看着刚带周先生早运动归来的周翌城，一副很享受生活很自得其乐的样子，其实她很好奇周翌城每天都在做什么，也非常想弄清楚她这间几十平米的小房子究竟有什么魅力让他用尽手段赖着不走。

简嘉正在思考，周翌城却忽然俯下身凑近她的脸，伸出手在她眼前晃了几下，声音里有点狗腿兮兮的味道：“小嘉嘉……”

她吓得立刻向后面缩去，强自镇定地斜了他一眼：“周先生，请你自重啊，我们好像没那么熟。”

周翌城笑，朝她眨了眨眼睛：“嗯，其实我觉得我跟你的拳头比较熟悉，昨晚抱你上床的时候你还朝我挥了一拳。”

昨晚……

"等等，忘了问你，昨晚我是怎么回来的？"

她忐忑地问，只差没低下头对手指头，残存的记忆里关于昨晚的一切都不清楚了，她从来不知道深度睡眠是这么可怕的一个状态，都是那晚通宵惹的祸！

周翌珹的神色带着点不易察觉的冷淡，不过声音里面还是带着点笑意："这个问题恐怕我回答不了吧，你要是不好意思我可以帮你问问楚泽祺。"

"你……你……你……"简嘉"你"了半天，才把后半句话蹦出来，"你们认识？"

他用手撑住额头作出一副思考的样子："也不算，我认识他前妻Tina。"

简嘉这时候才发现自己问了一个多么白痴的问题，还有就是，原来他们彼此是认识的，想到那时候自己还跟楚泽祺说周某人是自己的表哥，他会怎么以为？他会怎么判断她跟周翌珹的关系？

脑中乱成一锅粥，总觉得有只黑色的小鸟扑腾着翅膀飞过，还高声喊着"完蛋了！"她恨不得时光倒流或者穿越回去，打死也不去走那道楼梯，是不是就不会跟周翌珹相遇？或者那天晚上就应该直接把他丢去医院，而不是留在家里带来这么一系列的麻烦，可惜，后悔这种病真的是无药可医。

简嘉正沉浸在头脑风暴中，门铃响也没有注意，直到门口传来周翌珹压低嗓门不耐烦的声音："东西留下，你可以走了，回去告诉你家周先生，天盛的事情我真的没兴趣也没精力，不要来骚扰我了好不好？"

不知道是闻到了生人的气味还是听到自己的名字，一边打瞌睡的周先生从地板上一跃而起，冲到门口蹦来蹦去叫得很是欢快。

她跳到玄关那边看情况，只见那天曾经见过的那个西装精英男拎着大包小包站在门口，见到她像是看到救命稻草一样："简小姐，我叫王世豪，周先生特意让我带了戚风蛋糕让你尝尝。"

有蛋糕！

简嘉的眼睛立刻眯了起来，才不管站在门口的是不是陌生人，马上招呼人家："快进来，快进来，蛋糕放这里，放这里，好了，你们可以聊正事了……"

抬头看周翌珹，她只觉得他那一脸被卖掉的表情实在很有喜感，足以让她偷着乐一整天。

香橙戚风也十分美味，简嘉最喜欢这种一整个的蛋糕了，每次都恨不得把整张脸埋进蛋糕里，看到对蛋糕一脸向往的美丽跟周先生，她遗憾地摊手："对不起，蛋糕不分享。"

那个王世豪带了N多文件来给周翌瑊看，中间他还不时地打电话，中英文交杂，看起来严谨又专业。

接近中午的时候周翌瑊终于打发走了王世豪，而解决掉半个蛋糕的简嘉满足地窝在沙发上，样子像极了美丽，也许该说美丽像极了她。

不知道是不是吃完甜食心情比较好，她对他的态度终于缓和下来，拖着腮问："你哥原来不是那么僵尸的嘛，还知道让手下带蛋糕来。"

他不屑一顾："哼，一只蛋糕就被收买了。"

简嘉拍着周翌瑊的肩膀："喂，你那是什么眼神啊，好像我逼你卖身一样，他找你处理公事的嘛！"

周翌瑊看了看放在自己肩上的那只爪子，抬了抬嘴角："跟卖身差不多，当初说好天盛不关我的事，现在开始学蚂蚁搬家，说什么自己要陪儿子陪女儿陪老婆，不对，那不算他老婆，反正他就开始拖我做苦力……太阴险了！"

简嘉的八卦因子开始蠢蠢欲动："他有儿子有女儿啊？"

"对啊，全世界都知道了吧。"

"那么说，苏夕冉那一对龙凤胎真的是你哥周峪珲经手的啊！这么大的八卦被证实了，我要告诉小葵，我要告诉步步！"

周翌瑊无奈地看着正在鸡血的简嘉，开始转移话题："午饭吃意大利面好不好？不过我觉得你应该没空间吃午饭了吧？"

"怎么会！"简嘉拍了拍自己的肚子，"我觉得我身体里一直住着一只小猪，现在她很饿！"

简嘉没有想到周翌瑊可以十项全能到连肉酱千层面都做得这么好，她一边吃一边由衷地称赞："我好像终于发现你原来也有优点了。"

周翌瑊递纸巾给她，眼中全是自得的笑意："做食物比较有成就感。"

"我以为……"她努力咽下一口食物，"像你这样的人，应该不太有机会也没有时间自己做饭吧。"

"也不是。"他抬手擦掉她嘴边的酱汁，"除了在外面旅行，我很少在外边吃饭，而在住处，我又不太喜欢陌生人在我眼前晃来晃去，所以多数时候我会自己喂饱自己。”

简嘉差点喷出来，擦嘴这动作也太小言了，肉麻到不行啊，有没有！连耳朵都不受控制地红了起来，吃人嘴短不好发作，只好在心中冷哼：“你不喜欢陌生人，那我家算什么？”

有面吃，还有汤喝，简嘉现在看什么都变得顺眼了那么一点点，连中午的阳光都不那么刺眼了，抚摸着圆滚滚的肚子窝在沙发里，随便找本书翻翻，再没有比现在更惬意的状态了。

看着正在厨房刷盘子洗碗的周翌珹，简嘉的心情又变好了那么一点点，这么一位人物在她家当牛做马，放到天涯去一定可以五分钟盖个几十楼，那种成就感一定非常美好。

书翻了没两页她就昏昏欲睡，索性丢到一边，抱着小白准备在硬盘里找个存货看看，正在精挑细选，周某人的脑袋悄悄凑了过来：“看这个，《初恋故事》。”

简嘉斜眼：“幼稚，不看。”

“那这个，《生化危机》。”

“这个很恶心好吧，我们刚刚吃过饭耶。”

“这部，这部，《熊》，我看你很喜欢熊嘛！”

“大哥，拜托，这是纪录片好吗？叙事这么缓慢我睡着了怎么办？”

他一脸坏笑地看着她：“饱暖思睡觉嘛，正常现象。”

简嘉故作上下打量的样子：“有点文化成么周先生，那叫饱暖思……”她在最后一刻收住了自己的舌头，呸呸呸，打死她也不会犯这种低级错误让某人占便宜的。

最后两个人决定观看全新美国科幻战争大片——《洛杉矶之战》。

简嘉从来没有看过这种开演半个小时完全不知道剧情是啥的电影，除了镜头晃来晃去让人昏昏欲睡外，音效也单调得出奇，除了“突突突突”完全听不到其他什么声响，从视觉到听觉叫她完全控制不住自己奔向周公的怀抱。

白日梦从来没有美丽过，反正在简嘉的认知里就是这样，电影的枪声完全幻化为背景音乐，她眯着眼睛睡了冗长的一觉，时而沉时而浅，做了精彩纷呈而又乱七八糟的梦，并且在出字幕的那一刻准点醒来。

她还闭着眼睛感叹，这是哪个枕头啊这么硬，下一秒钟才反应过来不对劲，猛然睁开眼，看到周翌城正侧过脸看着她，他的鼻尖正对着她的额头！

这样的距离，这样的角度，两个人的呼吸交错缠绵，她甚至可以闻到自己的沐浴露跟他的气味混合之后的味道，两个人周遭的空气也像是发生了化学作用，仿佛正劈啪作响，酝酿着剧烈燃烧。

他的眼神平静无波，可是简嘉却总觉得那像是暗夜中的海，正酝酿什么巨大的风暴，而自己，注定无处躲藏。

气氛这样暧昧，这样的姿势这样的情势，按照小言里的惯例，她接下来甚至可以期待一个吻了，不过……

这怎么可以！

简嘉忽然觉得尴尬，甚至有点痛恨自己的浮想联翩，她迅速从他肩膀上离开，试图跳起来，却忘了自己现在是只剩一只脚的残障人士，惨叫声立刻响起。

周翌城伸手将她捞起，慌乱间简嘉似乎听见他发出一声轻巧而短促的叹息，足以触动心弦。

"喂。"他没好气，"流了我一肩膀口水也就罢了，你忘记自己现在什么状况吗？"

简嘉不甘示弱："我那是睁开眼就看到你那张大脸的应激反应好吗？"

"哦。"周翌城忽然笑了，"虽然从小到大称赞我哥跟我长相的不少，但是，我还是要说，嗯，谢谢夸奖。"

9

那个猪头，是我的英雄

加　+　减　−　乘　×　除　÷　，都　+　是　−　爱

简嘉差点晕过去，眼前这位的理解方式真的是很“独辟蹊径”，她不想再跟他多说一句话，气鼓鼓地跳回房间，将身体重重摔在大床上。

躺在床上继续看书，只觉得更加无趣，对着床前的书架看了半天也没什么好的选择，那样多的故事，无非是破茧成蝶的女子，或者孤注一掷的棋局，每一个人都会有一个故事，但不是所有人都那么幸运，让这个故事拥有一个结局。

可是，可是，她心中的那个故事呢？简嘉把头闷进棉被里尖叫，那时候的自己爱上楚泽祺仿佛是必然而注定的事情，青涩懵懂无知的年纪，楚泽祺对于她来说，是奢侈品专柜里的一件经典款大衣，默默攒钱，最后关头却被名媛千金轻易买走。

然后最郁闷的不是不得手，而是真心地觉得人家穿起来比自己好看，是用尽形容词也无法描摹的相配。无法舍弃，却是因为默默努力的过程太过艰辛，让她没办法就这样放弃。

“请问你现在的状态是想不开要自杀么？”

简嘉的思绪被某人煞风景的一句话打断，她从棉被堆里抬起脸来，从一头乱发的缝隙中看到，周翌珹斜靠在门边，一副悠然自得的样子。

“你，你，你……”简嘉有种被人偷窥的不自在，“没有人告诉你要先敲门的吗？”

周翌珹摊手，指了指在一边做雀跃状的周先生：“它努力地敲了半天，大概是想找你玩吧，我只是帮了它一个忙而已，谁知道看到你正在进行危险行为，本着人道主义精神我也该出声提醒的对不对？”

“好了！”简嘉打断周翌珹的喋喋不休，“我做瑜伽行不行啊，现在你可以帮我从外面把门关上了！”

周翌珹重重叹气，仿佛面对的是无理取闹的孩子。

哒的一声，门被轻轻关上，简嘉继续懊恼，这个人，这个人横看竖看多角度全方位360度地观察都跟他的传奇身份严重不符！给人感觉就像是地摊上20块一件的T恤忽然被告知这是定制限量版世上只此一件，她觉得性价比太低，旁人还都说她没有品位，不懂欣赏。

看着一边追着自己那没有尾巴的屁股打转，最后因晕头转向而倒地的周先生，简嘉心中的懊恼“噗”地一声被戳破了，拎起正在努力爬起来的小家伙，摇头苦笑，无知卖萌什么的最可耻了。

想到昨天晚上，简嘉就觉得脸火辣辣的，没来由地难为情，于是想自己该不该给楚泽祺打个电话表示感谢呢？想一想还是算了，以她现在的状态，难保舌头一哆嗦说出什么自己都不能原谅自己的话来，还是安全第一小心为好。

这一胡思乱想就到了晚饭时间，周翌城来敲门：“小嘉嘉，吃饭喽。”

简嘉把门拉开一条缝，坚决地说：“不饿。”

某人继续：“虾仁粥哦，那天听你说满想喝的。”

这个……那天看到电视上的美食节目，她就超级想吃虾仁粥，再配上一碟小鱼干什么的，那就更完美了。

某人再接再厉：“没胃口么？我还做了牛奶冻呢，看来只有我一个人吃掉了。”

忍住忍住忍住……

简嘉努力地克制内心里翻腾奔涌的兽欲，啊不对，是食欲，脑海中却浮现着牛奶冻那超级香软爽滑的口感与虾仁粥的软糯香甜，觉得万分痛苦。

她义正词严地告诉周翌城：“晚饭听起来不错，我实在是没什么胃口，你一个人享用吧。”

等到周翌城带着周先生下楼散步，简嘉偷偷摸摸忐忑万分地跳到厨房，先是从砂锅里搞了碗粥，喝得只差没把碗舔干净，好吃得再次超越了她对周翌城厨艺的想象，接着，她将魔爪伸向了冰箱里正在颤动着的牛奶冻，虽然那是做法和用料都很简单的甜点，可是不知道是偷吃带来的异样快乐还是什么别的原因，她觉得那是她吃过最美味的甜食，没有之一。

黄昏的校园，广播站一如既往播放着这样那样的歌曲，传到她耳朵里已经模糊，这样的气氛其实让简嘉觉得跟自己现在吃饱喝足的状态很像，喧闹中带着点欢乐的疲倦，让人安定。

趁着周翌瑊不在，她决定先洗个头，看着自己被包成粽子的脚，简嘉忽然开始为自己的洗澡大业而发愁，不知道什么时候才能洗上澡哟！

刚把头发打湿抹上洗发水，就听见门铃响了起来，咦，某人不是私自配了备用钥匙么，按什么门铃啊？况且才出去这么一会儿就回来了，也太没有敬业精神了，太不把跟周先生做运动这件事当成重要任务来对待了！

结束了对周某人上纲上线的吐槽，简嘉只得顶着一头的泡沫小心地蹦着去开门，大力地拉开门正想咆哮之际，发现眼前并没有出现预期中的某人，而是，一大捧的鲜花以及楚泽祺的脸！

这简直太惊悚了，惊吓之余，简嘉下意识将门直接关上，三秒钟过后又再次打开，努力做出一副镇定自若的样子："对不起，刚才手滑了。"

"姐姐，你的泡沫要落进眼睛里了！"

呃，居然还有修修，不过简嘉顾不上纠正小家伙对自己的称呼，简单招呼父子二人进门之后便迅速跳进浴室，用最快的速度把头上的泡沫冲洗干净。

简嘉一边冲水一边想，为什么每次跟楚泽祺见面都会出现这样那样的尴尬状况呢？而且，一次又一次超越极限。

胡乱把头发擦干，她有点忐忑地跳出来，她知道自己现在的形象称不上糟糕但远远说不上好，家常的睡衣湿漉漉的头发，怎么看都跟刚从浴缸里捞出来的美丽没什么分别……

虽然形象差了那么一点，但是基本的待客之道她简嘉还是有的，端了一杯水放在楚泽祺面前，然后问小朋友："秀秀要喝什么？阿姨家里有果汁还有酸奶哦。"

修修郁闷地强调："姐姐都跟你说过了啦，我叫修修，不是秀秀！姐姐中文比我还差哦。"

简嘉黑线了，噗地一声把吸管插进酸奶盒子里，脸上带着"温柔"的笑意："我也跟秀秀说过了哦，我不是姐姐，是阿姨！有没有？"

"那好吧。"修修从善如流，"姐姐，谢谢你的酸奶。"

这时候美丽不知道从哪个角落悄无声息地走了出来，跳上沙发，静静地坐着打量楚泽祺，以及他面前的那只造型平常的保温桶，懒懒地喵了一声。

楚泽祺的目光则落在她的脚上："怎么样？还疼吗？明天记得去换药。"他推了推那只保温桶："家里的阿姨炖的猪脚汤。"

猪脚汤？简嘉看了看自己依然是一只粽子的左脚，心想不会就是传说中的什么以形补形吧，不过还是心头一暖，仿佛有无数只小鸟欢叫着飞出巢穴，这就是那个可遇而不可求的一碗热汤的关怀啊！

她感动得差点要飙泪了，只能呵呵傻笑："我的脚没那么严重啦，昨天已经麻烦你送我去医院还送回家，今天又专门跑来看我。"

楚泽祺打开保温桶的盖子，汤的气味立刻洋溢出来，热气升腾中，他问："要不要尝一尝？"

虽然简嘉刚刚偷吃完，现在肚子里一点余地都没，不过这是百年不遇的爱心汤啊，所以忙不迭点头："好啊好啊好啊……"

正要起身，修修立刻跳起来懂事地说："姐姐你脚不方便，我去帮你拿碗。"

望着修修拿来的那只巨大的汤碗，简嘉第一次对自己的胃容量产生了极不自信的怀疑，不过看到面前这父子俩期待的眼神，她还是毅然决然将饭量置之度外！

一口下肚，这味道，果然，很销魂！

简嘉皱着一张脸，脑海中只能冒出销魂这么一个形容词，这是什么味道啊！好诡异啊有木有！

楚泽祺还不忘适时介绍："我家那位阿姨会做药膳，这汤里她加了药材，说是对你的伤口有好处。"

简嘉差点飙泪，原来是加了料啊，怨不得这味道这么不同凡响，端着碗还得称赞："味道是挺特别的。"

正在她惆怅这第二口该怎么一咬牙一闭眼喝进去的时候，门口传来了钥匙开门的清脆响声，然后，传来的是周翌斌欢快的声音："我去学校西门的那家店买了榴莲酥，这下该有胃口了吧？"

她一口热汤含在嘴里，咽不下去也吐不出来，周先生不知道是不是闻到什么味道，进门就朝她飞扑过来，害得她差点喷出来。周翌斌则是静静打量着客厅里的每一个人，修修很兴奋地冲上去跟周翌斌打招呼："Nathan，你怎么会在这里？"

一大一小两个男人十分亲热地击拳打招呼，简嘉则是努力地把那口汤吞了下去，立刻觉得舌尖发麻，一时半刻说不出话来。

周翌斌把榴莲酥的纸袋放在桌子上，探究的目光立刻落在她手中的那碗汤上："看来你胃口恢复了嘛。"

%>_<%

被烫得满嘴泡的简嘉觉得很心虚，好像对不起周翌瑊似的，硬扯出一抹笑容："我最喜欢猪脚汤了！"

"哦，原来如此。"周翌瑊也笑了，不过那笑容在简嘉看来让人浑身发冷，仿佛酝酿着什么不可告人的邪恶计划。

楚家父子仿佛也感受到了周某人身上所散发出的邪恶气息，随便寒暄了几句便起身要告辞。

"等一下。"周翌瑊从橱柜里取出一只大汤碗，把保温桶里的汤全数倒进去，把保温桶盖好后递给楚泽祺，"别忘了这个，我们家不太喜欢保管别人的东西。"

转身却伸手使劲揉了揉修修的头发："什么时候一起玩？"

"好哎！"修修的样子活像中了大奖，楚泽祺则是不动声色，牵着儿子微笑着跟简嘉告别。

她看着送客归来的周翌瑊脸上挂着的诡异微笑，胸中顿时升腾出一种"死定了"的诡异感觉，周翌瑊俯下身子把那只大汤碗朝她面前推了推："喜欢就喝完它吧，不要辜负了人家的一片苦心。"

简嘉面露难色："不要吧……"

"那我拿去倒掉，反正明天不新鲜了。"他作势要把碗端走。

"不要！"简嘉夺过汤碗，"我喝掉还不成么。"

这个倒霉的夜晚，在简嘉撑到失眠外加参观卫生间无数次中黯然结束，美丽窝在沙发里看着卫生间那盏橘红色小灯亮了又亮，重重叹气，不能理解的人类呦，干吗这么喜欢折磨自己。

第二天一早，简嘉被敲门声吵醒，拿起放在床头的手机看了看，只想崩溃地嚎叫：拜托！平时这个时间连美丽都没醒来好不好！

闭着眼睛下床开门，有气无力地问："干吗啊，这么早。"

"吃早饭了，吃完早饭我们去换药。"周翌瑊的语气活脱脱像个家长。

简嘉顿时没有了赖床的理由，闭着眼睛洗漱完毕，迷迷糊糊地坐到了餐桌前，睁眼一看，吓得差点跳起来，指着碗大叫："这是什么！"

"花生猪脚汤泡饭。"

周翌城得意地跟她解释："我让王世豪天不亮就去早市买的，你喜欢喝嘛！"

简嘉现在开始有了自抽耳光的冲动，他拉开椅子在她面前坐下，开始吃培根煎蛋，简嘉小心地尝了一口，口味上倒是比昨天那碗加了"料"的正常了许多，但是，这个味道还是有点奇怪。

"你放了什么？"

"什么也没放，为了你伤口考虑我连盐都没放呢！"

"没……没放盐？"

~~~~（>_<）~~~~

不要这么残忍好不好，简嘉在心中呼喊，不放盐的汤这种大杀器那是给产妇吃的！

吃了几口之后，看着某人碟子里的培根闪烁着油的美味光芒，她提出："要不咱俩换换？"

周翌城慢条斯理地把最后一片塞进嘴里，充分咀嚼之后才回答她："你昨天说你喜欢这个，君子不夺人所好。"

白了一眼某人，简嘉跳去厨房找盐，可是翻遍了调味盒，连一粒盐的影子都没看见！

"盐呢？"

"借给对门阿姨防辐射了。"

"味精呢？"

"借给对门叔叔烧菜了。"

简嘉不死心地跳去开冰箱，发现能立刻吃到的东西几乎没有，悲愤地看了周翌城一眼之后只得乖乖地回来，捏着鼻子把剩下的汤喝完。

吃完早饭出门，因为被那碗汤泡饭搞得内伤无比，所以简嘉别扭地拒绝了协助，一心要自己跳下去，周翌城也没有强求，径自一个人下楼去了。

简嘉一节楼梯一节楼梯地蹦下去，从前无论上楼还是下楼都没觉得这几节楼梯是那么漫长，仿佛没有尽头。

正在想要不要坐下来歇一会，就听见有人上楼的声音，脚步声敏捷而稳健，很快达到了她所在的位置。

"你这样是想晚上才到医院吗？"
~~~~

周翌城想要将她抱起来，简嘉使劲挣扎："讨厌，你放开我啦！"

可惜这个时候做什么都没用，在"暴力"面前，任何挣扎与争辩都是徒劳，简嘉直接被周翌城扛在肩头，像一只麻袋一样被运下楼去，还没来得及呼吸新鲜空气就被塞进一辆车里。

还在晕头转向，就听司机友好地跟她打招呼："简小姐，今天看起来精神不错嘛！"

原来是那倒霉的王世豪，大清早给无良老板买菜买肉，现在还得充当司机，真悲催。

不过要论悲惨谁也没有她简嘉惨，遇到了周翌城这么个坏蛋强盗野蛮人！

去医院换药进行得十分顺利，取了药回到家也还不到中午，简嘉瘫在沙发上看到放在角落里的那束花，跳过去把花放在茶几上，手指拂过花瓣，心中那抹温暖又泛上心头，忍不住呵呵傻笑。

正想把脸贴近点仔细端详，忽然眼前一空，周翌城捂着鼻子捏着花束的包装把它重新放回角落："对不起，我花粉过敏，让它离我远一点。"

看到那张煞有介事的破脸，简嘉简直想飞起一脚踹上去，不过碍于自己现在暂时残疾的状态只得作罢，花粉过敏是吧？最好是真的。

午饭时间到了，周翌城征求简嘉的意见："想吃什么？吃米线好不好？"

她忙不迭点头，只要不是倒霉的猪脚汤，吃什么都行！

不过端上桌的却是比早上那碗泡饭更具杀伤力的——猪脚汤米线！

简嘉简直快吐了，再好吃的东西连吃三顿，恐怕连周先生都会一边吃一边默默流泪的，何况是这没味道的汤！

她含泪把满满一大碗喝进去，觉得自己现在已经差不多浑身猪脚味道了，午饭后简嘉挺着圆滚滚的肚子，抱着美丽恨恨地想，某人，我不会让你得意很久的！

不知道周翌城是不是察觉了，晚饭终于没有了猪脚的骚扰，不过简嘉决定她的A计划还是继续进行。

某人前脚带周先生出门，简嘉就偷偷地拿出了周翌城每天用的那只枕头，掏出枕芯，从花束里抽出两朵花粉最多的，狠狠地抖了一层花粉在枕头上面，然后小心地把枕套套好放回去。

简嘉心中充满了恶作剧的成就感，心中全是出尽一口鸟气的期待，她几乎有点期待某人的反应了，那一定非常非常地，精彩。

这天晚上，她做了一个美得无与伦比的梦，梦里她是君临天下的女王，美丽在她的王座旁对她微笑，周先生在她脚边奋力卖萌，大臣恭敬地向她禀报："陛下，邻国的王子前来求婚。"

她的眼睛立刻变成粉红色的小心心，眼前浮现的全是楚泽祺的样子，可是来到殿前的居然是周翌珹！而且他一开口居然是怒吼：

"简嘉你给我出来！"

那一刻简嘉忘记了自己半残疾的状态，直接跳下床打开门出现在周翌珹的面前，望着眼前这张遍布着红色小山丘的脸，她邪恶的小心心得到了极大的满足，只差没有拍着地板大笑道："你也有今天！"

周翌珹咬牙切齿："你到底做了什么！"

"嗯……那个，我不小心把花粉抖在你的枕头上了，原来你花粉过敏是真的哦！真是的，我以为你随便说说的呢，看起来好严重哦！你要不要去医院啊？看你这么严重还是回家休养吧……"

听她说完这么一大堆，周翌珹却面无表情，甚至连一丝冷厉的神色都寻不着，以至于简嘉觉得自己刚才看到了一丝也许是因为过于愤怒而漾上嘴角的微笑。

没有抓狂！居然没有抓狂！

她恶作剧成功的成就感顿时减半，甚至冒出了几丝愧疚和负罪感，这个玩笑，似乎是过分了点？

"我的确对花粉过敏，一直都是。"他语气淡然，仿佛只是在强调一件无足轻重的小事，简嘉却觉得身边空气陡然紧张起来，眼前这个人的每一个表情每一个眼神都会带给她无形的压力，这是以前从来没有过的事情。

像是被这种压力所迫，简嘉说出了连她自己都没有预料到的话："对不起，我只是想开一个玩笑。"

周翌珹却只是笑笑，没有任何言语上的回应。

他转身离开，不是回房间或者厨房，而是直接打开防盗门，走了。

简嘉在原地站了好久，她不敢相信自己看到的，周翌珹就这么简单直接地走了？太不像他从前的做派了，让人觉得诧异。

每个人都有小宇宙，可是简嘉这次有点燃烧得不是时候。

她心头的大麻烦走了，可是却并没有让她觉得轻松什么的，反而觉得很奇怪。

比如，周先生和美丽无视她一蹦一跳很辛苦地给它们准备狗粮和猫粮，绕着她一声低一声高地催促。

再比如，她完全没有办法把豆浆从厨房端到餐厅，因为无论怎么努力，她都没有办法走得平稳。

她想要做一只煎蛋，却把油泼了出来，差点把厨房点燃。

简嘉从来没有这样笨手笨脚过，是某个人，把她惯坏了。

兵荒马乱的早上终于过去，这已经是她病假的第三天，简嘉抱着小白坐在沙发上，周先生啃着她露在拖鞋外面的大拇指忙得不亦乐乎。几天没上线，她的QQ和MSN差点爆掉，关掉一个又一个窗口，无聊地用鼠标滑过硬盘里那些动画片或者文艺片，却一点兴趣也没有，心中空了一块，像是又一个重要的部分，被某人带走了。

怎么会这样!

简嘉躺在沙发上抓狂，美丽忽然跳到她身上，在她肚皮上跳来跳去，像是忽然受到了什么刺激，她哼哼着抓起美丽，正要抱怨，却看见窗外有滚滚黑烟正在向上飘，她跳到窗口处只觉得热度惊人，好像还听到了金属扭曲变形的吱吱声。

失火了!

来不及多做考虑，简嘉随便拎了手袋就抓起周先生和美丽往楼下冲去。

整个单元的人都在往下走，简嘉平时动作还算敏捷，可是现在这种情况实在不甚方便，索性不管左脚，放开脚步往下走，没走几步就觉得脚底钻心地疼，又一次感受到小美人鱼走在匕首上的滋味。

好容易下了一层，却发现小小的楼道里站满了救火的人，几乎是进退不得。

简嘉从来没有这样无助过，她一个人带着一猫一狗，逃生不能，后退肯定又是更大的危险，她差点就直接蹲在地上哭了出来。

人声嘈杂，兵荒马乱中她听见有人叫自己的名字，抬起泪眼居然看到了周翌城，见到她像是看到了什么天大的礼物，二话不说扛起她就往楼下冲去，当然也没有忘记拎上周先生跟美丽。

出了单元门，看到许多人聚集在楼外，消防车已经到位，火势很快被控制住，望着那个依旧冒着浓烟的窗口，可以想象里面一定已经是面目全非。

简嘉还没从刚才的焦急中走出来，眼泪含在眼里，眼神却在放空，吓坏了周翌城。

“简嘉，你还好吧？”

“……”

“你没事吧？是不是伤到了哪里？”

“……”

他有点怕了，很想抓住她狠狠摇晃，却听见她哇地一声哭出来，眼泪鼻涕满脸，还把脸伏在他的肩头：“我以为你不会回来了！”

她真的以为他已经离开，再也不会出现在她面前，没想到这么快他就已经回归，虽然眼前的这个人依旧满脸疙瘩，肿得像个猪头，可是这个猪头，却做了简嘉的英雄。

拯救她于水火的大英雄。

楼下的火终于被扑灭，留下一片狼藉，消防队正在清理现场，社区的人也在帮忙善后，工作人员问简嘉：“你是租住在这里的吧？看你家窗户都黑了，要通知一下房东了。”

一旁的周翌城立刻出声：“房东等下就到。”

果然，没过多久，房东家属帅气赶到，殷其雷敏捷地跳下车，摘掉墨镜的动作成功吸引了在场所有雌性生物的目光，他问周翌城：“听你那语气，好像很严重？”

周翌城耸肩：“我只负责通知。”

殷其雷扬了扬眉毛：“房东参加丢丢的运动会去了，委派我全权负责。”

他们一起上楼，其实情况比起楼下那家还算可以，只有空调外机被烧焦，不过因为玻璃不知道被什么震碎，所以水枪的水直接从窗口灌进来，地上狼藉一片，还有浓烟灌进来所以墙上污迹斑斑，不花大力气收拾一下根本没有办法住。

殷其雷看了看情况，很快做了决定：“这边我会找人处理，小翌你带小嘉去你那里住几天。”然后还俯下身子摸了摸周先生的头：“还有周先生。”

周先生听到自己的名字，非常配合地汪了好几声，简嘉举手发问：“可不可以请问一下，他那里究竟是哪里？”

殷其雷托着下巴微笑：“他家应该还算有趣。”

“这样。”简嘉心里却在想，某人的家不知道是怎么样的洞穴魔窟，也不知道有什么机关暗器才配得起殷其雷口中有趣的形容。

周翌城帮她收拾了一些随身物品，甚至还有周先生跟美丽的东西，打包完毕之后对殷其雷说：“你自己开车来的吧？刚好可以送我们过去，这里就交给你了，速度要快，我们想快点回来住。”

简嘉的左脚刚才一直全脚掌着地，现在，疼痛来得有点凶猛，她稍稍抬起一只脚想放松一下，没想到脚下一滑，直直往前扑去。

“啊……”

“喂……”

等她睁开眼睛的时候，殷其雷已经被她扑倒在地，旁边站着两位周先生，一位兴奋异常，一位面色铁青。

“这个我可以解释的。”简嘉努力爬起来，试图跟在场的所有人解释。

周翌城哼了一声，把她扶起来：“不用解释了，你小脑的发达程度，认识你第一天我就见识过了。”

殷其雷利落地从地上爬起来，还不忘朝她眨眼睛，看她的眼神跟看正在地上撒欢的那只周先生没什么两样，真是丢人啊！简嘉痛心地想，这下自己在殷其雷心目中基本上算是没有什么形象可言了，偶像啊！那可是自己的偶像！

打包了随身物品，殷其雷开车带他们离开，周翌城摆明了要把人家当司机，拎着美丽把自己跟简嘉塞进后座，留下吐着舌头的周先生在前座跟殷其雷“深情凝望”。

殷其雷开车的风格跟他本人极其类似，简嘉觉得如果现在把车窗打开一定能听见风在耳边呼啸的声音，她有理由怀疑周翌城把车当飞机开的技术是得了殷其雷真传。

车子上了高架，殷其雷忽然问：“确定是去那边？”

周翌城冷哼一声：“废话，难道我们一家四口回某人的爱巢？不过这是个好主意，鸡飞狗跳什么的我最喜欢了。”

殷其雷笑起来，从简嘉的角度望去，他脸上全是某种她熟悉的无奈的亲昵，这两个人的关系究竟是有多好啊？想到上次自己还在他和得之姐面前说周某人是自己的表哥，她就真的想给自己两巴掌，或者挖个地洞把自己埋起来这辈子也不要见人。

一直处于惊吓与羞愧状态的简嘉忽然发现自己还穿着睡衣以及造型夸张的熊掌拖鞋，只是跟她刚才扑倒偶像的行为比起来，恐怕裸奔也算不了什么，这么一想，简直有号啕大哭的欲望。

下了桥，殷其雷看了一眼后视镜，忽然问："小翌，你的脸怎么回事？"

周翌城没好气："就是你看到的这样，怎么，有问题？"

殷其雷憋着笑："我记得你一直很小心，花季的时候只差闭门不出了，这次是怎么了？"

周翌城冷哼一声："大意轻敌，遭人暗算。"说完看了简嘉一眼，满脸的红疹似乎比刚才还严重。

"噗。"虽然他刚才救了自己，而且这副猪头样全是拜自己所赐，但是简嘉还是忍不住笑了起来，经过长时间多角度全方位各种方法观察，眼前的这张脸都这么有喜感！

不短的车程终于结束，在走过一条小道之后，他们来到了一处荒郊野岭，或者应该称之为荒郊野滩，不远处是绵长的未经开发的海岸线，于是这座设计得相当现代的独栋大 house 在这里显得相当突兀。

殷其雷和周翌城把打包出来的东西搬进房里，简嘉则选择站在原地发呆，她掏出手机，发现这个破地方连 3G 信号都没有，介于她对本市地理情况那少得可怜的了解，觉得自己应该马上会收到邻省移动发来的问候短信。

周先生和美丽兴奋异常，大概是从来没有在如此空旷的地方玩过，一直在沙滩上追逐打闹，周先生不时倒地装死，玩得不亦乐乎。

"喂，在傻笑什么？"周翌城忽然揽过她的肩膀，自然而然，熟练异常。

简嘉惊得差点跳起来，只能惊魂未定地拍着胸口大叫："你能不能不要像背后灵一样搞突然袭击啊！"

周翌城收紧手臂将她搂得更紧，指着站在车子边上的殷其雷说："来，跟狐狸叔叔说再见。"

简嘉望着殷其雷脸上微笑的弧度，深深觉得这个绰号简直是贴切到爆，不过她可不敢对偶像造次，满脸堆笑外加摆手："今天麻烦您了，谢谢。"

“谢他干吗，那是他应该做的。”周某人没好气地哼哼。

殷其雷则是挑了挑眉毛：“对，都是我应该做的，房子收拾好我会第一时间通知你们，这里不错，两个人都好好养伤吧。”

看着殷其雷把车子缓缓开走，周某人居然招呼都不打就一下子把她扛在肩头运进室内了，简嘉顿时觉得自己似乎仿佛好像是——上了贼船！荒郊野岭孤男寡女又是某人的地盘，自己实在是太危险了！

还来不及好好参观一下豪宅，她就被某人像玩具一样仍在沙发上。随手摸到一个抱枕挡在胸前，简嘉气息不稳地问：“你，你，你，你，你想干吗？”

“这真是个好问题。”

周翌城一边摸下巴一边思索，那个表情活生生是恶少在思索等会儿去调戏哪家的闺女，只听他沉吟道：“我倒是真的该考虑干点什么了。”

简嘉一把推开他跳起来：“虽然这是你家，但是你更不能乱来了，我大学是武术队的，你没忘记吧。”

周翌城忽然俯下身来，将双臂撑在简嘉身后的沙发靠背上，她条件反射一般地往后躲，他就用这样居高临下俯视的姿态看着她，正色道：“被榴莲打这种事情，我一辈子也不会忘，小嘉嘉，你逃不掉了。”

这样说话的周翌城让她害怕，她开始考虑自己在这边的人身安全与清白问题，她推开圈住她的那只手臂，再次忘记了自己左脚有伤这个事实，疼得龇牙咧嘴。

周翌城无奈地叹气：“你可不可以对自己好一点？真拿你没办法，我叫医生来看一下你的脚吧。”

“顺便看看你的猪头。”简嘉补充，咧着嘴朝他一笑，露出两只尖利的小虎牙，像只正在长爪子的小兽。

“周先生。”

有人忽然出声，是这间大屋的管家，管家很专业很尽责地跟周翌城汇报：“房间都收拾好了，等下会有人送菜和食物来，美丽和周先生的窝我放在阳光房那边您看可以吗？”

简嘉这才知道原来豪宅里还有其他人啊，原来不是孤男寡女啊，好激动好兴奋！

只听周翌城点头道：“可以，准备午餐给我们吧，打电话叫程医生来一趟，带我的药，还有……”他看了简嘉一眼，“跟他说有位小姐的伤口估计裂开了，就这样，晚上你跟其他人就可以回去了，有需要我会通知你。”

管家先生领命而去，简嘉于是发问：“这里还有其他人？”

“当然。我不在的时候，总要有人打扫房间看房子，我回来了他们就可以放假了。”

他耐心解答。

“那你多久回来一次？”

“一年四五回总是有的，我喜欢旅行，有时候回国了也不住这里。”

“好可怜哦。”简嘉感叹，“给你工作实在是太可怜了，一年只有那么几天可以休息，呆在这个鸟不生蛋的地方，薪水再高我都不干！”

周翌城耸肩，表示不以为意。

这间屋子勾起了简嘉极大的兴趣，因为行动不便所以只好坐着电脑椅在人家的木地板上滑来滑去，四处参观。

周先生跟美丽对这个大屋的好奇心比简嘉强烈得多，尤其是周先生，看到门口那只巨大的盆栽便兴奋地冲上去，尿了它在新领地的第一泡尿。

然后就听不知道何时出现的管家先生发出了一声焦急的“啊”。

简嘉比较有主人的自觉，立刻道歉：“对不起，对不起，它是男生，比较……冲动。”

“没关系，简小姐不要介意。”管家先生立刻恢复了他的专业态度，“我马上叫人来清理，周先生有点洁癖，所以我们对清洁工作非常重视。”

大概是因为听见了自己的名字，刚刚干了好事的周先生在一边兴奋地汪汪，得意异常。

洁癖？

简嘉想了又想，看他在我家给美丽洗澡被弄得一身脏水的样子，还真没看出他有洁癖，不知道管家叔叔认识的周翌城是真的还是我认识的那个是真的。

10

不一样的阳光和你

加 + 减 − 乘 × 除 ÷ ， 都 + 是 − 爱

午饭是简单的四菜一汤，简嘉认为味道跟周翌城做的有那么一咪咪的差距，不知道可怜的厨师大人听到她的评价会不会委屈泪奔。

折腾了一早上又被惊吓，她只觉得整个人都空了，所以吃得分外投入，连周翌城都看呆在那里，忍不住笑："你这个样子像是被饿了三天三夜。"

简嘉不以为意，继续埋头苦吃，忽然觉得不太对劲，因为周翌城除了喝水，桌上的饭菜一点也没动。

"为什么不'粗'？"她嘴里塞满了食物，连吐字都不清了。

周翌城笑笑，把水杯递给她，然后才慢条斯理地回答："因为过敏，所以还是清淡点好。"

清淡？简嘉继续埋头吃饭，心中再次升起那小小的愧疚感，不过这种感觉很快便消失不见。

菜足饭饱之后，简嘉满足地躺在沙发上，让午后的阳光透过那扇巨大的落地窗肆意地照在自己身上，温暖却不剧烈，她舒服得几乎快睡着了，却忽然想起来原来这不是在自己家，赶紧爬起来正襟危坐。

这时候管家叔叔带了医生进来，医生叔叔看起来专业又冷静，不过在看到周翌城那张猪头脸的时候还是吃了一惊："周先生，你被人绑架去了花店吗？"

周翌城面无表情，但是简嘉却深深觉得心虚，看着医生给他交代注意事项，留下一大堆这样那样的药，并且一再强调："如果有发烧的症状，还是去医院治疗比较好。"

"好了，我知道了。"周翌城指了指简嘉，"看一下她的脚，她一路上都在惨叫。"

简嘉冷汗了，哪有惨叫啊，那只是呻吟！

好在医生也认为情况没有那么严重："没有裂开，过两天可以拆线了，不过还是要注意不要用力，不能沾水，如果需要我再过来。"

送走医生，简嘉彻底放松下来，开始坐在电脑椅上呼啸前进参观豪宅，虽然对豪宅的夸张程度有一定的认识，但是在看到那面大面积照片墙的时候还是吃了一惊。

上面挂着的照片是各式各样大大小小的火一样的太阳，有的云雾缭绕，有的光芒万丈，辨不清黄昏或者是清晨，分不出夕阳还是朝日。

她驻足观望，一张张一幅幅仔细打量，它们极其类似又各不相同，她甚至可以闻到那些属于清晨或是黄昏的潮湿的空气，感受到那些穿过指缝的柔和的光线……

“这些都是我去过的地方。”

周翌城悄无声息地来到她身边：“我哥说每一个地方的太阳都是一样的，我却不这么想。”

他指给她看：“这个是在马达加斯加，这个是在哥斯达黎加，这两张是第一次去马尔代夫的时候拍的，刚到马累以为那边四处都是椰林树影跟比基尼女郎呢，去了才知道原来那边的蚊子最厉害，巨大无比，一个编队一个编队地朝你飞过来……”

他说话的时候眉眼舒展开来，像一个孩子跟人分享自己最心爱的玩具。眼前这个人今天一次又一次地打碎简嘉对他构筑的印象，让人迷惑，那么多的周翌城们到底哪个才是最真实的一个？

简嘉看看他，忽然笑起来：“还真的像是僵尸脸会说的话。”

虽然她从小就是地理白痴，向来分不清马达加斯加、拉斯维加斯与阿拉斯加，但是她却可以真切地看出来每一幅照片背后的那种心境：轻松愉悦或者纠结烦躁背后的浓重孤独。

可是这样的人怎么会孤独？

“咦，那是什么？”简嘉的目光从那面墙上移开，落在角落里的架子上，滑过去仔细看，原来是大堆的奖杯、奖牌和证书，英文居多，她随便拿起一张问：“都是你的？”

周翌城点头。

“哇，这么多，我要是你，就做一个巨大的架子，摆在家里最显眼的地方。”

简嘉翻开手中的证书：“这是什么？还是第一名！”

“徒手攀岩，这里的地下室有面人造岩壁，等你好了带你去玩。”

玩攀岩？在简嘉心目中，这些项目都是非地球人从事的！打打球游游泳难道不好么？非要爬高下低才叫刺激？

“还是算了，我恐高。”她拿起一块奖牌，“这又是什么项目？”

“帆船赛的纪念章，我和几个朋友一起横跨大西洋，这是那次比赛的纪念品。”

帆船……简嘉现在开始觉得周翌珹他根本就不是银河系的了，兴趣要不要这么广泛啊！

“那这个呢？”她翻开一本证书。

“铁人三项赛。”

“哇哇哇哇哇，你要不要这么牛啊，铁人三项，虽然成绩差了点，才第三十名，但是我印象中可以参加完全程的都不是地球人，都是超人，对了，有多少人参加来着？”

他接过那张证书看了看：“那次比赛在澳大利亚，有五百人参加。”

简嘉再次开始嘴角抽搐了，五……五百……五百人的第三十名是个什么概念啊！这个人太不像是银河系的了！

“你的……你的兴趣，还真的是广泛！”她由衷地赞扬。

周翌珹耸耸肩：“小时候，总想证明自己，后来觉得其实也没有这个必要。”

“为什么？”简嘉脱口而出，说完了才惊觉自己问了一个傻问题，这样努力证明自己，无非是想要某个人注意，赢得某个人关注的目光，就像，就像自己一样。

他居然笑了，笑里的苦涩那么明显：“因为后来我终于知道，无论我怎么努力，都成为不了她希望的样子，所以觉得不再有这个证明的必要，这些事是我喜欢的，我想要花时间精力金钱去做，就这么简单。”

眼看着话题越来越深入越来越伤感，简嘉赶紧转移到了一个清新可爱的新话题：“我们晚上吃什么？”

这下轮到周翌珹黑线了：“我记得你在一个小时前刚刚风卷残云过午饭。”

她滑着椅子来到他身边，一本正经道：“跟人谈心是一件极其耗费体力的事情。”想想又补充道：“特别是跟你。”

周翌珹笑笑，忽然伸出手推着那电脑椅往前走，吓得她抓紧了扶手，只觉得两边的墙壁嗖的一声呼啸而过，椅子终于停下来，她简直想跳起来去掐某人的脖子！

上气不接下气地指控："你到底干什么啊！你想谋杀啊你！"

他抬起手，捧起她的脸，随着他的脸越靠越近，简嘉立刻汗毛乍起警铃大作，小拳头紧紧攥着，手心全是汗。

"呃……"她想开口，却不知道在这样的情势下究竟应该说些什么。

周翌城的手却忽然用力，将她的脸挤成一团，嘴变成一个可笑的形状，看起来就像一只……一只河豚！一只气鼓鼓的河豚！

简嘉连声抗议。

周某人却只来了句："你这样真的是太可爱了！"

索性放了手，转身离开，还随手抓起正立在窗边45度角凝望天空的周先生，不远处的美丽发出一声巨大的叹息。

简嘉郁闷地想，这种事，其实是他常对美丽和周先生做的吧，自己怎么变成跟它俩一个属性了呢？

因为管家厨师等人已经被周翌城"打发"回去休假，晚饭依然是周翌城动手。

看着冰箱里那一堆材料，他自然而然地询问简嘉的意见："沙拉，海鲜浓汤，小羊排，或者是鱼，你选一选。"

简嘉还处于被弄成河豚的气愤中，所以故意说："我要吃炸酱面。"

"可是没有材料啊，那叫外卖好了，我让管家送来。"周翌城准备去打电话。

她继续气鼓鼓："人家都休假了耶，还麻烦人家，我不管，我就要吃炸酱面。"

"哦，这样啊。"

他没有再追问或者是建议，直接去了衣帽间换衣服，然后拎着钥匙向门口走去。

"你要去哪里？"简嘉忍不住追上去问。

"去找做炸酱面的材料啊。"他拍拍她的头，揉乱她的头发，"乖乖等我回来，很快就有的吃了。"

"快点回来啦！"简嘉一边整理被他弄乱的头发一边怨念，捏我的脸，揉我的毛，真当我是周先生啊！

听到引擎发动的声响，她赶紧跳到窗边，某人已经开着车飞驰而去，K，又无照驾驶非法上路，被交警抓到才好！

不到半个小时，周翌城就拎着战利品回来了。故意也好，刻意也罢，看着人家为了自己的小要求奔走，简嘉内心中还是升腾出了那么一些些的歉疚。看着周翌城熟练地打鸡蛋切黄瓜丝，起油锅炸酱，动作熟练而专业，以至于她越来越相信他真的是“什么都会做星”人。

“虽然用意大利面做的炸酱面比较奇怪，但是材料有限，希望你不要介意。”面条上桌的时候，周翌城还很诚恳地跟她解释。

简嘉吃得满口香：“没有没有没有，很好吃很好吃，我觉得这个酱超级美味！很香甜！”

“这个酱啊，是曾经的一位朋友教我做的，他说要掌握好黄酱和面酱的比例，还得放点糖，这样炸出来的酱才香。”他并不怎么吃，慢条斯理地跟她讲解，只差没写一张食谱给她。

“唔唔唔唔。”满嘴都是面条，她还不忘回应。

“其实这个曾经的朋友你也认识的。”

“咦？”一口面条还在嘴里的简嘉显然对这句话感到有点奇怪，难道我们有什么共同的朋友吗？难道是表姐？

他笑了笑，宣布答案：“就是楚泽祺。”

“噗。”

周翌城成功地做了一次炸酱面面膜，他不动声色地取出纸巾擦了擦脸：“要不要这么激动啊？”

“你是说他教你做炸酱面？你们看起来交情没有好到那个份儿上嘛！”

他扬了扬眉毛：“是啊，我跟Tina Yu的关系一直还不错。”不必再往下追问，简嘉整个人都思密达了，这究竟是个怎么样的世界啊，太可怕了，太可怕了！

听完这个震撼消息，她觉得自己胃口全无，连餐后甜点都勾不起她的兴趣。饭后照例是周翌城带周先生去散步，简嘉蹲在落地窗前跟美丽玩，不过十分钟后美丽居然不耐烦起来，看着窗外沙滩上玩得不亦乐乎的一人一狗，焦急地用爪子挠玻璃。

等到周翌城带着周先生回来，美丽第一时间冲上前去绕着他的腿打转，哼哼唧唧还蹭来蹭去，完全把她这个主人抛在脑后！简嘉忽然从胸中涌起一股莫名的酸涩，仿佛是被人移情别恋！

走过去抓起美丽，她酸溜溜地吐槽："你们什么时候变得感情这么好？"

周翌城做沉思状："我跟它们那是患难与共的革命真情啊！"

切。

简嘉哀怨在一边看一猫一狗跟他的亲昵互动，他甚至会在美丽跟周先生吃饭的时候跟它们说话，像个父亲在饭桌上询问孩子一天在学校的情况，唇边带着温暖的笑意，那样子仿佛他才是它们的主人。

郁闷死啦！

不知道是被周翌城跟楚泽祺的关系吓到还是吃他跟美丽的醋，简嘉气呼呼地很早就回房间睡觉去。她那间虽说是客房，但是也宽敞无比，大床大窗，衣橱里甚至还有未拆封的女式衣物，啧啧啧，不知道是给什么样的美人准备的哟……

她躺在床上一边遐想一边打哈欠，豪宅一夜，希望可以做个美梦。

不知道是不是换床强迫症发作，简嘉在半夜两点上完卫生间后成功失眠，辗转反侧，无论如何再也睡不着。

拉开窗帘，却没有月光照进来，涛声被厚厚的玻璃墙挡住，兀自无声澎湃。

想着要不要去某人的书房找本书来读读，刚走到客厅就被沙发上坐着的黑影吓个半死。

"半夜不睡你吓鬼啊！"简嘉拍着胸口哀号，后背惊出一身汗。

周翌城端起手中的酒杯轻轻摇晃，声音也像这夜色一般低沉到不可思议："在想一些事。"

松一口气的简嘉在他身边坐下，吃吃地笑："装深沉，我看你是赖在别人家习惯了，睡自己的床睡不着了吧！"

他笑笑，指了指了一边的酒瓶："要不要来一杯？"

简嘉盯着他的脸，像是被一种莫名的力量蛊惑，就着他手里的酒杯直接喝了一口，然后皱着眉头说："好酒，但是这么涩，我不喜欢。"

这样亲昵，连简嘉自己都觉得不可思议，她抱起双腿靠在沙发上，用手肘推了推周翌城："怎么会想到住在这么偏僻的地方呢？"

"这是个好问题。"他站起身来拉开落地窗上的窗帘，"这一片海滩原本是我一个朋友的开发项目，这栋房子也是他亲自设计的，后来因为附近有艘油轮发生漏油事故，整片海滩都被污染，那时候连沙子都是硬的，这片沙滩的开发计划就被无限期搁置了，他也因为这件事受了很大的影响，我觉得自己应该帮他，所以接收了这里。”

“哇，自己设计的？他是建筑师？”

“对，有机会介绍你们认识。”

两个人很久都没有说话，安静地看着窗外的海，天地一片灰暗，仿佛只剩下他们自己，这样的场景，真的，很诡异。

“想不想看星星？”

周翌城在提出这个建议的时候已经把简嘉从沙发上抓了起来，拖着她来到顶楼的一个大房间，也不开灯，直接带着她跳上一张大床，遥控器轻轻一按，天花板居然缓缓打开，透过玻璃天幕，眼前是一片璀璨的星光。

在城市里生活得太久，这样的星光已经很少看到，像是无数双情人的眼睛，正温柔地对她微笑。

“很美吧，我看过太多的夜景，山顶、湖边、一望无际蓝得让人绝望的海上，但是只有在这里看星星能让我彻底安静下来。”

他跟她并排躺在一起，像两个亲密的豆子，不知道是因为白天发生的事情拉近了两人的距离还是那口酒的缘故，或者是觉得变成了猪头脸的周翌城再也没有了往日的杀伤力，简嘉一点都不觉得这姿势这场景很暧昧，伸手推推他：“看星星想心事？听起来不像是你的风格。”

“为什么？”周翌城侧着脸看她，黑暗中依稀可见深深的笑意。

“看星星喝酒想心事是你哥哥那种风格的人才会做的事情，我不止一次幻想过，他一定是那种睡前看哲学或者天体物理书籍催眠，做什么事都跟闹钟一样准点，给每件衬衫每件正装每条内裤都编号，这样就不会错了……”

“哈哈哈哈哈哈哈。”

他朗声笑起来，胸口剧烈震动：“我小时候非常希望成为我哥那样的人，结果被你这样形容，我觉得非常，非常的……你懂吗，那种感觉？”

“切，变成你哥有什么好？”简嘉不屑地撇嘴，“僵尸冰块脸面瘫表情神经坏死，他小时候是不是眼神就这么霸气了？”

“哈哈，你对他的形容什么时候都那么精准，每一个用词都那么恰当，不过我小时候真的那样想，想自己像他一样做什么都那么优秀，所有的事都驾轻就熟轻而易举。”

“你这样说，搞得你有一个不幸的童年似的。”

周翌城忽然沉默下来，让简嘉觉得自己说错了话，仿佛过了很久，他终于开口：“在我这样的家庭长大，无论如何也谈不上不幸，我妈在我很小的时候就去世了，我父亲需要的一直是继承人而不是儿子，一个像我哥那样功课出色冷静自制优秀到成为样板的继承人，而不是一个从小就对读书没兴趣连高中都没办法上完的低能儿……”

没有任何激动、不甘、不平，或者愤恨，他平铺直叙的淡然语气让简嘉觉得那像是别人的故事，根本不可能发生在他的身上。

她不会安慰，所以只好陪着他一起沉默。

过了很久，他才再次开口：“你小时候是什么样子的？”

“我啊，就是很普通啊，从小到大都是，从小学到大学，总有老师记不清我的样子，我就是个路人。”她想一想，又开口，“不过楚泽祺记性很好，只见我一次就记得我的名字和样子，不过也不能算他记性好，他都不记得曾经救过我。”

“救过你？”周翌城的声音明显提了声调，很有兴趣的样子。

“就是我初三的时候，跟我表姐去她同学家BBQ。那家有个泳池，我被一只球砸到，于是就跌进去了，又不会游泳，呛了好多水，有一个人就跳进来拖着我游上岸，因为呛太多水所以我晕过去，醒过来发现一个人特别细心地拍我的背，问我还有哪里不舒服，这个人就是楚泽祺。后来，我们又在大学里遇见了，他都已经不记得我了，其实，后来连我表姐都不记得了，可是我记得，我一直记得，他把我从水底捞起来，他有力的双手，坚强的臂膀……”

简嘉完全把周翌城当做一个倾诉的对象，跟他讲那些埋在她内心深处从未启齿的秘密。

“你这么肯定是他，不会认错人吗？”

“怎么可能，我的眼睛不会错。”简嘉觉得他的假设完全不成立。

“嘿，姑娘。”他的声音里有轻快的笑意，“事实往往是眼睛看不见的，认错人的代价很大，有时候一辈子也还不清。”

后来，简嘉只觉得他的声音越来越轻，像风拂过脸颊，微微地痒，她不知道自己是什么时候睡着的，陌生的房间，陌生的床，睡意如波涛汹涌而至，她睡得很沉很沉。

早上，她做了一个嘈杂的梦，男人朗声交谈，孩子高声尖叫，比马戏团还热闹，她不耐烦地翻个身，拖住抱枕蹭了又蹭，心中还在感叹，豪宅的抱枕怎么这么硬，等等，这抱枕怎么还是有温度的？

抱枕问题让她登时惊醒，原来，原来自己抱着的是周翌城的胳膊！

“啊！”她尖叫着跳起来，可是头发却绕在周翌城衬衫的纽扣上，扯得她生疼，作用力与反作用力的结果是她整个人都摔倒在周翌城身上，整张脸埋在人家胸前。

“你要不要这么激动啊？”他的声音沙哑又慵懒，简嘉忽然觉得脸红心跳，不过现在明显不是花痴的好时候，因为她整个人趴在他身上，这个姿势简直暧昧得要死，不过好在没人看见。

正这样想，房间的门却忽然被人推开，随之而来的是一个好听的男声：“我要这间……间……”

那人在门口站了一会儿，连声说：“对不起，对不起，我不知道你们在这里。”

周翌城明显跟人家认识，只不耐烦地嘟囔了一句：“不知道还不出去。”

被不速之客这么一搅和，简嘉的头发跟他的扣子越缠越紧，几番挣扎她只得烈士断发，扯断好几根头发才得以把脑袋从他胸前分开，低头一看才发觉异样。

“喂，你的这只手放在哪里？”简嘉瞪着放在自己胸前的那只手，两只手撑着身体想要直起身来，却听到周翌城重重地呻吟了一声。

“你干吗？”简嘉没好气。

只听周翌城咬牙切齿，一字一顿地朝她低声吼叫：“你压到我家周小弟了！”

反应过来周小弟是什么东东之后，简嘉登时红了脸，触电一般从他身上跳起来：“不关我的事啊，谁让你把手放在我胸上的！我无意的啊……”

他还在低声抽气，看样子极其难过，简嘉坐立不安，手足无措，建议道：“冷敷？热敷？擦点红花油？”

周翌城差点没吐血，哭笑不得：“你真是故意的吧？”

待某人伤势稍稍缓和，简嘉也做好了心理建设，走出房间下楼的时候外面已经是兵荒马乱，周先生亢奋地被一男一女两个小孩追着满客厅乱跑，嬉笑尖叫声不绝于耳，一个男人在清点地上的各类物资，其中一个抬起头朝他们露出一个巨大的笑容，牙齿白得耀眼："Hi，你们起来啦，不知道你在这边，多有打扰啊。"

很显然，这位就是刚才那位推门兄，等等，这位推门兄为什么长得这么眼熟，好像是记忆中的某个人！

"大熊！"简嘉脱口而出，"你是蒋大熊！"

那人皱了皱眉头："简女侠？哟，长成大姑娘了嘛，身手有没有退步啊？有空咱们过两招。"

简嘉连声称好，这位大熊先生名叫蒋卓扬，在她大学的时候给她上过大学里最好混学分的一门选修课——旅游地理。不过，那时候的大熊是一个憨厚的胖子，而眼前的这个人，真真像他的名字一样，气质卓然。

她正想跟蒋卓扬叙旧，便被某人生生打断，周翌珹没好气，指了指那一男一女两个小孩："你们三个大清早跑来这里大闹天宫？"

蒋卓扬耸耸肩："是四个，你亲爱的大哥可怜的奶爸在外面接电话没有进来，我亲爱的表弟。"

原来，原来大熊是某人的表哥啊！简嘉还来不及消化这出乎意料的人物关系，就看到周峪珲从门外踱了进来，穿着度假沙滩装的僵尸脸绝对是简嘉今年看到的N大奇迹景象之一，周峪珲看到她毫无吃惊的神色，微微朝她点一点头，转过脸跟周翌珹说："我们两个本来是想带开朗和开心来你这儿烤肉……"

"现在的计划仍然是烤肉。"蒋卓扬补充，"小翌这么大方怎么会介意。"

周峪珲微微一笑："我也这么觉得，一起玩不是很好？"

周翌珹虽然满脸不耐烦，但是也没有明显表露反对或者别的意思，于是这两大两小直接安营扎寨，还给他们两个贡献了方便早餐。

简嘉啃着蒋卓扬特别贡献的肉馅儿胡椒烧饼，斜眼看着周先生躺在地上跟两位小朋友露出肚皮卖萌，伸手推了推周翌珹："他们是龙凤胎？"

他点头："开朗是哥哥，开心是妹妹，孩子妈最近在做巡演，于是我哥这位资深奶爸独当一面。"

她实在想象不出周峪珲那样的人跟小孩子相处会是个什么样子，难保不会吹个哨子让孩子们集合之类的，转头看看在身后料理台边专心致志腌制鸡翅膀的周峪珲，不由地感叹，这世界到底还有什么惊奇啊，您都放马过来吧！

海滩美妙的早上应该是什么样的呢？

活泼宠物与可爱的孩子玩丢东西游戏？

有。

帅哥穿着泳裤海边嬉戏？

也有。

阳伞，藤椅，柠檬茶和橙汁？

依然有。

悲催女抱着猫窗边观看？

这个也有。

只见美丽郁闷地用爪子挠着玻璃窗，简嘉一边挠它的下巴一边问："你想出去？"

"喵～"

"你要跟他们一起玩？"

"喵喵。"

"你是猫哎，你是美丽优雅爱干净的折耳猫，懂不懂？怎么会喜欢跟狗一起做户外运动呢？"

简嘉点着美丽的小脑袋十分不解。

"咪咕～咕咕～"美丽撇嘴，仿佛在说您也不想想是谁让我跟狗同处一室的，还说那个笨家伙是我弟弟呢！那傻家伙都能出去玩为啥我不可以？

"好吧好吧好吧。"

简嘉抱起美丽："我们一起出去玩！"

虽然穿了周翌珹专门给她准备的洞洞沙滩鞋，但是简嘉还是害怕剧烈运动会影响到伤口，所以只是放了美丽出去而自己在阳伞下数手指头玩。

今天的天气出奇地好，海天一色，那种明艳的蓝她前所未见，眼前是阳光下他们几个无比欢乐的身影，小朋友们堆沙堡挖沙坑顺便把周先生埋起来玩得不亦乐乎，三个大男人则在沙滩上玩排球，而美丽抓门挠窗地跑出来进行的户外活动居然是——跑到阳伞下，找了一堆松软的沙，然后，趴平睡觉。

简嘉无聊地对手指数脚趾，不知道两位小朋友什么时候对她产生了兴趣，拖着周先生跑到她身边。

“姐姐，阿喵为什么要睡觉？”那个叫做开心的小女生指了指美丽，仰起脑袋发问，大眼睛扑闪扑闪。

“它叫美丽，大概是看到阳光这么好，不用来睡觉可惜了吧。”简嘉看着小姑娘红扑扑的苹果脸，忽然生出怪阿姨面对小萝莉的邪恶冲动，想要伸出双手狠狠捏捏她的小脸蛋。

“漂亮姐姐，你有没有男盆友？”这下换成周开朗揪着她的衣角，还朝她眨眼睛。

简嘉汗了，这两位小朋友的问题怎么都那么让人无法回答呢，尤其是这位周开朗小朋友，真想不出冰块僵尸周峪珲会生出这么“热情”的小孩。

她斟酌着怎么回答才比较可爱又比较得体，就听到蒋卓扬的声音在身后响起：“开朗，你问姐姐有没有男朋友做什么？”

周开朗得意地说：“如果没有就问她愿不愿意做我女朋友喽。”

周开心吐槽哥哥：“羞羞脸，你上次还问殷若薇要不要做你女盆友。”

小哥哥振振有词：“她比较幼稚啦……”

简嘉庐山瀑布汗了！甚至在怀疑周峪珲这儿子简直是基因突变，或者，是像叔叔比较多一点？

“喂，臭小子，谁比较幼稚啊？”

某叔叔闪亮登场，夏威夷风沙滩短裤，大汗淋漓的样子，浑身上下散发的这是——荷尔蒙的味道？

只见周翌城一手叉腰，一手温柔地抚摸周开朗小朋友的头，加重了语气：“嗯，谁比较幼稚？”

周开朗大概明显觉得气氛不对，感觉叔叔的样子比较像是怪兽，于是迅速赔笑改口：“我比较幼稚，我比较幼稚。”

“这还差不多。”周翌城嘟囔，用手指了指简嘉，“你喜欢她？”

周开朗觉得叔叔看漂亮姐姐的眼神好有趣哦，跟开心见到玫瑰可丽饼一样，写满了四个字——那是我的。于是他使劲点头：“对啊，我跟开心都喜欢漂亮姐姐。”

“什么姐姐，没大没小，叫阿姨听见了么？”周翌城正式地跟两位小朋友强调。

蒋卓扬扑哧一声笑出声来：“嗯，对，要叫阿姨，说不定哪天要叫婶婶也说不定。”

婶婶？

简嘉的脸扭曲了，做这两位的婶婶也就意味要跟某人结婚，这是科幻冷笑话吧？好冷好冷好冷。

周翌城没好气：“胡说八道什么！”说完拖着周先生拎起还在睡觉的美丽：“太热了，回家！”

蒋卓扬继续煽风点火：“敢问这是害羞么？”

简嘉对着这两个男人看了又看，心想，其实这两个人比较像亲兄弟吧。

午餐是三个男人的大作，N菜一汤十分丰盛，两个小朋友在这个时候体现了良好的家教，把食不言这三个字做到了极致，简嘉也只是埋头苦吃不发一言，于是餐桌上只剩下了三个男人在闲聊。

“你在这边逍遥快活没问题？”蒋卓扬问周翌城，“那位典狱长合伙人没有冲过来绑你回去？”

周翌城摊摊手：“我会被阿姨敲昏绑起来全是拜他所赐，让他多愧疚几天也好，不过，他应该习惯我定期失踪了。”他想一想：“你真的接受天凯那个职位？我觉得方家事情太复杂，你这样空降进去，成为他们家族内斗炮灰的可能性很大。”

蒋卓扬笑了一下：“我没有办法也没有理由拒绝，不过是个过渡职位而已。”

好复杂哦！简嘉觉得吃饭的时候讲这些难道不会消化不良吗？她对豪门秘闻什么的一点兴趣也无，所以继续做饭桶不说话。

周峪珲一直默默为两个孩子盛汤夹菜，此刻却忽然开口：“简小姐，这段时间小翌打扰你了。”

“呃。”简嘉思索着该说怎样的客气话才算礼貌，心里却在感叹周大哥您太真相了，知道打扰还不把他弄走你是想哪样啊！所以最后只是说：“还好，还好。”

倒是周翌城大言不惭：“我们是互相照顾。”

简嘉一口饭噎在那里，上不来下不去，看到她试图反驳的样子，周翌城坏心地开始陈述。

“我帮你喂猫遛狗。”

“我给你做饭。”

“我帮你洗澡。”

简嘉终于可以开口，试图跟其他人解释：“其实，不……”

“我吃好了。”蒋卓扬率先开溜。

“我也先失陪了，开朗开心，我们去看鸡翅膀腌好了没有。”周峪珲带着孩子跟上。

她无比悲愤：“你什么时候帮我洗过澡？”

“哦，就是上次，我帮你开热水器啊，难道你忘了？”

调戏！这是公然的调戏！

陷害！这是明目张胆的陷害！

简嘉气得跳脚，抱着美丽躲进房里生闷气，不知不觉就睡了过去，醒来的时候依然觉得恨某人恨得牙痒，也许刚才做梦的时候是在磨牙什么的，梦里都在把周某人碎尸万段挫骨扬灰。

看看表才知道这漫长的一觉不过四十五分钟，美丽早就不知所踪，走出房间，整间大房子静得出奇，其他人呢？

她知道四处乱逛好像不是什么为客之道，不过呆坐着等人搭理也太不像她简嘉的风格了，索性再次好好参观豪宅，不知不觉就溜到了某人的书房，那书房简直可以称为小型图书馆了，不过，为什么全是漫画？

连《仙狐传说》这种老古董周某人都有收藏，甚至还有旧版的四大名著连环画和小人书，转了一圈，她发现周某人就是喜欢没有字的，随便抽出几本，简嘉坐在书房宽大的沙发上就看起来，不时变换下姿势不时发出或低沉或高声的傻笑，不知不觉时间就过去了。

刚想搬几本回房间多角度全方位仔细回顾，转身就看见蒋卓扬立在门口含笑看着她：“原来你在这里，大家都在花园里烤肉，四处找你。”

简嘉先把手里的书放回书架，忍不住跟蒋卓扬吐槽：“你表弟口味真的很奇特，全是漫画，他懒得读书是不是？”

蒋卓扬托着下巴做思考状：“怎么说呢，他从小就是个挺特别的孩子，上学的时候完全没有办法记住课本上的内容，我舅舅在很长一段时间内认为我这位小表弟智商有问题。”

“后来呢？”简嘉很是好奇。

“后来证明他智商起码有170，但是很不幸，他有阅读障碍，从课本上获得知识的过程对他来说痛苦不堪，表达能力很好但是他却没有办法完成一篇完整的作文，现在有时候发mail都是他口述秘书写。”

“这么夸张！”她觉得不可思议。

“现实就是这样，不过后来他发现自己对数字什么的超级敏感，所以在痛苦地上到高中之后毅然决然揣着多年存的零花钱投入股市，赚了人生第一桶金之后就退学了，把我舅舅气个半死。”

真的是太传奇了！

简嘉觉得周翌城这经历拿去拍电视剧怎么着也得三十集吧，还是那种身残志坚奋发向上型的，不过人物塑造一定比较困难吧，集高智商看不懂书幼稚最贱小流氓于一身的“男猪脚”，怎么看怎么混搭，绝对是极品中的极品。

“其实听说他赖在你家不肯走，我们都觉得惊奇。”蒋卓扬斟酌着开口，用词十分小心。

不过简嘉听到那个赖字简直是他乡遇故知，只差没执手相看泪眼大叫一声知己了，想了想才问：“惊奇什么？”

“因为小翌不喜欢陌生人啊，你没看到一个人住这么间大屋子还要把管家厨师工人都弄走，在哪里都一样。”

“那我嘞？”难道自己不属于陌生人？

“显然你对于他是特别的，这个世界上除了生意之外很少有能让他花时间和精力去做的事情，我这样说你明白了吗？”蒋卓扬眼中带着明朗的笑意，可他的话却让简嘉心里发毛。

不是这样的，一定不是这样的，怎么可能是那样，周某人一定是觉得整她很好玩，一定是这样。

花园中绝对是空气清新酒肉香甜的美好景象，各类肉食无论是色泽还是香气都令人蠢蠢欲动，冰柠檬水在玻璃壶里嘶嘶冒着凉气。周开心像小猴子一样试图爬上爸爸的背，周峪珲索性一把抓起她，让女儿在自己臂弯上打秋千，周翌城在专心致志地烤培根，成品被周开朗一片一片拿来跟周先生分享，一人一狗不时相对而视，反正呈现在他们两人面前的就是一群姓周的其乐融融的大场面。

这里虽然是花园，但是除了几丛灌木之外就是一些很普通的花花草草，跟这豪宅完全不搭调，不过简嘉很喜欢那成片的波斯菊，在夕阳下分外可爱。

“你很不对劲。”周翌城的声音从她身后传来。

简嘉恨恨地瞪了他一眼，继续盯着那些小花朵。

“喂。”某人试图引起她的注意，“那边在烤蚝哦，难道你今天比较想吃花？”

简嘉依旧没有搭理某人，不过用行动证明了自己对烤蚝的热爱，一口气先吃了十二只垫底，哪怕是见识过她实力的周翌城也大吃一惊，下巴都快掉下来，望着已经转战烤鱿鱼的简嘉感叹：“你果然是名不虚传。”

“虾米？”她满嘴食物，口齿不清。

“有人爆料说你们一群人把你们学校东门那家自助烧烤直接吃倒闭了。”

简嘉恨恨地望向蒋卓扬：“你明明也有份参与的！”

揭老底这件事实在很不美好，简嘉觉得自己只有狠吃狠吃狠狠吃才对得起把人家自助餐厅吃倒这么个谣言，所以发挥得异常神勇，连周开朗小朋友都不由地感叹：“姐姐，不对，是阿姨，看你吃东西我觉得好饿哦！”

周峪珲摸摸儿子的头：“所以要像阿姨那样吃饭不挑食：知道吗？”

敢问这是夸奖吗？这样教育小孩子不太好吧，简嘉在心里说，其实我对食物和对人一样，是有选择的好不好！

花园 BBQ 结束，她很有良心地跟周翌城一起收拾残局，某人像是思索了很久下了什么决心似的对她说：“刚才殷其雷打电话来，说你家已经收拾好，我们随时可以回去。”

耶，回家喽太好了！虽然无敌海景豪宅住起来别有一番风味，但是简嘉还是异常思念自己的狗窝，接下来的时间她的心情都无比舒畅，连脏盘子看起来都顺眼多了，一边洗还一边哼歌：“马铃儿响来玉鸟儿唱……远远离开热不巴拉家啊……不忧伤，不忧伤……”

“你要不要这么兴奋啊。”某人对她演唱的歌曲提出意见。

撇嘴，不理。

“在我家给你感觉是在地主家么？”

简嘉斜眼：“没，地主家跟您比那就是沧海一粟，根本不是一个重量级的，您多虑了。”

周翌城作势要用油乎乎的脏手捏她的脸，简嘉左躲右闪，水池里的水溅了两人一身，只听蒋卓扬在他们身后阴阳怪气："在厨房面对一池脏盘子都能打情骂俏，你们的趣味真的异于常人。"

两个人一起转过脸瞪回去，蒋卓扬于是哇哇大叫："看，连眼神都一模一样！"

11

我一直在等你，你一直在原地

加 + 减 − 乘 × 除 ÷ ， 都 + 是 − 爱

第二天早餐后，周峪珲带着两个孩子去接孩子妈，简嘉跟着大部队打道回府，同周翌城一起上了蒋卓扬的车。

不知道是不是要回到自己狗窝的原因，简嘉一路上兴奋不已，开着车窗任由风把自己和怀中的美丽吹得凌乱，周翌城用无奈的眼神看了她一眼，敲了敲正在开车的蒋卓扬："进市区先送我们去医院，这家伙的脚也该处理了。"

来到医院，医生正式宣布她的左脚可以拆线，简嘉重归自由之路，走出医院，她觉得空气中都充满了自由的味道，用电脑椅滑来滑去、不能出门逛街、不能出去放风透气的日子终于结束了！

看到她得意忘形的样子，继续当司机送他们回去的蒋卓扬摇着头感叹："感觉是被这家伙关了很久似的，现在恨不得飞出去。"

飞出去倒是没有，想奋力奔跑倒是真的，不过刚才医生说她的脚依然不能剧烈运动。

回家的路上，简嘉看到路边大幅的嘉年华广告，忍不住激动地抓住周翌城的胳膊："嘉年华，嘉年华，今年的嘉年华又开始了，我们去玩好不好？旋转木马什么的我最喜欢了，去年的时候我忙得要死，都没机会去。"

周翌城看着她的脸微笑，目光自然而然往下，落在她抓着自己手臂的那只手上，简嘉也忽然明白了什么，不太自然地松开手，声音里多了些不经意的尴尬："庆祝我们回家外加我重获自由，应该去玩一趟对吧？"

而周翌城只是笑，眼中有一抹火花一闪而逝，谁也没有看见。

两个人终于回到了家，房间被清理得很干净，美丽跟周先生显得比简嘉还兴奋，特别是美丽，直接找到自己的窝，然后把身体重重地放进去，躺平。

不知道是行动方便了还是重新回家有新鲜感，简嘉一直在房间里转来转去地收拾这收拾那，整理衣柜收纳杂物什么的，恨不能把被子都拿出来晒过一遍。

两位周先生则是绕着她打转加捣乱，打打闹闹就到了黄昏，简嘉换了衣服拉着周翌珹一起去实践她的大计划：“听说嘉年华那边还有美食节，中午随便吃点是对的，晚上我要好好发挥。”

周翌珹无奈失笑：“相信我，你在吃这方面从来没有发挥失常过。”

两个人给美丽和周先生准备好晚饭，刚要出门，只见周先生咬着周翌珹的裤脚，一副恋恋不舍的样子，简嘉蹲下身来安抚：“妈妈跟哥哥要出去，回来带香肠给你吃好不好？”

“汪呜~”

“那带鸡腿回来给你吃？”

“汪汪呜~”周先生那被过长的刘海遮得若隐若现的小眼睛眨巴眨巴，明显是对这个安排不太中意，也对哦，平日这个时间都是周先生雷打不动的散步时间，两个人出门居然不带它，郁闷在所难免。

被周先生缠得没办法，简嘉只好点头：“好吧，好吧，带你一起去。”

只见周先生大喜过望，扭头奔回房间把自己的狗绳叼了出来，对着周翌珹猛摇尾巴，他一边给它戴上一边无奈地笑：“也不知道像了谁。”

“像谁，当然是像你喽。”

两个人带着周先生出门，周翌珹忽然想起了什么：“刚才你跟它说妈妈和哥哥，为什么是这种关系？”

“哦，我随口一说嘛，难道你要当它爸？虽然你们都姓周。”

周翌珹忽然笑了：“我觉得当它爸爸也不错。”

反应过来的简嘉登时红了脸，作势要掐周翌珹的脖子：“想占我便宜，没门！”

一年一度的嘉年华果然热闹，各色的灯亮起来别有一番味道，简嘉激动地在各家小吃摊子上流连忘返，恨不得每一样都吞下肚，甚至还买了一只硕大的棉花糖边走边吃。

转过去玩游艺项目，简嘉的兴致更高，坐上旋转木马连玩三场都不肯走，这样毫无刺激的游戏是她最喜欢的，跟着音乐旋转、旋转，只觉得自己很小很小，在自己的小世界里，始终是最简单最纯粹的快乐。

她在试图去坐第四次的时候被周翌珹拖走，百般挣扎后无果，周翌珹无语：“第四遍了，你没看见那些小女孩看你的眼神吗？你想在上面一辈子？”

“一辈子就一辈子。”简嘉接过周先生的绳子，往前走两步又转过身来，“我的梦想就是在自己家整一个旋转木马，然后我每天就上去转啊转啊转啊，想玩多久就玩多久。”

周翌城脸上露出淡淡笑意，衬着夜色和灯光温柔极了，他指着远处的摩天轮问简嘉：“要不要去坐那个？”

“不要。”简嘉摇头，“这个不好玩，山顶游乐场那个才好，坐在上面，整个城市尽收眼底，但是那边风很大，不过很刺激。”

接下来的时间，简嘉全部用来玩打地鼠之类的小游戏，路过射击游戏的时候两个人都停下脚步。

“好可爱哦！”

“什么？”

简嘉指着最大的那只熊，满眼欢喜，完全是小女孩的样子：“你看它好可爱哦，满脸写满了‘来抱我啊，我要抱抱’。”

老板趁机插话：“先生小姐来玩这个吧，全中的话那只熊就归你们了！”

简嘉遗憾地撇嘴：“可惜，我们都不会。”

周翌城看了她一眼，摇头笑：“谁说不会。老板，给我一支枪。”

一发打中。

简嘉兴奋地尖叫。

两发打中。

简嘉兴奋地跺脚。

二十发全中的时候，她已经跳上去抱住他的肩膀奋力摇晃：“太棒了你，神枪手啊！什么时候有这一手的！”

被遗忘在一边的周先生无聊地原地打转，呜呜呜地表示抗议。

老板把熊递给他们的时候也不忘朝着周翌城竖大拇指：“这位先生的枪法真好。”

周翌城把大熊塞进简嘉怀里，看见她笑得露出两枚尖尖的虎牙，像一只温柔的小兽。

抱着熊牵着周先生满意地打道回府，一边走一边跟周翌城说笑，一辆电动车忽然飞速自她身边驶过，距离之近，简直是擦着她的裙角。

还不等她大脑作出什么反应，便被人大力拉后一步，惊魂未定地抬起脸来，眼前是周翌城严肃的脸。

身后的灯光忽然变得幽暗，嘈杂的车声人声一瞬间化为喧嚣世界里安静的背景，她的耳边只剩下两人深深浅浅的呼吸，那样近的距离，暧昧到死。

时间仿佛停滞，每一秒都是那样的漫长，最后还是简嘉先开了口。

“你干什么？”

“你怕什么？”

不知道为什么，那一刻的简嘉有点被人说中心事的慌张，用力挣开他的手，没好气：“我劝你不要乱来啊，你知道我身手如何的！”

她的手就在他的手里，被紧紧握住，整个人都在他的怀里，没有一丝缝隙，手中的熊垂到一边，被周先生给予了亲人一般的对待。

他凝视她许久，久到简嘉都开始害怕他真的会就势吻上来。

最后，最后什么都没有发生，一点点慢慢放开她，先是手，再是腰，接下来整个人慢慢离开，慢得周先生在一边低声呜呜叫，十足不耐烦的样子。

简嘉忽然有点害怕，或者可以说是心虚，眼前的这个人越来越让她手足无措，不知道该怎么样面对。

她转过脸去不看他，牵着周先生就走，却被他拉住，接过她手里的熊，取而代之的是他的手。

他的手带着令人驯服的神奇力量，简嘉没有办法拒绝，也没有办法挣脱，只能任由他牵着她的手，从手腕落到手掌，最后十指交缠。

简嘉就这样被周翌珹一路牵回了家，过学校门前那条马路的时候还遇到了洒水车，为了防止被淋成落汤鸡，两个人在马路上牵着手狂奔，一路跑回了家。

进了门周翌珹才想起简嘉那只刚拆了线的左脚，于是询问正在换鞋的简嘉：“你的脚没事吧？”

也许是离得太近，他鼻子里热热的气息喷在她肩膀上，让简嘉觉得浑身不自在，努力想跟他拉开距离躲开那些不自在的感觉，迅速换好鞋闪身过去。

不知道是不是被她大幅度的躲闪动作激怒，周翌珹忽然大力抓住她的肩膀把她揽在胸前，一副眼中喷火想吞了她的样子。

她试图挣扎，可没几下就被他制服，那张脸就在自己的眼前，黑暗中的眼神那样闪亮，发出慑人的光，她觉得心慌，因为他的脸已经到了一个异常危险的距离，她想开口说些什么，所有的话语都被温热的唇堵了回去。

简嘉被吓住了，霎时觉得浑身都是硬的，从手到脚都使不出一丝力气，平时自诩还算快速的反应此刻全数抽身而去，正在她思索该怎么办的时候，周翌城的舌尖已经坚定地探了进来，利用她大脑空白的这段时间毫不费力地攻城略地。

这是她二十多年的人生里从来没有遇到过的状况，她读过的书，她经历的事，全都没有告诉她遇到这样的状况应该怎么办，早知道会有今天，她平日里就该多阅读一下言情小说这类实用书籍，也许现在知道自己究竟要做些什么才能摆脱当下的困境。

不知道过了多久，他终于放开了她，两个人的呼吸都紊乱了，他抵在她额头上，鼻尖碰着她的鼻尖，呼吸交缠，气味相融。

简嘉觉得自己浑身发软，觉得刚才的一切像一场梦一样不甚真实，甚至想掐自己来证明一下。

“简嘉。”

周翌城开口，声音低沉沙哑，性感到不行。

“嗯。”简嘉的神志回来一点点。

“你的身手退步了。”

……

简嘉简直想一拳把眼前这个坏蛋打晕过去，刚想开口骂人却又被某人狠狠吻住，如果说刚才还算是礼貌地打招呼的话，那么现在简直像是激烈的交锋，唇舌间带着不容拒绝的强硬。

他的手臂紧紧把她箍在怀里，像是怕她逃脱，一只手却慢慢移到她的脸上，指尖轻抚过皮肤，充满了怜惜，仿佛手中捧着的是世上最珍贵的宝物。

回来之后一直被冷落的周先生开始不安分起来，在两人脚边转来转去，希望博得主人的一点点注意，开始是舔简嘉的腿，后来用牙齿去拉扯周翌城的裤脚，最后又开始专心致志地啃简嘉露在拖鞋外面的脚趾头，仿佛那是一块美味的令它欲罢不能的骨头。

刚有一丝神志回到简嘉身上的时候，她奋力地推开了周翌城，他脸上居然没有出现一丝错愕或者别的什么东西，带着依旧紊乱的呼吸看着她，安静地，沉默地，掌握一切，蓄势待发。

简嘉风一样地逃回房间，狠狠关上房门并且不放心地反锁了两遍。

她靠在门板上大口地喘气，努力想捉住一些理智却又毫无头绪，并且免不了要回忆刚才发生的那些事的细节，没有一刻不让她脸红心跳。

他为什么吻她？

她还没有思路广阔到认为他这样的一个人会喜欢她，又馋又懒的神经质（你对自己的认识还是很深刻的嘛，孩子），好吧，其实只是勤劳得不太明显，又死宅，嘴又坏，有事没事还喜欢用暴力解决问题，怎么想也不是小股神会看上的对象。

那么，也许是像那天在他家捏她的脸一样，是捉弄她的意思么？觉得看她慌张着急的样子很有趣？对！一定是这样，这个人坏死了，讨厌透顶！自己一定不会让他得逞的！

握着小拳头睡了极其困难的一觉，简嘉第二天一大早还得爬起来去公司销假上班。洗漱完毕之后就看到周翌城气定神闲地坐在餐桌前，桌上是新鲜的冒着热气的早餐，而他整个人浑身散发出来的气息活像一个猎人，只等着猎物一步步走近他的陷阱。

经过那天的出手相救和这些时日的相处，简嘉再也不能对周翌城恶言相向，不然总觉得有点忘恩负义什么的，惹不起，那只好躲出去了。

简嘉心一横，准备对桌上热腾腾的早餐视而不见，直接溜出门上班去，再不跟他做正面或者侧面的接触。哪知道还没走到门口就听周翌城凉凉地说："今天的煎蛋是双黄呢。"

啊，双黄蛋，应该很好吃的样子吧。

"今天的培根煎得很嫩哦。"

培根三文治，周翌城做这个最好吃了，简嘉的口水已经开始分泌。

"我还榨了核桃浆，闻起来很香。"

简嘉立刻变成巴甫洛夫的狗，还没看见实物光是听一下形容就口水涟涟，最后直接被本能俘虏，连激烈的心理斗争都省去了，毅然决然地坐到了餐桌前。

周翌城微笑："早啊。"

她不说话，因为实在不知道自己该用什么样的态度什么样的心情来面对昨天晚上的那个吻，热切和冷淡在这个时间都显得不合时宜。

面对她的沉默，他不以为意，倒了杯核桃浆给她："吃早饭吧，还热着。"

不知道为什么，简嘉的心忽然变得酸涩，仿佛自己正在辜负什么似的，机械地把食物往嘴里塞，完全不似平日里的模样。

“很难吃？”

简嘉摇头。

“那你好像很痛苦的样子。”

把蛋咽下去，再喝一口核桃浆，简嘉终于鼓起勇气问他：“为什么？”

“什么为什么？”周翌瑊看着她，眉眼中绽开的全是温暖的笑意。

居然还装傻，太阴险了！

简嘉被她弄得心思大乱，索性放弃追问，乖乖低头消灭剩下的食物，等到吃到再也吃不下的时候才敢抬起脸来看他一眼。

只见周翌瑊样子悠闲，那样子就像是正在喂食小动物，只等着哪天长肥了就把她连皮带骨吃掉！就在被他这眼神看到快崩溃的时候，他忽然叹气：“真没见过像你这么笨的。”

她害怕听到她想象中的那些话，于是一心想立刻离开。

“我……我上班去了！”

简嘉抓过手袋赶快往门口转移，刚换好鞋就听周翌瑊的声音从身后传来：“晚上回来吃晚饭，有大餐。”

她随便答应了一声就出门去，心中全是莫名的害怕，害怕一切并不是他表错情，而是她会错意。

到了公司才是手忙脚乱一地鸡毛，这么多天积压下来的事情全部堆在一起处理，公司所有人为了杨展云和俞靓子的婚礼忙得昏天黑地，就在这种每个人都恨不得一天有 28 个小时可以过的时候，瑞秋还跑来找她八卦。

“婚礼是在游轮上，亲友全部跟着上船，还要求携伴参加，杨家承担全部花费，你说是不是大手笔？”

简嘉无语，还真的是大手笔啊！

“这是请柬。”

瑞秋举着一个制作精美的盒子开始咆哮：“你都不知道那位杨太太的要求有多高，我跟老大拽着设计师给她修改了 6 遍！就这么几天时间！”

简嘉打开那制作精良的木纹纸盒，里面除了请柬还有一只牡蛎壳，样子逼真，小机关轻轻一按，居然是一只小小的音乐盒，不知名的曲子悠扬动听。

瑞秋得意地说：“音乐盒是我的创意哦，不过这曲子是杨太太指定的，专门找了做玩具的厂家赶工，报价多少眼皮子都不眨一下。”

她轻轻合上音乐盒，如此别出心裁的请柬将会给亲友们带来多少惊喜呢？其实在这个世界上能够遇见并且可以走到一起，彼此都是上天给予的惊喜。

简嘉病假太久，基本上还没什么大事，只处理些积压下来的杂事，好在够忙碌够琐碎，她可以忘记家里那个费解的难题。

中午叫了外卖上来，其实对于他们这一行来说，能按时吃一顿正餐已经难能可贵，但是简嘉对着那颜色超级热带风情的宫保鸡丁盖浇饭胃口全无，不由地想，那天周某人用意大利面做的炸酱面也蛮好吃的。

不对不对不对，简嘉努力把那个人那个名字从脑海里挥去，努力告诉自己不想他，集中精神把注意力完全放到盖浇饭上去，勉强吃了几口，手机便响了起来。

是短信的铃声，简嘉完全不以为意，谁知道是保险广告还是开发票的，等到应付着吃完饭才拿过手机看一眼。

只那么一眼，正在喝水的简嘉华丽丽地惊呆了，短信的内容很简单，一个金灿灿的小脸后面是晚饭的邀约，那个号码不属于通讯录上的任何一个名字，因为那是楚泽祺。

她不知道这一刻自己的心情是惊吓还是惊喜，因为所有关于他的事，对她来说都是不可思议。握着手机，她很想开个玩笑或者是打趣几句，但是最后还是老老实实地输了一个字发过去：好。

不过五秒钟，电话很快打了进来，还是那个熟到不行的号码，楚泽祺的声音从电话那边传过来：“小嘉，脚怎么样了？”

“好，好了。”简嘉没来由地开始结巴，“今天已经上班了。”

“那就好，晚上一起吃饭，下班我去接你。”

“哦……”

“那这么说定了，再见。”

两个人就这么敲定了晚饭，简嘉连问在哪里吃什么的勇气都没有，心里埋怨自己真没用，不过转念一想，自己在他面前向来没用，也许这就是她面对他的最佳状态吧。

下午比上午更忙，为了避免加班这种惨事发生，简嘉手脚并用提高效率，不过她整个下午都心烦意乱，忙碌之余不停地想，今天这件裙子还算OK，不知道下班的时候妆会不会花掉，也不知道自己能不能挤出时间去洗手间补个妆……

心烦意乱难免心浮气躁，在空调房里后背上还是出了一层细细的汗，临近下班时打印机出了问题，眼见着她那五十几页的资料没办法打印，急得她差点对打印机拳打脚踢。

好容易等打印机它老人家开始工作，桌上的座机和她的手机又一起响起来，搞定座机手机居然还在唱，看到是个陌生号码，本来想等手机唱完整首歌，想了想还是接了起来，结果居然是周翌斌，背景声异常嘈杂，他问："菠萝，猕猴桃，草莓，选哪个？"

简嘉没好气："我要榴莲。"

那边立刻用很是嫌恶的口气说："可以不要提那个凶器吗？这三样你选一个。"

"草莓。"她想也不想随便挑了一个。

"好，那就草莓。"

"喂……"

她刚想告诉他晚上不回去吃饭，那边便已经挂了线，简嘉听着电话里传来的忙音，当姑娘我是你下属啊！简嘉对着手机挥了挥拳头，算了，他是她什么人，干吗要向他报备行程。

搞定所有工作下班，简嘉躲进洗手间观察了自己半天。

发型：OK（有问题也来不及了）。

妆面：还算好，幸亏自己一向淡妆，不然这个时间完全是残垣断壁，自己这关都过不了，出去完全是吓人。

衣服：虽然裙子跟平底鞋衬得她愈发像一头短腿熊，但还算娇俏，勉强OK。

检查完毕下楼，刚到门口就看到楚泽祺的车停在那里，他立在车旁，微笑着朝她招手。

其实这样的情景在写字楼下经常见到，那些男人也时常被她和瑞秋当做装模作样的典范来吐槽，可是楚泽祺却让人真心觉得风度翩翩，气质卓然，一切都是那样舒服熨帖，完美到刚刚好。

简嘉有点心虚：“等很久了吧？”

“没有，才到。”

他肯定已经等了很久，却又不让她有任何压力，这样的人让旁人如沐春风，简嘉心中不断提醒自己才没有露出一丝花痴的表情。

上车之后简嘉放松不少，一问一答还算自若，楚泽祺看她哈欠连天，指了指后座：“有咖啡，你提提神。”

简嘉转过身去，却看见今天看到过的那只木纹盒子放在后座上，拿咖啡的手登时停在了半空，呆了几秒之后，她伸手取过咖啡，掌心温热，某个地方不停震动。

他们去到一间新开的柬埔寨餐厅，装修风格浓重热烈，菜的味道也是一样，楚泽祺十分喜欢那些昆虫，简嘉却觉得看一眼就头皮发麻，好在其他菜色还算可口，她专心致志对付其他虾蟹，不亦乐乎。

“小嘉。”楚泽祺忽然开口，“靓子要再婚了。”

呃，这个我早知道了！她在心中高喊，但是却不知道自己该如何回应，仿佛什么表达都不太得体也不合时宜，只好点头微笑：“哦，那多好。”

他不再说话，只是看着她淡然地笑。

简嘉不知道楚泽祺要跟她说些什么，所以出奇地紧张。

楚泽祺看着她，眼神却忽然空起来，仿佛思维忽然飞走：“她邀请了我参加婚礼。”

简嘉忽然有种冲动，想要拍桌子告诉他：我看到你收到请柬了，可是大哥你要说什么啊？

“所以小嘉，你可以跟我一起出席婚礼吗？”

跟他一起？

为什么？

如果是为了按照主人要求携伴参加，那他大可不必找她充当女伴……简嘉忽然不想思考他的邀请里面有什么令人期待的深意，几乎是未经思考就答应下来，以一个女人的身份站在他身边，这曾经是简嘉多年的梦想。

她期待了那样久，甚至不止一次地梦想过会是怎么样的场合，怎么样的气氛，虽然她觉得这惊喜来得太突兀，让人觉得有些不可思议，难以相信。

楚泽祺口气郑重地跟她说："不是每一个人都有参加前妻婚礼的机会，我觉得需要你跟我一起，替我壮胆。"

这样风趣，立刻让简嘉打消所有的顾虑，只觉得连鱼露都变得可口起来，椰汁更是清凉爽口，入喉仿佛甘露。

一顿饭吃得相当融洽，回去的路上简嘉才发现自己的手机早就没电关机了，忍不住大骂所谓的智能手机简直是电池杀器，看着漆黑的屏幕想到家里的某人，她的心又开始没来由地慌乱，甚至生出一股忐忑的愧疚。

从外面的主干道到校园里的小路，凤凰花开了一路，红得像火一般，仿佛要烧到天上去，似红色的云，羽毛一样的花朵在夜色下颤动，像情人闪动的双眼。

如果是平常，她一定会觉得自己跟楚泽祺的关系终于有了进展，可是现在居然惊人地发现自己并没有预想中的那么兴奋，那欣喜只是在餐厅的时候一闪而过，连她自己也说不清那是为什么。

他们在楼下挥手告别，离家门口越近，简嘉心中的忐忑越深，甚至连心跳都开始加速，深呼吸再深呼吸，拿出钥匙开门，依旧是兴奋的周先生扑上来，绕着她的腿打转，用湿湿的小鼻子蹭她的小腿，一副想念异常的样子。

餐厅的灯亮着，桌上是两人份的精美食物，冰桶里有香槟，冰大概早已经融化，甚至还有未点燃的蜡烛和一个小巧的蛋糕。香煎猪排浇了草莓汁上去，大概是因为放得时间太久，汤汁腻在那里凝结成冻。小碟子里放着精致的草莓大福，那是简嘉最喜欢的果子，海鲜浓汤已经彻底冷掉，整桌饭菜都透露着被人辜负冷落的寂寞。

周翌城坐在餐桌前等她，像是在等待晚归的家人一样，见到她微微一笑："你回来了。"

这样的表情这样的对白让一整晚的心虚不安到了极点，仿佛自己犯了严重的错误，造成无可挽回的损失。

简嘉没有说话，她不知道应该如何解释心头那些微妙而奇怪的感觉，她不知道应该如何面对如何回答。

"我一直在等你。"他的语气仍然淡淡的，甚至让人觉得有一丝不易察觉的冷漠。

"我，我本来想给你打电话，可是手机没电了，我和楚泽祺……"简嘉语无伦次地试图解释，可连她自己都觉得在这种时候任何语言都显得苍白无力。

周翌城扬起手示意她不必继续下去，沉默了许久之后终于再次开口："那不重要。"

简嘉心中的愧疚已经接近于沸腾，只见周翌城站起身来走到她的面前，因为逆着光，她看不清他脸上的表情，房间里很静，她觉得自己甚至可以听见他的呼吸声。

周翌城低低笑了一声，那笑声简直接近于叹息了："今晚你做了什么，跟谁一起，对我来说都不重要。"

她没有办法辨别他话里的情绪，猜不出，也猜不透，那种无力的感觉让简嘉觉得沮丧极了。

"有件事情，我一直等你明白，可是你那么笨，这么长时间都没有明白。虽然我愿意继续等下去，可是我今天还是想让你知道，余下的人生里，我想和你一起走下去。"

这，这是告白吗？简嘉二十多年的人生里从来没有被人表白的经验，而且，而且是这么一个距离自己的世界十万光年的人物，看他平时对自己的所作所为根本没有透露出一丝那方面的意思嘛！所以内心的想法脱口而出。

"不可能。"

"什么不可能？"他微微皱眉。

"你不可能是真心喜欢我。"

"我是。"

"我们之间差距太大。"

"是有点大。"他上下打量了一下她，"不过现在要你增高好像也来不及了。"

简嘉快内出血了，这个人的逻辑真的是自创的吧。

她只好再直白一点："你的家庭不会接受我的！"

他托着下巴做思索状："我父母都已经去世了，唯一的直系血亲就是我哥，你已经见过了，我看你们相处互动得还不错。"

好吧，连这种言情小说里常见的桥段在他这里都不成立，好像实在是没有理由来拒绝他。

“可是，可是我已经有喜欢的人了。”简嘉祭出了杀手锏，“我喜欢的人是楚泽祺，已经很多年了。”

周翌城立刻用奇怪的眼神看了她一眼：“你这样还真的是伤人呢。”

简嘉心中的愧疚感再次涌上，不过下一刻便已经土崩瓦解，只听他一字一顿地说：“那跟我有什么关系呢？”

他越靠越近，居高临下地望着她：“简嘉，我想你知道，你喜欢谁，喜欢了多少时间，这些跟我喜欢你一点关系也没有，它们对我对你的感情不会产生一点影响。而且，你有没有想过，你喜欢他那么多年，为什么你和他还是这样的局面呢？这么长时间那么多的机会，你都没有得到你想要的，你怎么能确定这是你真正想要的感情。让你瞻前顾后去害怕的事，真的有坚持的必要吗？”

“不，不是这样的。”

简嘉忽然害怕起来，有种被人看穿的尴尬，自己多年来的感情和坚持在他口中忽然变成毫不值钱的错误，仿佛是小时候最珍惜的那条裙子被人做成抹布，玻璃心顿时碎成渣渣。

周翌城居然轻轻捏了一下她的脸：“而我不一样，我认定的任何事我都会想尽办法去实现，哪怕最后的结局不遂人愿，我也只接受失去，不接受失败。”

他的尾音消逝在她的耳边，温热的呼吸喷在她的脸上，虔诚的郑重的吻轻轻落在简嘉的额头，接下来是鼻尖，唇角，下巴，耳畔……

简嘉沉浸在刚才的打击中无法动弹，眼前的这个人更像是对她施了什么魔力，自己这么多年坚持相信的东西忽然就被动摇了，她觉得万分沮丧，已经开始怀疑人生。

等她怀疑完人生的时候，已经被周翌城里里外外彻彻底底地吻过了，整个人被他抱在怀里，连挣扎的空间都没有留下。他的手像是有什么魔力似的，明明是侵略性极强的抚摸却又带着令人驯服的力量，简嘉着了魔似地在他怀中任他予取予求，裙子的拉链不知道什么时候被他拉开了，滚烫的掌心贴在她的腰上，一下子把她吓醒了。

简嘉下意识往后躲，后腰重重撞在沙发上，不知道窝在哪个角落的美丽腾地一声跳了起来，接下来是什么东西碎在地上的声音。

那声响让她瞬间神志清明，用尽仅剩的那点力气重重推开他，靠在沙发上大口地喘气，忽然鼻子就酸涩起来，眼前有一团雾气慢慢升腾："你怎么可以这样……"

"喂……"

周翌城想要伸手摸她的脸，却被简嘉狠狠地踹了一脚。

房间很静，除了他低声抽气的声音再无其他，简嘉又悔又怕，不知道该怎么面对自己做过的事，咬着嘴唇，低头不语。

周翌城脸上的痛苦神情还在，唇边却浮上一抹诡异的笑容："你就那么讨厌我吗？"

她没有办法回答，只有默默地流泪，伤心的情绪越来越浓，渐渐哭得泣不成声，几近号啕。

简嘉也不知道自己哭了多久，最后只听见周翌城说："如果是这样，我明白了。"

12

原来你还在这里

加　+　减　-　乘　×　除　÷　，　都　+　是　-　爱

周翌珹走了。

昨晚的一切在简嘉的记忆中已经变成混乱而破碎的一团，就像是被美丽玩过的毛线球，毫无头绪。

她忘记了自己是怎么走回房间的，忘记了自己到底哭了多久，也不知道周翌珹是在什么时候用什么心情离开的，等她醒来，他已经不在。

书房里那张小床整齐得过分，餐桌上也没有像往常那样摆好了早餐，美丽似乎已经得知并接受了他离开的现实，哀怨地看了简嘉一眼，然后怅然一喵。

周先生显然对早上无人准点喂饭这一现实不能接受，缠着简嘉百般哼哼，伸出爪子挠着她的膝盖，很郁闷的样子。

打仗一样地洗漱完毕喂猫喂狗，她已经没有了吃早饭的时间，想节省点时间开表姐的车去上班，谁想到居然半天打不着火！只好打车去公司，幸好没有人跟她抢车，不然难保自己不会情绪崩溃地在大街上哭起来。

紧赶慢赶，到了公司她还是迟到了，好在各种事情扑面而来，让她暂时忘记了这一连串倒霉的破事。

因为没吃早饭，还不到十点简嘉就已经饿得头昏，抽空钻进茶水间觅食，一袋饼干才吃两块就听瑞秋在外面高声喊叫："简嘉，前台有你的快递。"

她不记得最近有网购什么东西，会是什么呢？

简嘉从前台抱回一个大盒子，包装得很精美的样子，上面还有用缎带绑成的大大蝴蝶结，回到座位上打开，居然是一件小礼服！

那个牌子她相当熟悉，即便是破麻袋片一般的当季新品，其价格也是高山仰止不可企及，客观地说，这件衣服美极了。

鱼尾的式样，修身的设计，只是她难以想象自己穿上它的样子，这种风格恐怕不是她可以驾驭的。

卡片上是楚泽祺清隽的字迹，只有三个字：谢谢你。

跟小礼服一起的还有配套的首饰，她最喜欢那只耳坠，上面的紫色蝴蝶仿佛振翅欲飞，送她礼服和首饰足以见得楚泽祺这人考虑得多么周详多么细心，但是，他并没有发现其实简嘉连耳洞都没有。

她发短信跟楚泽祺道谢，他回她一个笑脸，简嘉心头一暖。

简嘉对这对耳坠简直有点爱不释手了，连瑞秋也说礼服跟那对耳坠简直是绝配，不住地劝她："去打个耳洞吧，三天痊愈，立刻风情万种美丽动人。"

她经不住那紫色蝴蝶的诱惑，下班后在瑞秋的带领下在附近的美容院打了耳洞，抓着发烫的耳朵，简嘉才知道所谓的无痛穿耳全是骗人的！怎么可能不痛？不过想想那只紫色蝴蝶在她耳畔的样子，却觉得吃这点苦完全值得。

上班一日仿佛世上千年，简嘉回到家里总有一些恍如隔世的感觉，不知道是不是没有了周翌珹的缘故，她觉得家里好像空了一点。

这个人出乎意料地来，却又这样悄声无息地走，这间屋子里到处都是他的痕迹，书房的枕头上是他的味道，洗手间里还有他的毛巾和口杯，他的一切痕迹都在，只是他，也许再也不会出现在这里。

晚饭随便吃了点泡面，碗都没来得及洗，跟她一样刚吃完晚饭的周先生就已经开始躁动不安，追着它那不存在的尾巴转来转去。

"知道啦。"简嘉没好气，"这就带你出去。"

周先生现在已经长得老大，简嘉今天才真正体会到每天去遛这么一只大家伙需要怎样的耐心和体力，它对沿途所能遇到的任何同类和圆柱形物体都怀着疯狂的兴趣，遇到小吃摊子更是完全走不动路，摇头晃脑疯狂卖萌，咬着简嘉的半身裙呜呜乱叫，差点没造成走光这一严重事故。

好容易回到了家，大概是刚才遛狗的时候吹了风，简嘉只觉得头昏脑涨，喷嚏不断鼻涕不绝，随便找了点感冒冲剂泡了喝下，钻进被窝不一会儿就觉得忽冷忽热浑身发抖。

正睡得迷迷糊糊，手机忽然大声响起来，简嘉懒得开灯，在床头柜上摸了半天才找到，看也不看来电显示，胡乱接了起来。

"喂……"

"小嘉嘉你在睡觉啊。"

居然是表姐，简嘉打起精神来："你终于出现了，听说你去了哥斯达黎加？"

“神马啊！谁告诉你的，地理太差了，我明明是在加拉帕克斯，这里很好玩你知道吗？”

“我不想知道……你什么时候回来？”

“这个问题以后再说，周先生怎么样？”

不说她都已经忘记了，原来周先生并不属于她，生活再怎么为了人家而改变也只是个过渡性的角色，想起来很让人怅然。

简单地跟表姐汇报了下周先生近况，表姐很是满意的样子，聊了半天才听出她声音不对劲：“你感冒了啊？”

简嘉有气无力：“对啊，好像有点伤风。”

“那你要小心啊，千万不要传染周先生啊！他还小，生病很危险的……”

这也太无情了吧，还有没有姐妹之爱啊，简嘉实在没有力气跟表姐哈拉下去，随便说了几句便挂了机，钻回被窝，一身冷汗。

这一觉睡得可并不安稳，一整夜都在半梦半醒中，早上依旧像是在做战斗，周先生对她要出门这件事反应极大，缠得简嘉差点带它上班。

早饭依旧被报销掉，来到公司附近的麦当劳买早餐的时候，她觉得声音沙哑得自己都快要辨认不出来，跟被人毒哑了没什么两样。

一上午的班上得浑浑噩噩，午饭的时候瑞秋指着她的耳朵尖叫：“啊，你的耳朵好红！”

照了照镜子，只见两个耳垂又红又肿，摸上去还微微发烫，也许是因为感冒的缘故？

即便是这样，简嘉还是撑到了下班，她只觉得浑身疼得要命，每一个关节都像是被人拆开又重新安上，实在没有力气一个人去医院，回家照顾完两个小家伙吃完晚饭就又倒在床上。

美丽悄无声息地跳上她的床，很担忧地用头蹭她的脸，周先生也溜了进来，一下一下用温热的小舌头舔她垂在床边的手，简嘉用手拍拍它们的头，这是她唯一能有的回应。

她不知道自己睡了多久，最后是被冷醒的，摸出床头柜里的耳温枪一测，39 度。

这已经是高热了，而且夜已经很深，她努力思索在这个城市里有没有肯半夜送她去医院的人。要不要找步浅来？可是他终究是个兽医，而且这个时间段，万一坏了人家什么好事怎么办？小葵现在应该还在兼职卖啤酒下班的路上，而且她一个女孩子要运送自己恐怕太困难。姨妈？姨妈更不行……

在她列出长长的名单里，没有楚泽祺。

太多思想活动的下场是耗费了最后一点精力，她直接昏睡过去，不省人事。

简嘉做了一个悠长的梦，梦中有冰凉的手掌抚在她的额头，她整个人变得很轻很轻，被人抱在怀里，有个低沉声音在她耳边低声细语："不要怕，我在这里。"

这个梦太过及时也太过真实，那个怀抱温暖而坚实，她的头深深埋在那人胸前，布料柔软，鼻端是阳光和海的味道，让她放心让她安定。

接下来手背传来冰凉的触感，接着是额头，浑身纠结的肌肉立刻放松下来，这样美的一个梦，她不愿醒来。

人的生物钟哪怕在重病的时候都会准得可怕，简嘉在闹钟响之前准点醒来，额头上的冰枕已经恢复常温，滑落到她的枕边，可是，可是她并没有用过冰枕啊！

这个认知让她立刻清醒过来，身体依旧酸软，但精神明显好了很多，三魂六魄正在一一归位，感觉器官也灵敏了起来，她真的被人拥在怀里，抬起眼看到的是周翌珹的脸，眼下有重重的阴影，睫毛垂下来，安静得像个孩子。

简嘉动了动，他立刻醒了过来，睡眼惺忪的样子，十分自然地问她："感觉怎么样？要不要喝水？"

她的眼里忽然像是蓄满了泪，马上就要喷薄而出，连嘴唇都颤抖起来："你，你不是走了吗？"

他并不回答她，手轻轻按在她额头上，像是埋怨又像是自言自语："还这么烫，我才走两天而已，你到底会不会照顾自己啊？"

看着她红红的眼睛，周翌珹许久才说："谁告诉你我走了，不过有点急事而已，你没看见我发给你的邮件？"

这下简嘉傻眼了，邮件？从来也没见过什么邮件啊，再说了，明明是同在一个屋檐下，怕是留个便条都比邮件效率高吧。

可是他在这个时刻重新出现在她面前，已经快要感动得她热泪盈眶了，这个时候，没有语言可以形容她此刻的心情，她也不知道应该跟他说什么才好，只能红着眼睛轻轻摇摇头。

周翌城叹气："我半夜回来差点被你吓死，整个人烧得滚烫，吓得我直接把程医生从床上挖起来，如果温度再降不下来，我真准备亲自飞车送你去医院。"

"不行。"

简嘉一边吸鼻涕一边说："无照驾驶是犯法的。"

"哦。"周翌城揉揉她的头发，"看来脑袋没烧坏。"

两个人随便吃了点早饭之后，简嘉还是决定去医院，硬着头皮跟公司请了假，门诊医生的诊断简直让她郁闷得要死，扎耳洞感染而高烧的几率那样低，可是偏偏被简嘉赶上。

取药的时候周翌城又被一通电话叫走，看起来十万火急，她只得一个人去输液。

去门诊输液室的线路十分复杂，当她正在自己查看指示牌的时候，忽然有人拍她的肩膀，转过脸去居然是那位何大夫，他脸上的表情丰富且复杂，第一句话就问："咦，你跟老楚一起来的么？"

楚泽祺？跟她有什么关系？

看到简嘉神色奇怪，何医生马上变了口气转了话题："没什么，你找什么？"

她苦恼地指着那些箭头："输液室到底有多机密啊，转了半天我也没找到。"

何医生随手给她一指："在那边，你走错方向啦。"

跟何医生告别之后，她拿着单据继续出发，很快找到了目的地。

输液室的人员密度并不比上班时间的地铁车厢宽松多少，各式各样的药水袋下面坐着各式各样的人，大大小小男男女女老老少少，每个人都有一张被病痛折磨得异常愁苦的脸，她向来不喜欢医院，这里的空气中都飘散着老去悲苦的气味，没有一丝丝温暖。

手机在衣袋里嗡嗡震动，掏出来看，是楚泽祺。

简嘉觉得手机握在掌心像是一块小小的炭，虽是温暖却也灼人，她盯着那个名字看了好久才打开短信，楚泽祺仿佛未卜先知，居然问她：在医院？身体不舒服么？

她想了想，单手按下几个字：是的，感冒了，在打针。

楚泽祺很快打电话过来，铃声响起来的时候让简嘉心头一震，她快速地接起来，声音有点嗡嗡地："喂。"

"感冒了？最近很多人感冒，要多注意，一个人打针？要不要我去看看？"楚泽祺的声音低沉，一连串的问句却显得有条不紊。

简嘉听到那边有小声的询问声，像是在跟他请示一些什么，于是她立即拒绝："不用不用不用，我马上就打完了，有人陪着我。"

"哦。"楚泽祺像叮嘱小孩子一样，"回去多喝水早睡觉知道吗？"

简嘉在这边狂点头，挂上电话的那一刻心中却有松了一口气的感觉。这么多年过去，她依然找不到一个放松的状态来面对楚泽祺，明明那么期待，却总在最后关头生出那种莫名的恐惧。

药水很凉，没一会儿她的身体便已经冷了半边。对面是一对中年夫妇，父母们一样的年纪，妻子一边打针一边抱怨家里乱得不成样子没有人收拾，丈夫讪笑着聆听教诲，把妻子的手放在自己手心，用自己的掌心来温暖。

简嘉觉得这一幕很温馨，有人安慰，有人保护，这便是简单的幸福。

还没感性两分钟，手机又唱了起来，周翌城在那边大喊大叫："喂喂，你到底在哪里输液？"

她有气无力地在电话里给他指路，没一会就见他拎着一大堆东西出现在自己面前，她极力压抑着心中小小的雀跃："你这么快就回来了，我还有很久才能打完针。"

周翌城在她身边坐下，递了杯橙汁给她喝，居然还是热的！接着不知道从什么地方变出一个小小的热水袋，小猪的样子，憨憨的很是可爱，他小心地抬起她扎着针头的手，轻轻把热水袋放在她掌心，温暖一点点地渗进来。仿佛是疲倦，简嘉一句话也说不出。

喝点热的之后感觉又好了一点，力气一点点回到身上，可以用空出来的右手拿手机刷围脖看小说。一开始身边的周翌城还跟她有一搭没一搭地闲聊，偶尔她把围脖上面的笑话念给他听，两个人一起低声地笑，后来，他的声音越来越低，之后便再无动静。

不知道过了多久，简嘉觉有肩膀上忽然多了点重量，转过脸去，周翌城居然在她肩头睡着了，他呼吸清浅，眼下的黑眼圈颜色又深了几分，难道这几天都没有睡觉吗？

简嘉叹口气，怕惊醒他，于是也不敢动弹，时间一分一秒过去，在她觉得自己肩膀马上要麻木的时候，周翌城终于醒了过来，声音里全是疲倦："对不起，不知不觉就睡过去了。"

他坐正身体，没好气地抱怨："这四十八小时我有二十个小时都在飞机上，基本没怎么睡。"

"你真可怜，好容易回来还被我折腾大半夜。"其实简嘉很想知道这两天他究竟去了哪里，但是联想到那个混乱的晚上发生的一切，又觉得这个问题简直是难以启齿。

于是周翌城自觉地汇报行踪："我一个很重要的合伙人也是很好的朋友出了一些事，我必须帮他处理。"

原来是这样，简嘉提起的一颗心忽然放下，周翌城摸摸她的脑袋："有什么想吃的？"

她想一想："麻辣香锅。"

他推了她脑袋一把："都把自己整进医院了还想着吃麻辣香锅，不知道你现在的声音跟大婶一样么？"

"我是大婶你是什么？大叔么？"简嘉有气无力地吐槽，"我说说而已。"

周翌城忽然笑了，像是很满意她的回答似的："大婶你明白就好，大叔我可不想再半夜拖着你来医院。"

简嘉忽然反应过来大叔和大婶这个称呼背后潜在的某种关系，于是没好气："那我要吃蛋糕，整个的那种。"

"好，没问题。"

打完针之后周翌城带着简嘉去买蛋糕，车子七转八转到了一个偏僻街区的一间不临街的店面，名字也奇怪，直接叫一间饼店，只有一个店员在里面，看到周翌城进来懒洋洋地问："怎么又来了，你生日不是前两天才过么？"

原来那天是周翌城的生日！简嘉心中百味陈杂，愧疚更深。

周翌城则摊了摊手："有栗子蛋糕么？这位大婶想吃整个的那种。"

店员还是那副懒洋洋的腔调："你命还真好，栗子蛋糕刚做好，我替你拿出来。"

简嘉坐在车上得意地抱着蛋糕，身边的周翌城在不停地接电话，中英文不断转换，认真的神情仿佛忽然换了一个人，那专注的样子简直可以称之为动人心魄。

两个人回到家，美丽跟周先生对周翌城正式进行了欢迎仪式，简嘉则是迫不及待地开始品尝带回来的栗子蛋糕，不得不说这个味道简直是极品，于是她忽然想起还待在冷藏室里的那个寂寞的生日蛋糕，斟酌着开口："那天是你的生日？"

周翌城正闪躲着周先生甜蜜而亲昵的舔吻攻击，转过脸来对她笑了笑："已经过去了。"

鉴于自己精神已经好了很多，简嘉决定下午回公司去上班，这个决定引来周翌城极大的不赞同："你是想 120 开到你公司送你去医院么？"

"那怎么办，我先前已经请了那么多天病假，现在大家都那么忙，我怎么好意思休息。"

周翌城冷哼一声："连自己的身体都不珍惜，不见得会对工作有多用心。"

简嘉讪讪，吃饱喝足之后准备洗把脸换个衣服去上班，谁想到刚穿好衣服就接到了老大的电话："生病了？那就继续休假吧，今年的年假不是还没休吗？身体要紧，对自己的身体珍惜才会对工作用心，就这样吧。"

放下电话，她直接冲到周翌城面前："喂，是不是你捣的鬼？"

周翌城得意地笑："呦，老程速度很快嘛，你就在家好好给我待着吧。"

"老程？"简嘉差点没晕过去，"你打电话给我们老总？"

"嗯哼，做你们股东这么多年，第一次想用点特权没想到还是在你身上。"周翌城不无得意。

简嘉哭笑不得："无限期休假，不知道还用不用回去上班。"

"什么时候想回就回去，你不是还要做人家女伴参加人家前妻的婚礼？"他的语气里有浓重的酸意。

"你怎么知道？"要不是身体虚弱，简嘉简直要跳起来，这家伙的消息也太灵通了一点吧！

睡在他膝头的美丽被他们的对话吵醒，咕噜一声又睡了过去，周翌城牵了牵嘴角："这个世界比你想象的要小。"

简嘉忽然心虚外加气馁，仿佛还在预谋中的坏事被人提前发现，郁闷透顶。

“去比较一下也好。”周翌城凉凉地说，“只有这样你才知道我有多么地难能可贵。”

病来如山倒，病去如抽丝，简嘉这场病在俞靓子婚礼的前夕才彻底痊愈，在上船的前一天，周翌城也准备离开本市去美国处理公事，临走前拍着简嘉的肩膀说：“上船好好玩，不要太想我。”

她狠狠拍掉放在自己肩膀上的那只爪子：“想你干吗，我好好享受人家婚礼还来不及，我进公司这么多年，好久没有参加不用干活的婚礼了。”

“那么，”周翌城看着她的眼睛，“你喜欢一个什么样的婚礼？”

“我啊！”简嘉顿时陷入粉红色的幻想中，“我的婚礼一定要我的猫跟我的狗带着戒指入场，然后在夕阳西下的海边，我生命中最重要的人为我们证婚，不需要昭告世人，只我们心中明了……”

“听起来不错。”

周翌城揉揉她的脑袋，最近他完全是把她当宠物一样，有事没事就喜欢摸她的脑袋，把她整得跟周先生没什么两样。

她推开他的手，叹口气：“其实如果可以遇到那个人，什么样的方式又有什么关系。”

他看着她微笑，眼神中别有深意。

上船之前简嘉把美丽跟周先生一起送去步浅那里寄养，看着周先生那依依不舍的眼神，她心酸得要死，美丽倒是淡定，很快在医院的猫中称王称霸，很是享受的样子。

小葵花痴兮兮地期待：“游轮耶，跟那些随便弄个游船办的婚礼不一样哦，多拍点照片发围脖哦，我很期待呢！”

简嘉也同样期待。

她在家费了好大的力气才把一大堆东西收拾好，不过三天而已就需要那么大一只箱子，搞得她都有些佩服自己。

那天楚泽祺来接她去港口，修修已经在车上，嘟着小嘴，满脸失望的样子。

简嘉当下觉得难不成是小朋友不喜欢妈妈再婚，所以郁闷，也不好劝什么，三个人沉默了大半路程，最后还是修修打破了沉默：“爸爸，以后我真的要跟着妈妈生活吗？”

楚泽祺少见的严肃：“这是已经决定的事情，修修，回美国去对你的学习有好处。”

父子俩这么严肃地讨论，简嘉更不好插嘴，只得继续听。

修修最后已经开始带着哭音嚷嚷：“爸爸，你是不是不要我了？”

气氛一下子凝滞，简嘉觉得自己都要胸闷成内伤了，最后听见楚泽祺无奈地叹气：“总有一天，你会明白的。”

简嘉对父子俩这完全摸不到头脑的对话表示压力很大，好在很快就到了港口。她在这个城市生活了这么多年，还是第一次来到港口，按照程序办完手续交付了行李，看到那巨大的游轮泊在岸边，13层的高大船身上写着一排字母：Les Pecheurs de Perles。

大概是看到简嘉探究的眼神，楚泽祺主动开口跟她解释：“这艘船叫做采珠人号，名字来源于比才的歌剧《Les Pecheurs de Perles》，这艘船的主人当年跟太太因为这出歌剧结缘，婚后建造的第一艘船便别出心裁地用这个名字命名。”

她立刻被这美妙的名字吸引，不过，这白胖的大船跟它文艺范儿十足的名字一点都不搭调，也许叫绿巨人或者是白巨人什么的更适合吧。

上了船，简嘉先是在甲板上游荡了一下，船员基本上都是外籍，穿着整齐帅气的制服，服务员的服装则是热带风情的衬衫，跟蓝天大海十分应景。她上一次坐船是跟着步步一起旅行，从南方某个小岛返回内陆，灰蒙蒙的天气，没有蓝天白云，没有飞翔的海鸟，没有日出日落，只有无尽的海水，无望地密布四周，海风猛烈，让人顿生飘零之感。

游轮直到中午才正式开始它的航程，简嘉站在那一层的甲板上看到船身剪开碧海，身后是如裙摆一般的白浪滔滔，港口和整座城市一点点模糊在自己的视线中，有几只海鸥在头顶上盘旋。

按照号码牌来到房间，那是一件货真价实的海景房，不是圆形的小窗子而是一米多宽的大窗，拉开窗帘便是碧蓝的海面。房间里所有的设施都是紧凑实用型，整间房虽然不算大，但是床超级大，收拾完行李之后简嘉真想直接跳上去滚一滚。

正当这个想法还未付诸实践的时候，敲门声打断了她所有的行动，楚泽祺站在外面微笑：“一起去吃饭。”

船上的自助餐种类丰富到简嘉恨自己只有一个身体，一边往盘子上堆一边想剩下的时间一定要全身心地吃回来啊！亏待了什么都不能辜负胃对美食的期待。

她正堆得开心，忽然想起来自己这不是来混吃混喝的！于是心虚地瞟了一眼一旁正在漫不经心挑选食物的楚泽祺，讪讪地笑。

楚泽祺则用一种极其包容的眼神看着她，像是在纵容贪吃的小动物什么的……呸呸呸，我才不是贪吃的小动物，简嘉在心中提醒自己，乖乖端着盘子回到桌前。

修修已经在那边占好座位等着他们，看到盘子的内容之后大赞简嘉跟他口味相同，而爸爸总是逼他吃自己不喜欢的东西，例如香蕉。

简嘉觉得奇怪："香蕉很好吃啊。"

"吃太多就不会喜欢了。"修修一边吃鱼一边抱怨。

"不会啊。"简嘉解决完鱼排开始进攻海鲜沙拉，口齿不清地说，"猴子天天都吃香蕉啊。"

"我又不是猴子！"修修开始郁闷，觉得自己跟这个阿姨完全不是一个星球的人。

楚泽祺笑出声来。

有邻桌的客人笑着对他们说："你们一家三口真有趣。"

这个误会让简嘉有点尴尬，偷看了楚泽祺一眼，只见他平静自若地吃菜，并不解释也不掩饰，她的心狂跳。

午饭过后是下午的重要活动，逃生演习。

一船男女老少完全把这个活动当做游戏一般，警报一响轰动异常，船员们给众人演示救生衣怎么穿，电筒怎么用，哨子什么时候吹，大家穿着橘黄色的救生衣或兴奋或懵懂地听讲解，简嘉则是把注意力放在那个救生艇上，如果演习演全套要上救生艇的话，她一定第一个报名！

救生衣虽然不重，但是很闷热，没一会就出了一身汗，所以演习结束之后她便奔回房间换泳衣，打算去外面那个巨大的按摩浴缸里泡一泡。

来之前她在许多游轮攻略上看到，来船上玩一定要带泳衣，虽然自己不会游泳但是也应该有备无患。她穿了一套很可爱的两截式泳衣，正享受这蓝天白云碧海下泡泡的美丽感受，就听身边两个 MM 在讨论："为什么这条船船长晚宴是在第一天啊？"

“不知道耶，一般不都是在最后一晚的么？听说这艘采珠人号跟一般的游轮不一样啦，所以也没什么好奇怪的。”

“那晚宴穿什么好呢？”

“那件黑色的小礼服好了。”

“黑色太大众了！”

“不穿就不大众了。”

“死相！”

那两个人闹作一团，于是简嘉的小心思开始活络，船长晚宴，那岂不是又有很多好吃的可以尝？（简嘉的大脑只能想到这种程度的问题了，原谅她吧！）

泡一个澡，整个人都神清气爽起来，裹着浴巾回房间，刚好在门口遇见了前来找她的楚泽祺，简嘉不由地把浴巾裹得更紧了，一副刚从水里拎出来的小鸭子样。

修修忽然从楚泽祺身后跳出来，满脸兴奋地说：“阿姨你去游泳了啊？明天我们一起去好不好？”

游泳？简嘉非常想告诉修修小朋友，游泳这项运动阿姨不会耶，阿姨最怕的就是游泳，只要水位超过大腿阿姨都会觉得有被淹死的趋势，不过这个肯定是不会告诉别人的！

楚泽祺摸摸修修的头，接着对简嘉说：“不知道你看到节目单了没有，晚上有船上晚宴，准备好我们一起去。”

“哦。”简嘉点头，心里想的却是万一修修那孩子真的拖自己去游泳怎么办，不知道船上的泳池什么深度，有儿童池不？

楚泽祺见她痛苦思索的样子，还以为她正紧张晚上的晚宴：“不用担心，有我在。”

简嘉心头一热，安全感指数蹭蹭蹭往上飙，这种被人保护的感觉……想到这里，她忽然想到了周翌城那个家伙，现在不知道在做什么？不知道是不是睡不着在看异国的星空，还是又拍到了什么美丽的蓝天白云？

心中有浅浅的思念，绵长悠远。

因为婚礼在明天，所以简嘉选了一件白色希腊式的高腰洋装充当晚宴的小礼服，脖子上挂一串珍珠项链，头发散在肩上，十分典雅。

连修修都忍不住夸赞：“阿姨你今晚很漂亮，像动画片里的女神。”

一旁的楚泽祺笑着补充：“小嘉今晚是最美的淑女。”

船长晚宴前是鸡尾酒会，船长大叔是个一脸坚毅的法国老头，穿着雪白的制服帅气极了，会场门前有不少人围着他合影。

进会场的时候每人都发了一杯酒，简嘉觉得那香气很是香甜，端起来一饮而尽，喝完才觉得不太对劲，笑着对楚泽祺说：“忽然觉得有点渴。”

楚泽祺了然地点头，把自己那杯递给她：“那就多来点吧。”

酒会正式开始，船长大叔在台上很正式地介绍游轮的管理团队，简嘉一边听着介绍鼓掌，心思却落在一边的各色酒水上，它们的颜色看起来是那样诱人，让人忘了它们酒的身份，明明就是果汁嘛。

带着这个错误的认知，简嘉在场内转了一圈，喝了一杯又一杯，每个颜色每个花式都尝试了一遍，等到楚泽祺找到她的时候，简嘉已经记不清自己喝了多少杯了，直对着人家呵呵傻笑：“等下晚宴上还有酒喝吗？”

她清楚地看到楚泽祺在极力压抑住胸中的笑意，轻轻揽过她的肩膀：“有，但我不会允许你再喝。”

“哦，好吧。”简嘉有点遗憾，还不死心地问，“那香槟可不可以？”

楚泽祺终于笑出声来：“不可以。”

简嘉觉得心情忽然变得非常好，整个人都放松了下来，连挽着楚泽祺的手臂也不觉得紧张了。

他们到达宴会厅的时候，大家已经开始纷纷入场，桌上餐巾雪白蜡烛闪烁，让简嘉对今晚的菜色异常期待。

晚宴果然也没辜负简嘉的期待，从主食到甜点水果她都保持了一如既往的热情，全程抬起脸来的机会很少，修修疑惑地问：“阿姨，真的那么好吃吗？”

她正想说其实也不是，楚泽祺就在一边补充：“是因为阿姨爱好比较广泛。”

呃，要不要这么真相啊！反正吃就是她最大的爱好了，拥有这种原始乐趣也没什么丢人的。

在简嘉进攻那只意式苹果泡芙的时候，俞靓子挽着杨展云过来打招呼，她穿一件香槟色礼服，窄腰身，仿佛不盈一握，浑身散发着干练与优雅，完美这个词都不够形容。

不知道为什么，修修见了妈妈一副讪讪的样子，并不太热情，楚泽祺神色自若，风度依然，丝毫看不见一点儿芥蒂。

楚泽祺为他们介绍：“这是简嘉，我的朋友。”

俞靓子重重地“哦”了一声，眼波流转，像是在思考什么，最后也只是礼貌地跟简嘉握手：“幸会。”

简嘉不知道应不应该提醒他们自己曾与他们有过一面之缘，想想还是算了，于是对俞靓子说：“杨太太明天一定是最美的新娘。”

俞靓子摊手笑笑，连这样的小动作都显得风情万种：“梅开二度，已经不新了。”

“呵呵，是您太谦虚。”

也许是她最后的傻笑太过突兀，几个人之间登时冷场，不知道该如何进行下一步的对话，简嘉郁闷得想给自己一拳，让你多嘴，让你多嘴！

俞靓子倒是不以为意，微笑着对修修说：“要不要跟妈妈到那边去认识几个小朋友？”

修修对认识新朋友表示出了极大的兴趣，在得到楚泽祺的允许之后跟着俞靓子离去。

看着那三个人离开的背影，简嘉陷入深深的郁闷当中，连冰激凌都提不起兴趣，她觉得自己今日的表现失败透顶，俞靓子如从前一样像个女神，而自己充其量就是一女神经病。

算了算了，人生在世，谁不神经。

不断地有熟人过来跟楚泽祺打招呼，也许是好奇一个来参加前妻婚礼的前夫是怀着怎样的心情？简嘉悄悄地离开，到甲板上吹风。

刚才貌似是下过一阵暴雨，甲板上潮湿无比，没人晒月亮也没人游夜泳，只有她一个人。

明月已从海上高高升起，隐隐听到来自音乐厅的琴声和歌声，钢琴婉转小提琴悠扬，歌声如泣如诉，令人有种从心底吐露出什么的欲望。

也许是鸡尾酒的后劲开始发挥作用，简嘉觉得头昏昏沉沉，神志却愈发清明，这样的良辰美景，通常最让人黯然。

“原来你在这里。”楚泽祺走到她身边，夜色下，他目光柔和如月色：“我到处找你。”

“忽然觉得有点闷。”

简嘉非常过意不去，觉得自己给人家添了麻烦，她不知道楚泽祺的心情究竟如何，也不知道来参加这场婚礼对他来说到底有什么样的意义。

忽然有歌声传来，跟俞靓子请柬里面那只音乐盒的歌一模一样！男歌手的声音哀婉如诗一般，每一个音符仿佛都催人泪下，楚泽祺忽然伸出手：“我们跳个舞吧。”

她稍稍迟疑了一下，随即伸出手放在他的掌心：“好。”

他带她在甲板上慢慢起舞，简嘉因为不熟练所以十分小心谨慎，跟着他的舞步，连气都不敢大声喘一下。

月色下两人的影子被拉得很长很长，那歌声如风一般在耳边萦绕，绵长如往日的思念，如泣如诉。

“你知道吗？”楚泽祺在她耳边开口，温热的呼吸就在她的耳畔，让她紧张得要命，嗫喏着不敢开口，只能发出点毫无意义的语气助词。

“这首歌是《采珠人》里的一首咏叹调，名字叫做《Je Crois Entendre Encore》，意思是一首令人无法忘怀的歌。”

“在棕榈树下的影子里，他仿佛听见梦中那个人的歌声在耳畔回响，婉转悠扬。蛊惑的夜色带着令人眩晕的醉人记忆，仿佛那香甜的美梦，有着最炽热的狂喜。闪烁的星空下，她的面纱被温暖的海风吹拂着，微微扬起，如香甜的美梦，最动人的回忆，仿佛就在我耳旁……”

一曲结束，简嘉几乎要醉了，楚泽祺的声音越来越低，跟那歌声完全融合在一起，像浪花被海风击碎在岩石上，化作细碎的水珠，消失在空气中。

楚泽祺缓缓放开她的手，那令人紧张的热力一点点离开她的身体，在这种时刻，简嘉自己所有的语言都是苍白的、无力的、毫无意义的，索性不开口，听楚泽祺继续。

“那些可以流传百世的故事无非都关于爱情、信仰、背叛，从前我总在困惑，时间是不是真的有那么大的力量，把一切都改变，把原本熟悉的深爱的人变得面目全非，所以很多时候，我们是因为了解才失去。”

然后是长久的沉默，身后的笙歌继续，简嘉被海风吹起了裙摆，吹散了头发，也吹乱了思绪。

楚泽祺伸出手把她的头发揉得更乱，不知道为什么他们都有揉她脑袋的爱好。他长出一口气，仿佛是释然："你是不是也觉得我来参加她的婚礼，对我来说是一件极其困难的事情？"

"坦白地说，有一点。"简嘉把脸上的乱发拨到耳后，"我不知道你们之间究竟发生了些什么，可是我觉得大多数人面对这种情况都不会坦然的。"

"有时候旁人比当事人还觉得难以面对，但对于我来说，如果是错误，就结束它，所以小嘉，感情这件事千万相信自己的感觉，不要执著于往事，往事这种东西只适合缅怀和回味，不适用于你做任何决定。"

楚泽祺拍拍简嘉的肩膀。

简嘉觉得这个话题简直是太沉重太晦涩太令人难过了，于是转换话题："修修要回美国上学吗？"

楚泽祺点头："是有这个打算，靓子婚后会回美国生活，修修有妈妈照顾我也可以放心。"

"为什么？"简嘉不解。

楚泽祺忽然露出一个无奈的笑，那神情简直可以说是痛楚了，沉默许久之后才说："我现在已经不适合照顾他了。"

简嘉还想追问，但是一想到这毕竟是人家的家事，自己实在没有理由也没有立场过多地过问，求知欲得不到满足，于是只好提议："刚才晚宴都没吃饱，我们下去看看有什么夜宵可以吃吧！"

楚泽祺一直很佩服简嘉朝气蓬勃的胃口，从前只要有她参加的聚会大家吃喝的热情都会很好地被她带动起来，就像是现在，她在自助餐厅奋力地搜寻着各类小吃，甚至还叫 waiter 开了一瓶气泡酒。

她一边吃一边开导他："每次吃到好吃的我都会觉得我找到了人生的真谛。"

"怎么说？"楚泽祺饶有兴致地准备听她长篇大论。

"因为那说明生活有乐趣，这个世界还没有变成我们认为的那么糟糕，获得一点点快乐那么不容易，能吃的时候干吗要约束自己？"

简嘉举起酒杯："难道不是吗？"

楚泽祺跟她碰杯："你说得对，小哲学家。"

度过了酒足饭饱的美妙一夜，简嘉觉得这趟游轮之旅还真不错，躺在大床上翻滚的时候又想起周翌城，这个时候他起床了没有？是不是又在没好气地处理这样那样的公事？

然后，她发现了一个可怕的现实，自己想念周翌城的次数越来越多，她觉得一切似乎都朝着她无法控制的那个方向走去，超出自己的控制，而她也无法挣脱。

算了算了，如果有些事是注定的，那就让它发生吧，她是简嘉，没有什么可怕的，没有！

简嘉早早就醒来了，楚泽祺带着修修跟他的老朋友做运动，所以她洗漱完毕穿着沙滩裙一个人去自助餐厅觅食。

早上的海面在晨光的照射下显得异常柔和，她精心挑选了一大盘点心小吃水果咖啡，来到甲板上准备晒着太阳好好地享用，正在消灭一块鸭肉，头顶上响起一个声音："小姐，请问我可以坐在这里吗？"

一声"可以"就在嘴边，简嘉忽然觉得有些不对劲，抬起头来，一张带着墨镜的脸正在朝她微笑，那人穿得极其沙滩极其热带，跟她今天的裙子十分相配……

呸呸呸，都到这份儿上还想什么配不配啊！

简嘉蹭地一下跳起来，指着那人哇哇大叫："周翌城，你怎么会在这里？"

13

世界那么乱，我要hold住整个场面

加 ＋ 减 － 乘 × 除 ÷ ， 都 ＋ 是 － 爱

“Surprise！”周翌城大剌剌地坐下来，拿起她喝了一半的橙汁喝了一口，居然还点评，“没有我榨的好。”

“喂喂喂。”简嘉现在只有惊没有喜，只差没揪着他的衣领拖他去找个没人的角落解决问题，“回答我的问题！”

“哦。”周翌城很正经地坐好，“简嘉小姐，我也是来参加婚礼的，回答完毕。”

简嘉狠狠叉起一块提拉米苏塞进嘴里，仿佛那是某人的皮肉，咽下去之后才咬牙切齿地开口：“你是故意的吧！前几天怎么没听说你有这个计划？”

“我这人一向没什么计划的。”他跟她抢点心，看到简嘉那张气鼓鼓的小脸，周翌城的眼角眉梢都是恶作剧得逞的笑意，“我昨天忽然就特别想你，然后就来了，直升机噪音那么大，我耳朵现在还嗡嗡响呢……”

看着简嘉斜着眼冷笑的样子，周翌城愈发觉得逗弄她很有趣：“那你有没有想我呢？”

那个想字几乎就要冲口而出了，却硬生生被简嘉含在嘴里，虽然明明是想了，但是打死她也不会承认滴！

按照计划，简嘉早饭过后准备去逛船上的免税店，现在多了某人，她的计划仍然是船上的免税店。

到了免税店的门口，居然碰到了船长，那么严肃的船长大叔看到周翌城居然脸上笑开了花，两人又是拥抱又是握手叽里咕噜说了一大堆英语法语疑似意大利语。

不知道他跟船长大叔说了什么，大叔居然很热情地给了她一个拥抱，简嘉也只好不明就里地跟着微笑，顺便装模作样地聆听大叔的一串鸟语。

好容易等到船长大叔离开，简嘉好奇地问：“刚才他跟我说的是什么？”

“哦。”他自然而然地把手放在简嘉肩膀上，“他预祝我们新婚快乐，蜜月旅行的时候可以坐采珠人号周游世界。”

“什么？”简嘉手里的包差点落地。

周翌城又补充道：“我跟他说我们蜜月旅行大概会用我的帆船周游世界吧，他说这是个好主意。”

“周翌城。”她甚至听见自己磨牙的声音了，“谁要跟你结婚啊！谁要跟你蜜月啊！还周游世界呢！”

他一脸故作吃惊的样子：“咦，你不愿意嫁给我吗？”

“不愿意！”简嘉的语气接近于气急败坏了，怎么会有这样的人啊，这算什么啊就嫁给他！

“这样。”周翌城摸着下巴一副了然的样子，“那我嫁给你好了。”

她已经不想再跟这个自创逻辑的哲学家交流下去了，索性甩开某人一个人往前走，只是忽然就对免税店里的各样东西丧失了兴趣，小饰品也不想看了，明信片也不想买了，琥珀项链连瞄都不想瞄了。

从免税店出来，简嘉还想四处转转晒晒太阳喝喝茶，谁想到还没上去就被修修逮个正着，修修看到她眼神一亮：“阿姨，爸爸还在跟他的朋友聊天，我们去游泳吧！”

简嘉面露难色，真的不是阿姨不愿意跟你玩，但是游泳这种事阿姨有心理障碍啊！还没想出什么方法回绝或者是转移一下小朋友的注意力，只听周翌城在一边闲闲开口：“你简嘉阿姨最怕游泳了，你放过她吧。”

“谁……谁怕了？”

虽然他说的是事实，但是简嘉忍不住反驳：“我才没有怕游泳！”

周翌城拍拍手：“那好啊，咱们三个一起游泳吧。”

伴随着修修兴奋的尖叫，简嘉沮丧地想，考验自己那脆弱小心脏的时候又到了。

换好了泳衣出来，那一大一小两个男人已经在等她了，周翌城看到她穿着泳衣的样子居然还吹了一声口哨，惹得简嘉差点没老拳伺候。

不过话说回来，周翌城穿着泳裤的身材可是相当地好，胸是胸腰是腰的，（这句话是用来形容男性身材的么，是么，是么？）但是，但是，但是那泳裤的布料是不是紧了点啊，面对这样一副令人喷鼻血的身材，简嘉几乎有点不敢直视了，但是周翌城还不放过她。

“你那个眼神是什么意思？”

“……”

“如果想亲自体验一下手感千万不要害羞不肯说哦，我一定会满足你的！”

您这是什么思维方式啊周先生！

儿童池已经全是小朋友，简嘉摸着修修的脑袋跟他商量：“我们去按摩浴缸那里泡一泡好不好？”

修修一边往成人池的方向走一边回绝：“我本来就是想在这边游的，儿童池那边水那么浅，有什么意思？”

居然嫌水浅，简嘉心中流泪了，都到大腿了，很深了好不好！

成人池其实跟儿童池差不多大小，但是不知道其他人是不是觉得成人池太小还是都有别的节目，这个时候居然没有人！简嘉的安全感指数再次减低了20个百分点，没人意味着什么？意味着如果因为太深踩不到底连抱大腿站起来的机会都没有啊！

看着做完准备活动率先跳下去的两个人，简嘉的动作慢得简直是慢镜头重放了，周翌瑊在池中向她招手：“快点啊，你不会是害怕了吧？”

听得此言，简嘉一咬牙一闭眼扶着梯子走了下去，哼，我是简嘉我怕谁！

池水并不凉，但是长久以来对水的恐惧还是让简嘉牙齿打颤，而且这一米四的水深对于只有一米六的她来说，简直是要没顶了，所以只是站在梯子的台阶上，不敢乱动。

周翌瑊走到她身边对她伸出手：“来，我在这里。”这句话暂时平复住了简嘉狂跳的心，可是对水淹没身体的恐惧却丝毫没有减少。周翌瑊像是读到她心中在想什么似的，拉住她的手：“不要担心，有我在，你不会沉下去的。”

好吧，那就暂且试一试。

她拉着他的手，慢慢投入池水中，其实抛开恐惧来说，浮在水中的感觉相当美妙，那种失重下的放松感，让人觉得自己像一尾鱼，可以任意遨游，自在逍遥。

修修在一旁套着游泳圈自在地游来游去，简嘉的胆子渐渐大了一些，只是紧紧抓住周翌瑊的手，不敢松脱一丝一毫。

他托着她的腰站在水里，循循善诱：“来，试着在水下呼吸。”

简嘉忽然觉得他的声音仿佛带着魔力，有种令人驯服的力量，她被他托着腰，将头埋进水里，池水在阳光的照射下出人意料地清透，在另一端游来游去的修修清晰可见，甚至都能数清周翌城腿上那一根根腿毛……（姑娘你的关注点好奇特啊。）

要不是气息不足，简嘉真的很想继续在水里看下去，钻出水面后她开心地大口呼气，满脸都是孩子一样得意的笑："哇，看得好清楚。"

"那我们来点进一步的吧，来，试着把身体放平，然后把身体团起来，这样就可以站起来了。"

她跟着他讲的动作要领做，发现自己居然掌握得很快，不由地得意起来："你看你看，我可以浮起来了！"接着甚至开始无师自通地原地练划水，因为她知道他就在自己身边保护着，她不用害怕。

刚觉得自己有点进步，动作就开始乱起来，连忙按照动作要领收手臂团身，谁想到动作幅度太大，差点把周翌城的泳裤扒下来，好在她收手比较及时，才没有铸成大错。

站起来之后她一脸尴尬地道歉："不好意思啊不好意思，一时失手。"

周翌城挑挑眉毛："我以为你迫切地想会见周小弟呢！"简嘉一脸如丧考妣。

"不是么？"他一脸失望，"这太遗憾了。"

她现在十分非常极其想立刻甩掉周翌城走人，无奈自己被人家牢牢抓在手里，其实是想走也不敢。

周翌城忽然伸手抹去她脸上的水珠，动作异常温柔，接着却不怀好意地朝她眨眨眼睛："深呼吸，跟我来。"

话音刚落就拉着她的手钻进水里，他拉着她的手真正地游了起来，像两条鱼在水中自在游弋，水流滑过身体，像是情人最轻柔的呼吸，让她从头到脚都舒展开来，一切都变得那么柔软，由内而外。

虽然只有二十秒，甚至更短，但是简嘉却觉得在水下的那段时间非常漫长，瞬间仿佛一生。

终于浮出水面，一抬头便看见楚泽祺在池边静静站着，因为逆着光，看不清脸上神色，修修兴奋地朝他招手，周翌城则是一手托着简嘉朝他喊："一起下来游一会儿？"

楚泽祺则是摆摆手："我不会游泳，你知道的。"

什么？

简嘉的下巴险些掉下来，他不会游泳！那当年救她的是谁？

她被这个巨大的震撼冲击，大脑一片空白，一直到被周翌珹拖出泳池都保持着一副标准的痴呆样子。

他一边用浴巾帮她擦头发一边用探究的神情问她："你是不是弄错了什么事？"

简嘉犹然生出一种整个世界都崩坏的感觉，喃喃道："我也觉得。"

接下来的时间，她所有的思维都被这个巨大的震撼占据，午餐的时候她连去正餐厅吃完再去吃自助的计划都放弃了，整个人像是丢了魂一般，躺在甲板上一边晒太阳一边唉声叹气。

"你是不是不准备参加人家的婚礼了？"周翌珹在一边凉凉地说。

简嘉眼神依旧是空的，回答得也丝毫没有底气："没有啊。"

"那你还不去打扮换衣服，你还得稍微化点妆才不至于失礼吧？"周翌珹很诚恳地提醒跟建议。

对哦！

她风一样地冲回房间，迅速开始洗澡换衣服弄头发化妆，今天被太阳晒得太多，费了好大的工夫才把肤色弄得自然一些。

打扮完毕，看着镜子中里的自己，忽然觉得那样陌生，或者她从来也没有真正地了解过自己？

不想了不想了不想了，简嘉抓起包包检查东西，敲门声也在门外适时响起，想也知道是楚泽祺。

拉开门，果然看见楚泽祺那标志性的温暖笑容，永远像被雨水洗过的太阳，他穿了一身黑色正装礼服，愈发衬得整个人面如冠玉，将温润二字演绎到极致也不过如此这般。

他郑重向简嘉伸出手："我们走吧。"

婚礼在夕阳下的甲板上举行，晚霞满天，连海水都被染成了红色，前方是绵长的海水，仿佛那没有尽头的永远。

她挽着楚泽祺的手臂，心情却没有了昨天的坦然，修修去给妈妈当花童，所以没有出现。

楚泽祺大概是发现了她的不对劲，轻轻拍了拍放在自己臂弯的她的手："小嘉，你怎么了？"

她很想把当年那场泳池相救问个究竟，但是现在显然不是什么好时机，简嘉告诉自己，不要胡思乱想，深呼吸，深呼吸。

远远看见周翌城正立在不远处，仿佛众星捧月一般被一群人包围着，仿佛他才是今天的主角。看到他们，周翌城迅速过来打招呼，带着侵略性的目光落在简嘉的身上，从头到脚地打量她，仿佛在用眼神触摸她的每一寸肌肤。

这目光让简嘉更加紧张，于是松开楚泽祺的手臂："我去那边喝点东西。"

她直直奔向那些花花绿绿的调酒，试图用里面的酒精当做疏解那紧张感的力量，连喝几杯之后忽然被人抓住了手腕，周翌城还是那个眼神，似笑非笑，仿佛正酝酿着什么坏主意。

"喂，你今天是要表演背古诗么？"

唔，有前科的人不说话。

"还是，你想毁掉人家的婚礼？"

好吧好吧好吧，简嘉放下酒杯狠狠看了他一眼，拎着裙摆回到楚泽祺的身边，这样的情况，这样的情绪下，真的太不适合跟周翌城交手了。

好在婚礼很快就开始，仪式其实很简单，杨展云的恩师，那位国际知名的建筑大师为两个人证婚，然后是简单的致辞。

俞靓子的婚纱裙摆曳地，那时候夕阳正好在地平线上，两个人的剪影映在夕阳下，浪漫得醉人。

这样的婚礼，会是很多女孩子的梦想吧？大家都在赞美这一刻的美好，可是谁又会想到遇到另外一个人需要花费的运气呢？

所以杨展云在婚礼上说感谢，要感谢命运，让他遇到她，叫他觉得自己没有被命运抛弃。俞靓子也说了感谢，感谢杨展云让她有重新开始的勇气。

简嘉觉得自己这样一个局外人看到此情此景都要落泪了，可是想到那天楚泽祺的那一番话又觉得世事无常，有那样多的东西，我们无法掌控，甚至无法挣脱。

在新郎新娘为大家开舞之后，舞会在泳池边正式展开，楚泽祺拉着她步入舞池的时候，她明显感到有道灼热的视线在她身上燃烧，让她浑身不自在。弦乐美妙，不免又想起昨夜在这里跟楚泽祺跳舞的情景，想要表白些什么的冲动仿佛要破胸而出，她酝酿再酝酿，一直找不到开口的时机。

一曲终了，还没等简嘉找机会跟楚泽祺说话，周翌城便一把拉过她，伸出手臂揽着她的腰："楚先生，把你的舞伴借我一下吧，孤家寡人的我很可怜的。"

楚泽祺作出请的姿势，态度却出奇地郑重："照顾好小嘉。"第二首是曲探戈，对于简嘉这种程度来说明显有些困难，几步之后便展开了如下对话：

"你对我的脚很有意见吗？"

"是我的脚想对它进行深层次的了解。"

"你的舞技真的需要提高呢，简小姐。"

"你也可以选择不跟我跳。"

"哈哈哈。"周翌城朗声笑出来，"没关系，我可以等。"

简嘉转过脸去不理他，周翌城也很久都没有说话，在舞曲快要结束的时候他才开口："你今天穿成这样，其实一点都不好。"

她气得拳头都攥起来了，可是在音乐结束的那一瞬间，他的脸忽然靠近，在她耳边说："因为会让我想把你藏起来。"

这样的语言，简直可以称之为情话了吧，虽然那天晚上他也很直白地跟她表白过，但是，但是，这样火热露骨的调情，却是简嘉从来没有经历过的。

还没等她作出什么表示，周翌城已经拖着她的手把她交还给楚泽祺，然后礼貌地离开，云淡风轻。

美酒和食物的香气混着海风，整个甲板上都是令人迷醉的味道，楚泽祺对她照顾有加，体贴异常，只是简嘉今晚毫无胃口，两个人也再没有跳舞，有一搭没一搭地闲聊闲逛，渐渐远离了热闹的人群。

笙歌夜宴就在身后，风中传来女歌手低沉的歌声：

So deep is the night

Oh lonely night

On broken wings

My heart has taken flight

And left a dream.

简嘉抓着甲板上的栏杆，终于鼓足了勇气："你知道吗？我一直都很喜欢你。"

楚泽祺转过脸来看着她的眼睛，眼神中看不出任何情绪，如此刻的海面，平静无波，仿佛这一刻他早已预料。

只是这个时候的简嘉已经不再需要楚泽祺的回应了，到这一刻，她也只是想为自己寻一个了局。

“我第一次见到你的时候，其实并不是在大学的图书馆，你还记得吗？那年在你同学家的泳池，你曾经救过我，当时我对自己说，我爱你，我以后一定会找到你。”

简嘉觉得自己从来没有在楚泽祺面前这样冷静过：“我总是在想，如果那一次，跟你一起去看演唱会的是我，现在会不会是另外一个结局了呢？可是我也知道，早在那一天，所有的事情都已经被决定了。我一直在等你，可是现在我才明白，靠等待是等不来一个人的。”

仿佛过了很久，楚泽祺终于开口：“小嘉，其实……”

“什么都不要说。”简嘉打断他，“我一直渴望我等的人能够懂我，却没有想过那个人他究竟在等什么。昨天你让我明白了，也许是更早的时候，有一个人让我明白了。”

楚泽祺摸摸她的头，不知道最近为什么谁都喜欢对简嘉做这个动作，轻轻叹气，像是无奈又像是惋惜：“我并不是你想象中的那样一个人，很快你就会明白。其实我一直都记得你，当年把你砸进泳池的人是我，可是我又不会游泳，是另外一个人把你救起来的，因为特别愧疚，所以一直在照顾你。”

简嘉笑起来：“我真倒霉。”

“所以……对不起。”

“不要说对不起。”简嘉想一想，“你这样子道歉会让我觉得自己被拒绝了。”

楚泽祺想开口解释，却被简嘉打断。

“其实我没有被拒绝啊，我只是告诉你，我一直在喜欢你，可是现在我决定不继续了，因为我遇到了另外一个人。”

想到那个人，她心中忽然充满了暖暖的情绪，楚泽祺拍拍她的肩膀，眼睛里全是怅惘的神情：“小嘉，祝你幸福。”

这么多年的暗恋虽然终以失败画上句号，但是简嘉却觉得浑身轻松，回到人群中，却再也看不到周翌珹的踪迹，简嘉端着酒杯郁闷地想，为什么自己越来越想他了呢？真是不争气。

良辰易去如弹指，金盏十分须尽意。

简嘉可没有辜负这良辰美景欢乐气氛，放任自己大吃大喝了起来，直到散场还意犹未尽。

大概是因为心中重担终于卸下，这一夜她睡得十分迅速，几乎是躺下就进入了梦乡，不知道自己睡了多久，忽然被一个巨大的震动晃醒了，还伴随着卡拉卡拉的响声。

简嘉迷迷糊糊摸出手机一看，才四点半，心想大约是起了风浪，顶多是碰到了礁石，也不知道是谁的行李倒了，管它那么多，翻个身继续睡。

刚闭上眼睛没多久，没想到那天演习时的警报居然响了！七长一短！她立刻爬起来穿好衣服，抓起手袋还不忘收拾了几样东西。

房间忽然停电，她摸黑翻出了救生衣，推门出去的时候走廊里面已经全是人，来不及听广播里究竟用英文播报些什么内容，警报响得刺耳，令人心慌。

正在她迟疑的时候，周翌珹不知道从哪里冲了出来，扯着她就往楼梯的方向走，楼梯那里虽然人多，但是在船员的疏导下还算有秩序，许多船员还穿着睡衣，看到这里，简嘉觉得自己可以穿戴整齐是多么欣慰的一件事。

好不容易到了演习中的9楼集合地点，里面已经站满了人，周翌珹跟船员叽里咕噜说了一串鸟语，船员大概也不清楚究竟发生了什么，一脸茫然，只知道此时此刻自己的职责。

她这个时候才有时间好好观察周翌珹，只见他整整齐齐地穿着件——睡衣！

噗，简嘉直接笑出声："你不会是直接从床上爬起来就冲过来了吧，让人拍到你这个样子放到网上去，点击率肯定不错呢！"

周翌珹没好气："我还不是为了你。"

他视线向下，看到她拎着的手袋，哼了一声："你居然还带着手袋。"

"那当然！"简嘉献宝似地把手袋打开，"你看，睡眠面膜我装进去了，还有我的头绳，哇，手霜我也带了一个呢，耳环我也记得带上了，不知道到底出什么事了，我的箱子放在床下会不会弄湿啊！"

周翌珹无奈地看着她："简嘉，你到底是不是地球人啊？！"

大概真的不是吧，在9楼等待的时候，不断地有人跑过来，有的跟周翌珹一样穿着睡衣，有的光着上身，有的围着浴巾，更夸张的是有两个人什么都没穿，裹着床单就跑了出来，想也知道被这场意外打断了什么好事。

简嘉忍不住偷笑，周翌珹看到她这样忍不住笑出声来："喂，你真的不害怕吗？"

"怕什么，为什么要怕？"

下半句她没好意思说出口，你在我的身边，我有什么好怕的呢？如果真的有什么无可挽回的意外，怕是没有用的，有他在她身边，哪怕是一起从容赴死她也不会害怕。

呸呸呸，简嘉打断自己的乌鸦嘴联想，真当自己是在演泰坦尼克吗？

楚泽祺父子从人群中找到了他们，楚泽祺看到简嘉长出一口气："去敲你房间门的时候一点动静都没有，吓死我了。"

简嘉指了指旁边的周翌珹："都是他，拉上我就走。害得我连跟你打招呼的时间都没有。"

大家都在等待着消息，人声嘈杂，简嘉心中却一片清明，她从身边的窗口向外望去，天还没有亮，外面漆黑一片，她就静静地看着天色一点点亮起来，周翌珹不知道什么时候走到她的身边，抓住她的手，牢牢地握在自己的掌心。

船长大叔终于出现了，穿着整齐，处变不惊，坚定地跟大家宣布，游轮因为跟一艘货船相撞，所以船身有一定的破损，但是不会影响安全，所以大家可以回去睡了，游轮会在最近的港口靠岸，接受评估之后再确定接下来的行程。

大家于是四下散去，看着外面一点点亮起来的天，简嘉觉得美妙极了，这样的天光，仿佛什么也抓不住，又仿佛什么都在手中，这时候，太阳已经开始一点点跃出海面。

没事了，当然是回房间睡觉，可是周翌珹却死死拽着简嘉回到了他的房间，她怎么挣扎也抵不过，而且理由异常地冠冕堂皇——只有你在我面前，我才会安心。

简嘉于是一路上都在腹诽，跟你睡在一个房间，我会很不安心。周翌珹的房间大概是整条船上最豪华的那种带露台的套间，只有奢华夸张这样的形容词可以描绘，露台的门半开着，窗纱被吹得飘起来，像梦一样。

顾不上参观房间了，简嘉的瞌睡瞬间风起云涌一般，立刻把她所有神志淹没，于是决定放弃逃跑直接在大床上倒头就睡，也不管这张床是不是还留着某人的体温和气味，还十分霸气地摆了一个大字。

五分钟之后，简嘉忽然从床上坐起来，用带着哈欠的声音兴奋地跟他汇报：“我跟你说哦，我今天跟楚泽祺表白了。”

说完，立刻追随周公而去，让某人连追问的机会也没有。

周翌城看着她的睡颜苦笑，却再也没有睡意，天色越来越亮，他站起身，把窗帘拉上。

简嘉这一觉睡得十分香甜，自然醒的时候望着陌生的房间居然还有一点做梦的错觉，在床上伸个懒腰，就听周翌城的声音在耳边响起：“你终于醒了。”

“唔，在这样的豪华套间里睡觉都特别有质量呢！”她看了一眼窗外，懒洋洋地问，“几点了？”

“已经十一点了。”

“什么？”简嘉的情绪陡然激动起来，“十一点！你居然都不叫我起床，你想让我错过早饭再错过午饭吗？去晚了餐厅，那些美貌的水果都会被抢光啦！”

“你……”周翌城既无奈又想笑，“你就只能想到这些吗？”

还算幸运，简嘉还是在餐厅吃到了美味的葡萄柚和可口的白兰地提拉米苏，并且连续消灭了五串烤鱿鱼及一大盘通心面，并不断解释这只是压惊压惊压惊。

（好吧，简小嘉你吓坏了。）

游轮带着伤痕直到下午两点才到达最近的港口，大部分游客并不担心船能否修好，或者是可以维修到什么程度，下了船或购物或观光去了。

刚举行婚礼就出了这样的插曲，俞靓子与杨展云也觉得意兴阑珊，但还是决定继续船上的蜜月旅行，楚泽祺则是选择带修修回去，处理一些杂事，然后送修修与俞靓子会合。

周翌城明显不太关心接下来要去做什么，但是仿佛一夜之间恢复了他应该有的正常状态，每天都要有大量的时间忙碌而认真地处理公事，中英文混杂着接电话，有时候冷静有时候咆哮，态度利落坚决，整个人犀利到不像话。

带着简嘉在岸上喝下午茶的时候也不忘开着电脑分析数据，谁知道会不会在下一分钟就丢下她玩失踪，让人捉摸不定。

简嘉既无心思购物，也不想观光，更不想一个人回船上继续玩，相当地纠结苦闷。

看到她双眼无神发呆的样子的，周翌城凉凉地说："现在追随人家而去还来得及。"

她转过脸看他一眼，发现他的目光还落在笔记本上，转都没有转一下，嘿嘿笑了两声："哇，你这是吃醋么？好激动，多吃几次给姐看看。"

他气结。

她得意。

两个人继续保持沉默状态，只不过一个人继续保持放空发呆状态，一个人心浮气躁再也不想看电脑上的这些分析数据。

周翌城盯着简嘉看了很久，终于忍不住开口："你昨天表白最后什么结果？"

"没什么结果，我就跟他说了啊，这么多年终于下定决心，昨天的我如此有信心，如此有勇气，我是那样地佩服我自己！"

简嘉捧脸做崇拜自己状，听得周翌城一阵恶寒，却也不好再继续追问，他忽然觉得自己跟她之间的相处，不知道从什么时候开始似乎转变了风向，她开始游刃有余，他开始忐忑着急，真的是谁先动心谁先死吗？

见他毫无回应，她居然觉得逗逗他真的是很有趣的一件事，难怪他以前耍自己耍得那么投入，今天看他欲言又止忐忑不安盼望的样子，心中的自豪感油然而生，仿佛是终于翻身做了主人。

"其实我也没有希望什么结果，我用了那么多年做了一件事，总想有个结局，现在有了，谁还会计较真正得到了什么失去了什么。"她看看他，心情就像是此刻晴朗的天，"不说这个话题了，接下来我们做什么？在这里晒太阳么？我对登山买水产品都没有什么兴趣哎！"

周翌城合上笔记本，带着笑意的眼睛对上她的："那我们去玩旋转木马好了。"

简嘉原先以为他会带着她去当地的游乐场，谁知道周翌城找人快速打包了两个人的行李，然后奔到机场登机。一直到飞机已经到了万米高空，她还没有从这种未知的茫然状态中出离出来，喃喃地开口："玩个木马不用这样麻烦吧。"

周翌城伸出手使劲捏了捏她的脸："不会啊，跟你在一起做的事，我一点都不会觉得麻烦。"

看到她又出现了那副河豚的样子，周翌珹很是满意，还跟她解释："本来我想我们搭直升机回去应该快一点，但是实在是太不舒服了，为了你我只好牺牲速度了。"

哼哼，简嘉冷笑："牺牲简直是太大了呢！"

下了飞机早早有人来接机，周翌珹直接把她塞进车里，连下面的目的地都懒得交代。

回到自己熟悉的城市，看到熟悉的建筑和景物，简嘉忽然有种错觉，仿佛过去两天都是黄粱一梦，不真实得要命，拍电视大概也没有这样的戏剧效果。

不过船上那短短几天总算是让她明白了许多事情，很多东西也更加清楚明了，方向明晰。

一下午的折腾，让简嘉昏昏欲睡，也懒得问周翌珹想把她带去哪里了，在他的肩膀上找了个舒服的位置，直接靠上去呼呼大睡。

那里宽阔坚实，足以做任何人的港湾。

她是被周翌珹摇醒的，他们又回到了周翌珹在海边的豪宅，海水拍打沙滩，夕阳渐渐隐匿在地平线，好吧，风景是一如既往的美啦，只是他带她回来又想干吗？

"木……木马呢？"简嘉只觉得自己舌头都不太灵光了。

"有啊，等下带你去，我们先吃饭。"

好吧，坐了一下午，简嘉的腰简直快断了，可怜的胃也似乎处于空旷状态，所以对先吃饭这个安排还算满意。

不过，这顿饭会不会隆重了一点？

餐巾雪白，烛光闪烁，冰桶里红酒冒着咝咝凉气，牛排诱人，龙虾鲜香，水果沙拉可爱又迷人，不知道有没有什么饭后甜点……

停停停！

简嘉强迫自己的注意力从美食上移开，揪住某人的衣领低声发问："你有什么阴谋，说！"

周翌珹慢条斯理地把她的手从自己衣领上移开，然后紧紧地攥在自己手中，拉着她在餐桌前坐下："我的阴谋，你难道会不知道么？"

简嘉眯起眼睛，仔细打量对面的这个男人，仿佛预感到了什么，又仿佛不太真切，于是问："今天是什么大日子？"

“我的生日。”他回答得很自然。

“喂，蒙谁啊，不是前几天才过完吗？您一生要破蛋几回啊！”简嘉不屑地眨眨眼。

周翌城俯身为她斟酒，一字一顿地说：“今天是农历生日可不可以？”

可以，可以，完全可以，只要有的吃，给巴甫洛夫纪念诞辰也成。

如此食物美气氛佳的时刻，简嘉觉得不狼吞虎咽大吃一顿简直对不起周翌城这精心的安排，何况美酒在手，不多喝几杯怎么成。

看着她一杯接着一杯，周翌城并不制止，自己却是浅尝小酌，仿佛是在慢慢欣赏她豪迈的吃相似的。简嘉不自在，放下正在奋斗的牛排，严肃地提出抗议：“可不可以不要用你那恶心巴拉的眼神看我。”

他轻笑出声：“你要原谅我，我只是情不自禁。”

好吧，恶心人这件事上，周翌城你赢了。

酒足饭饱，简嘉摸着圆滚滚的肚子，极具成就感：“木马呢？你不是在骗我吧？”

周翌城拉起她的手：“我们现在就去。”

他带着她穿过客厅，穿过走廊，来到那个硕大无比的后花园。

当所有的灯被点亮，简嘉差点没尖叫起来，旋转木马！真的是旋转木马，一个货真价实的，带着美妙音乐的，灯光会不停变化的，私家的旋转木马！

这种时候，仿佛激动已经无法描摹她的心情，看小说的时候，她时常会骂这样的桥段多么的俗烂，多么的傻气，多么的做作。

可是真正面对的时候才会觉得，如果有一个人会把自己随口说过的话放在心上，如果一个人可以把自己的胡思乱想变成现实，如果有个人实现了自己的梦想，那将会是多么动人心魄的力量。

他拉着她走到跟前，把她的手放在那匹最大的白马上：“这是你的旋转木马，属于你一个人的。”

木马旋转，跟着音乐上下起舞，简嘉的心也像是飞了起来，不知道是刚才真的喝多了酒，还是吹了风，她只觉得眼前的一切都迷离了起来，眩晕到了极点，只觉得四肢百骸都不再属于自己，软得像棉花糖一样。

被周翌城从木马上抱下来的时候，简嘉仍然处于这种晕头转向的状态，不过如果说这个是幸福的眩晕又似乎夸张了点，因为，这感觉很不对劲……

“喂。”她脸色苍白，“我总感觉怪怪的，有点难受。”

“你感觉怎么样？”周翌城把手放在她额头上，“头晕？还是哪里不舒服？”

“呃……”简嘉努力地想要描述此刻的感受，“地为什么会晃啊？”

周翌城对照顾人还算是有经验，但是如果这个人拒绝承认自己喝醉那就另当别论了。

“我真的没有喝太多，我一定是晕船！”

“那晕船的潜伏期会不会太长了点？”

“那我就是晕机。”

“你觉得这个解释合理吗？”

“好吧，好吧，我承认了，我晕木马了。”

“……”

周翌城彻底无语：“除了晚饭时那些酒，你还喝了什么？”

简嘉已经红了脸颊，眼角眉梢全是春色，还用手指顶着太阳穴呈思索状，丝毫不知道自己这样的动作是多么的娇憨动人。

“吃饭前你去接电话的时候，我很渴，就在冰箱里找了两瓶汽水喝啊，很好喝！下次多买点给我喝！”

周翌城跑去厨房侦察情况，只见两个空瓶子落在垃圾桶里，于是失笑，自言自语道：“faber，你还真识货。”

彻底查清了她醉酒的原因，他不得不承认简嘉也有她的过人之处，一般人喝 faber 这种酒半瓶就晕，简嘉你还撑了一个小时，真不错。

回到简嘉身边，她已经开始回顾小学音乐书金曲，从《小白船》唱到《我是一朵雪花天上来》，等他给她弄好一杯蜂蜜柚子茶回来，她已经开始深情演绎《我为伟大祖国站岗》，难道这个样子就是朗诵诗歌的升级版？

周翌城苦笑着哄她去睡觉，简直需要用到对付不爱洗澡的周先生的技巧和方法，因为简嘉除了傻笑唱歌外还开始多动，在他怀里四处扭动，他简直觉得有火苗在全身乱窜，而且正在朝某处蔓延。

简嘉终于睡过去，安静清浅的呼吸，跟刚才的模样判若两人，他静静凝视她的睡颜，唇角微微勾起，不经意地叹息。

小笨蛋！

14

我说我要嫁给你

加 + 减 − 乘 × 除 ÷ ， 都 + 是 − 爱

外面的天还黑着，简嘉觉得浑身燥热，口干舌燥，仿佛酒精正在她体内进行着什么化学反应。

于是迷迷糊糊地想去喝水，因为并不想彻底清醒，所以干脆眯着眼睛，在简嘉长期的偷懒赖床实践中，闭着眼睛拒绝醒来是个绝好的方法，喝完水回来才发现是空调坏了，怪不得自己满身大汗。

这间屋子这么大，半梦半醒中的简嘉几乎是用本能做了一个决定，转移到上次看星星那间卧室去，于是抱着被子马上开始行动。

她眯着眼睛打开门，周翌珹几乎在第一时间就清醒了，用低哑的声音问："怎么了？"

简嘉并不想多说话，所以只是含糊地回答："借半张床给我。"

说完直接把自己的身体扔进大床，几下翻滚找到一个舒服的角度昏睡过去，还不忘抱着某人的胳膊。

看她兀自睡得香甜，周翌珹就不那么自在了，她香甜的呼吸就喷在他手臂上，让他全身的肌肉都开始僵硬了，他轻轻挣脱，而简嘉几乎立刻就会缠上来，而且手脚并用把他当人型抱枕。

"喂，醒醒。"他没好气。

"喔，干吗，不要这么小气嘛，借你半张床而已……"

说完整个身体都往他身上压下去，彻底完全地变成一个扑倒的姿势，而且她发现人肉床单原来更舒服，蹭了两下，不愿起来。

"简嘉！"周翌珹的声音简直是咬牙切齿了，想要把她从自己身上扒拉下来，却又害怕用力太大弄伤她，所以准备用恫吓手段循循善诱，"你再不下来我亲你了啊。"

"讨厌啦！"

简嘉也没好气："让我好好睡一觉能怎么样啊！很困哎……"说完还咬了他脖子一口，还睁开眼挑衅地看着他。

周翌珹一把扯开她："简嘉你不要闹了。"

"我偏要！"

她玩心四起，不知道从哪里来的兴致和勇气，整个人趴在他身上，在他裸露的皮肤上四处啃咬，留下一个个暧昧的红色痕迹，丝毫不知道自己这个动作对他来说意味着什么。

轰地一声，周翌珹觉得自己听见了理智之弦崩断的声音，从牙缝里蹦出几个字："看来要给你一点教训了。"

"啊……"

简嘉求饶也来不及了："喂，你的手怎么放在那儿啊！"

于是简嘉就彻彻底底完完全全多角度全方位地被教训了很多次，周翌珹再也没有给她反攻的机会。

简嘉终于体会到了太阳晒屁股是一种什么样的感受，整个身体都是热的，闭上眼也能感受到阳光的强烈，她整个人都笼罩在一种破碎的疲倦中，连动一根手指的力气都没有。

其实，如果可以选择，她一定不会去挑战他的耐性，让自己落到如此这般的境地，有点走投无路的意味。

门被打开，她的身体在被单里缩紧了一点，接着她感受到床褥间的震动，某人温热的呼吸落在她裸露的皮肤上，简嘉差点被惊得跳起来。

"你，你，你……"简嘉裹着被单坐起来，满脸羞窘，不知道自己应该用什么样的态度面对他，不过想到晚上某些火热的细节，简直是，简直是……

"你讨厌啦！"

"是吗？"他摸摸下巴，"你当时可不是这么说的。"

简嘉快哭出来了："你是坏蛋！"

"咦，不对吧。"周翌珹把脸凑近她说，"当时好像是你扑倒我的。"

她羞愤异常，虽然说是这样没错，可是被他用这种口气说出来就好像她是女流氓一样："你，你不会反抗吗？"

"我反抗了啊，可是你都那样了，我觉得如果我反抗太激烈的话会伤害你的自尊心，我那么喜欢你，怎么忍心让你难过？"

他一本正经。

简嘉欲哭无泪："你是大坏蛋！"

“好吧好吧，我是大坏蛋，我下次一定争取多反抗一会儿行吗？”

周翌城现在简直就像一只不怀好意的大灰狼，对着钻进被单里裹成一团的简嘉说：“虽然你心急了点，但是我也愿意配合，那我们结婚吧！”

哪有人在这种时候求婚的！？

简嘉掀开被子断然拒绝：“不要。”

“为什么？”

“太快了啦！”

“喂喂喂，简嘉你给我出来说清楚，哪一次太快了？”周翌城简直觉得受了奇耻大辱，“你可以侮辱我，但是你不能侮辱周小弟！”

简嘉宽面条泪了，自己怎么摊上了这个色胚色狼色猪啊，你正经一次会死是不是？哪有人还没好好交往就结婚的，这种程序放在哪里都不会适用的！

“唔，你都还没追求过我。”

“那你以为我之前是在逗你玩吗？我帮你当牛做马是在当志愿者吗？你怎么这么笨啊！”

周翌城抚额，再次觉得简嘉的脑神经跟别人不太一样。

“可是，可是，我们都没有好好交往。”

“那你觉得我现在是在逗猪玩么？”

“我们，我们了解得还不够深入啦！”

“哦。”周翌城略作思考，直接压倒她，“那现在再深入还来得及吧？”

然后，简嘉再次，悲催地，让他得逞了。

呜呜呜，她不要活了！

因为没有办法面对太多东西，再次醒来的简嘉选择赖在床上不起来，实在是太丢人了。

周翌城用美食做诱惑：“你最爱吃的龙虾沙拉都不要吃了么？”

饿死她算了！

“那，周先生和美丽你也不打算回去看它们了吗？真可怜呐，不知道是不是想你想得吃不下饭呢！”

于是简嘉被成功骗出了被窝，简单吃完饭之后就闹着要回家，周翌城也从善如流，叫来司机送两人回市区。

本来她是想直接去步步的店里接那两个小家伙的，但是周翌城却坚持先回家，到了门口，简嘉总觉得房内有什么异常的响动，拿着钥匙开门，周先生居然欢脱地奔了出来！

简嘉看到他，自然是满心欢喜，几天没见，周先生都像是长大了许多，扑得她连连后退，一向云淡风轻的美丽也激动地过来喵喵叫，蹭着她的小腿示好。

简嘉在心中飙泪，这才是亲人啊！！

不过转过身来发现事情有点不对劲："它们是怎么回来的？"

"让人去你朋友那里接回来的。"

"步步怎么可以随便把它们交给陌生人？"

"因为给他打过电话说我是你男朋友。"

"是吗？"

"难道不是吗？"

==

本来下午的时间简嘉想用来跟周先生与美丽交流感情，但是周翌城决定带她去见周峪珲。

简嘉哇哇大叫："我，我，我还没准备好。"

"没关系。"周翌城微笑，"就回去蹭顿饭，他家，哦不对，也是我家，我家厨师手艺不错。"

"我觉得压力很大。"

"这样啊。"周翌城略作思索，"那我们多带点人去好了。"于是他们带了周先生一起去。

周峪珲住在周家的老房子，穿着家常衣服的周峪珲给人的压力仿佛少了点，但是简嘉在他面前还是迅速化为小学生，只知道耳观鼻鼻观心。

周开朗小朋友见到周先生兴奋异常，哥俩又抱又亲，玩得不亦乐乎。

简嘉问周开朗："你妹妹呢？"

小家伙玩得头也不抬："姐姐……啊不对，是阿姨，我妹妹一直在妈妈那里，我们有时候交换，有时候在一起，就是这样。"

"呃。"

看着周峪珲那张无论喜怒哀乐都是面无表情的脸，简嘉顿时觉得这个家伙好复杂，一时不知道该说些什么，用求助的眼神看向周翌珹，没想他居然临阵脱逃："你们聊，我去厨房逛逛。"

于是简嘉和周峪珲展开了一对一的对话。

"听说你们准备结婚？"

"我，我还没准备好。"

"有什么顾虑吗？虽然小翌外表给人很随意的感觉，但是我很了解他，他不是一个随便的人，不会乱来的。"

不会乱来？简嘉心想，你也太不了解你弟弟了，最会乱来的就是他了！

"我了解他，所以我知道他对你是很认真的，他不会在不重要的事情上浪费时间，他可以花这么长时间来和你相处，由此可见，你对他来说是非常重要的。"

周峪珲那张脸说出这样的话，简直是太有说服力了，可是，可是简嘉还是觉得他们这样脱序的关系进程，实在是太没有安全感了。

"你一定觉得没有什么安全感吧？我也时常觉得小翌这个家伙缺少了点历练，责任感少了点，没关系，我会想办法让他改进的。"

到了现在这个程度，简嘉其实才开始害怕，害怕自己跟那些被周翌珹一个一个收购的公司或者是那些他去过的不知名的小岛小镇一样，对他的意义只有征服与尝试，得到之后会发现并没有什么大不了的，很快就会搁在那里，直到忘记。

其实，其实也只是对自己没有信心。

这顿饭吃得简嘉极其忐忑，简直要消化不良了，听着周翌珹跟周峪珲商讨结婚细节什么的，顿时觉得压力大到快被压死了，连那么美味的佛跳墙也只吃了一碗，笑容都是僵在脸上的。

大概只有无忧无虑的周先生了，闷头傻吃抬头傻乐，羡慕死人。

回去的路上，简嘉一直在唉声叹气，周翌珹于是问："虽然我哥严肃了点，但是也不用这么痛苦吧？"

"才不是因为他！"

"那是因为我？"

"差不多。"

周翌珹极其不悦："你也太会打击我了吧。"

看简嘉不说话，他伸手摸摸她的脑袋（怎么又是摸脑袋！发型要乱了有木有？）：“担心什么呢，记住，一切有我就好。”

不过简嘉有时候也承认，周翌瑊对她的生活真的起了点积极的促进作用，比如说她销假回去上班的时候老大不仅没有皱眉，还和颜悦色地说：“这么快就回来了？身体调养好了没有？”

简直是受宠若惊，哇，要不要这么客气。

瑞秋神秘兮兮跑来八卦：“我们都听说了！”

“虾米！”

简嘉胆战心惊。

“听说你新认识的男朋友是公司大股东啊，哎呀，什么时候让我们参观瞻仰一下嘛！长得帅不？什么时候结婚？到时候一定叫姐们儿们去观礼啊，姐新买的小礼服很寂寞呢！”

简嘉支支吾吾准备蒙混过关，瑞秋继续打蛇棍随上：“婚礼一定要交给我来办啊，肥水不流外人田嘛！”

第一天上班就觉得压力山大，简嘉痛苦地想。

好在失踪很久的小胖约她吃中午饭，不然自己肯定要在这间办公室里郁闷致死。

两个人去吃麻辣香锅，辣得简嘉嘶嘶吸气，鼻涕眼泪双管齐下还不愿来点白饭，小胖忽然神秘兮兮地说，“你知道吗？昨天我们老板带我去楚师兄的那个公司开会，然后我知道了一个惊天大八卦！”

虽然，虽然自己的暗恋并没有一个好的结局，但是简嘉还是很关心楚泽祺的情况：“你每次都是这样神秘兮兮，究竟怎么了？”

“我听说师兄要离职，董事总经理出面挽留都没有留住，他非常坚决地表示不干了，不知道现在怎么样了！”

离职？为什么？

简嘉心中疑窦丛生，联想到他在船上对自己说的那些话，像是发现了什么又什么都抓不住。

“还有，还有，”小胖用她油油的爪子手舞足蹈，“我那天看见师兄和他那个极品前妻，咱们那个风云学姐在一起喝咖灰！”

“那又怎么样，她都再婚了！”

小胖说：“我知道啊，可是他们说话气氛很不对啊。”

小胖你也太八卦了吧！

简嘉默默吃一口白饭：“有多不对劲？”

“就是剑拔弩张夹枪带棒的，按理说两个人今天这样的状态不应该是这种态度啊，反正就是很奇怪啦！”

结果这顿饭也吃得很郁闷，简嘉总觉得有什么不妥，许多蛛丝马迹连在一起指向了一个诡异的方向，而她，并不敢确定。

吃完饭散步回公司，刚走过一个路口就被人从背后拍了拍肩膀，居然是俞靓子。

她开门见山：“借一步说话。”

于是两个人来到街边的咖啡店，焦糖拿铁一如既往的难喝，俞靓子说：“其实我记得你。”

“哦。”

“在他许多照片里都有你，不是么？”

这个他必然是楚泽祺。

于是简嘉也只是继续：“哦。”

“其实他现在选了你我一点也不奇怪，我还有点感谢你。”

“啊，”简嘉开始云里雾里，“杨太太你要说什么？”

“难道不是么？”俞靓子喝一口她的水果茶，“他告诉我你们要结婚了，而他觉得修修还是跟我一起生活比较好，虽然我觉得他这个态度极其不负责任，但我还是很高兴可以获得修修的监护权，能继续跟儿子生活在一起。”

简嘉差点跳起来！结婚？跟楚泽祺？

她似乎有点明白了，从楚泽祺邀请她跟他一起参加俞靓子的婚礼开始，自己便走进了一个局，由楚泽祺亲自布的局，她不知道他这样做的用意是什么，但是却有了一种不好的预感。

俞靓子看她满眼激动和不可思议，想了想又说：“难道他没有告诉你，那大概是不想让你为难，他这个人就是这样，宁肯辛苦自己，不过他一定很爱你，才肯为你做那么多。”

“……”

“所以，以后我们还是会有点来往的，希望你不要介意，你也看到了，修修是个很懂事的孩子……”

简嘉的大脑已经接受不了更多的信息量了，跟俞靓子分别之后一直纠结这一切，回到办公室终于还是鼓起勇气给楚泽祺打了一个电话，只是铃声响了很久，都处于无法接听的状态，听着那铃声响了一遍又一遍，心中的不安渐渐开始扩大。

最后她选择打去他办公室，秘书接听之后礼貌地告诉她：“楚先生已经在今天早上因为健康原因离职，我们现在没有办法联系到他，如果您有他私人联系方式的话可以继续联系他。”

健康原因，究竟是怎么样的健康原因？

她忽然想起那位河马医生，那天在医院他居然问她是不是跟楚泽祺一起来，如果不是知道些什么，他为什么会那样说？

心中的焦急简直让她坐立不安了，拎着手袋就冲出办公室，连假也忘了请，打车直奔医院。

不知道是她运气好还是那位何大夫太有名，居然让她很顺利找到了他。

表明来意之后，他也不隐瞒：“老楚的病是最近才发现的，是阿兹海默症，有没有看过《脑海中的橡皮擦》？就是孙艺珍得的那种病，通俗的叫法是老年痴呆症，但是也有一部分病人是在中年甚至青年时期发病。开始是健忘，忘记手边的事情，忘带东西，后来是忘记近期的事，接着会产生大面积的记忆丧失，最后，整个世界都会被他们遗忘。现在虽然治疗手段有了进步，但是也只能推迟发病，要想根治，还是很困难。”

怎么会这样，他那样骄傲的一个人，被这样的病痛折磨，忘掉关心他的人，忘掉爱他的和他爱的人，忘记这个世界上让他悲伤或者快乐的事，忘记那些或者美好或者痛苦的曾经……

光是想象，就已经让她觉得痛不可抑了，她不知道楚泽祺是用什么样的心情在面对，或者，是不是根本就无法面对。

简嘉艰涩开口：“那他最近跟您有联系吗？”

“咦。”何医生对她的问题感到奇怪，“你不是他女朋友吗，为什么要来问我，难道你找不到他？”

这个楚泽祺，大哥你到底把我卖了多少遍啊！

楚泽祺的电话仍然没有人接听，何大夫对联系到他也表示一筹莫展，简嘉着急得快要哭出来，抓住大夫的袖子问：“你说，他不会想不开吧？”

河马大夫被她这个猜测吓了一大跳，一边让她不要胡思乱想一边也开始着急起来，两个人再三联系无果，只好约定及时互通消息。

简嘉失魂落魄地回到家，居然没有见到周翌珹，她躺在沙发上开始浮想联翩。

楚泽祺要自己跟他一起参加婚礼不过是要让俞靓子认为他真的要再婚，然后让修修跟着母亲一起生活，因为他知道自己已经没有办法再继续照顾儿子。

接下来就是离职，离开，再也没有人能够找到他……

在她快要睡着的时候，电话忽然大声唱起来，她激动地接起来，却是周翌珹：“快点下楼，我带你去一个地方。”

她以为不过是吃饭什么的，结果周翌珹直接把她带去了她最喜欢的山顶游乐场。

简嘉一直认为，这个世界上最美的摩天轮是山顶游乐场的那一个，可以将全城的景色尽收眼底，许多情侣都选择在这里约会。

可是今天，摩天轮居然没有一个人，她觉得很不对劲，当周翌珹牵着她的手上去的时候，简嘉忽然感觉到了什么，于是脱口而出。

“你不会是要求婚吧？”

周翌珹脸上居然有了羞涩的神情：“这个时候你笨一点没关系！”

“其实……”简嘉的话还没说出口，手袋里的电话就响起来，居然是河马医生，他在电话里激动地对简嘉说：“快来医院，他在这里！”

简嘉很是激动，也顾不上跟周翌珹解释太多，只说自己要去医院，还没走出几步就被他拦住：“你到底要去做什么？整晚你都魂不守舍。”

她有点着急，只说：“我要去找楚泽祺。”

周翌珹看着她的目光简直可以称之为愤怒了：“这个时候，你说你要去找他，在我跟你求婚的时候？”

“我知道时间不太合适，可是他……我害怕……”简嘉不知道该怎么解释自己的担心和忧虑，又觉得十分紧急，模棱两可却越描越黑。

他打断她的话：“还是意味着，在你的心中，他永远是第一位的，没有什么可以超越，哪怕跟我发生了那样的关系之后？”

其实周翌城的话成功戳中了简嘉的命门，她险些在他面前飙泪："你愿意怎么想就怎么想吧，反正我现在必须去见他。"

然后，她几乎是落荒而逃。

来到医院的时候，河马医生已经在急诊中心门口等着她，见到她长出一口气："这个家伙不小心摔了一跤，这才被我发现。"

楚泽祺在观察室输液，脸色差了那么一点点，见到简嘉却并没有什么吃惊的神色，只是皱着眉头埋怨："老何小题大做。"

河马医生赶紧逃窜："你们聊你们聊。"

简嘉在旁边的病床上坐下来："现在可以说了。"

他微笑："小嘉，对不起，我利用了你。"

"为了达到我自己的目的，给你造成了困扰吧？我已经不再适合做一个监护孩子的父亲，不适合做任何商务上的决策，甚至不再适合在这个城市继续生活下去，为了可以顺利地离开，我把你拉进了这个棋局。"

可是简嘉的重点却不在听他解释："你要走？"

"朋友在家里那边的景区开了民宿，我觉得还满适合我最近去散散心的，放松身心大概可以延缓发病，我想自己应该可以适应，然后……"

他眉头展开："然后努力地不把你们每一个人忘记。"

"我跟你一起回去！"简嘉只是想看到他平安回去，而不是发生意外。

"你怕我自杀？"

简嘉被看透心思，忽然觉得有点难为情："我只是想确定。"

"我不会想不开的。"

"一个刚骗过我的人没有任何信用可言。"

"好吧。"他长长叹气，"那就一起回去。"

她回家收拾东西，刚走出病房就看到周翌城站在那里，刚才两个人的对话不知道他听到了多少。

"你真的要跟他一起走？"

他问得咄咄逼人，简嘉也渐渐失去了解释的耐性。

"是的，明早的火车。"

"简嘉。"

他的声音并不大，但在走廊里还是显得那样清晰。

“虽然我很不甘心自己的付出没有办法战胜你过去的时光，但是如果这是你真正的意愿，我也只能说遗憾。只是我想让你知道一件事，如果你就这样走开，我可能不会站在原地等你。”

说完那句话之后，周翌城居然立刻转身离去，这就是所谓的最后通牒吗？

她忽然觉得委屈，满腹的话居然说不出口，明明不是这样，明明不该这样，眼睛酸涩，有些情绪像是要喷薄而出，很想追上去解释清楚，最终也只是消失在心底。

收拾了简单的行李，请小葵把周先生跟美丽带回去寄养，关上门的那一瞬间，她忽然觉得自己真的要失去一些什么了，仿佛是舍不得，却又无能为力。

终于踏上了旅途，当年上大学时常坐的那列绿皮慢车早就已经取消车次，动车风一样呼啸而过，穿过熟悉的小镇、城市、乡村，仿佛是在多年的光阴中穿行。

她和他像当年那样静静坐着，各怀心事，从当年到现在，一样的旅途，仿佛已经过了一生。

楚泽祺从书本上抬起眼来，看到发呆的简嘉忍不住说：“在想他吗？”

有这么明显吗？

简嘉有点苦恼：“他好像误会了，而我，也没有解释清楚。”

“那就去说明白，说清楚。真的喜欢一个人就像面对自己，面对自己的时候，又有什么可以畏惧呢？”

楚泽祺看着眼前的这个女孩子，那年夏天，她也是坐在对面，看相同的一本书，谈论一样的天气，如今一切都变了，包括他自己。

“小嘉，你记住，爱你的那个人，无论他平日里有多么自信，在你面前他都需要你来给他信心，你是勇敢的女孩子，应该不会吝啬对他表白你的爱意吧？”

她静静体会他说的每一个字，窗外是七月的麦田，随风翻滚似金色浪涛，麦穗似有满腹心事，沉默无语。

下了火车，楚泽祺的朋友开车来接，那家民宿建在湖上，每间屋子四面都是巨大的落地窗，可以静静地坐在里面看日出日落，看春天的花、夏天的风，看远处的山，看湖上的月。

简嘉大叫着不想走："我会来看你的。"

"好啊。"他爽快答应，"跟他一起来。"

一起？简嘉回想起昨晚他的态度，不知道要花费多少力气才能让他跟她一起。

简嘉放了心，其实跟着他一起过来也不过是求一个安心。这么多年过去，哪怕她已经放弃了年少时的那段感情，在她心中，楚泽祺仍然会是一个特别的存在，像老朋友那样，会让她心疼，让她牵挂。

她坐了最快的那趟车回去，刚下火车就接到公司的电话，老大声音很是焦急："简嘉，救个火吧，大刚那边在做明星郑菁菁的婚礼，可是现在他车祸进医院，我们实在找不到合适的人接替，只有你了。"

她立刻答应下来，先前请了那么多假，如果这个时候还不救老大于水火，简直是太没有良心了！

简嘉去公司取了一些资料，直接拖着行李去机场，连换身衣服的时间都没有，到了目的地才想起来，似乎应该给周翌城一通电话解释清楚。

不过在展开行动的时候她傻眼了，在往自己家里打了N个电话均为无人接听之后，简嘉发现她没有这个人的任何联系方式！

一直以来都是他紧紧跟在她的身边，像橡皮糖一样甩都甩不掉，她没有想过找不到他的时候应该怎么办，没有想过他真的离开的时候要怎么办。

这个认知让她黯然，仿佛天一下子就灰了。

打起精神开始工作，她发现自己在海边举行婚礼的梦想非常不现实，特别是在这种台风季，海风吹得他们人人的头发都是花轮的造型。她都快飞起来了，真的很难想象到时候新娘的白纱会飘成什么样子，还有，新郎会不会被整成飞机头这样的造型，她顺便祈祷了一下那几位伴娘千万不要穿短裙。

累，烦躁，晨昏颠倒；不停地说话，协调，说服，妥协，简嘉觉得自己的精力体力都处于透支的状态，每天都可能进入崩溃的状态。

没有周翌城的第二天，仍然没有跟他取得任何联系。

她开始设想，她想去问周峪珲，该怎么说，打到人家办公室跟秘书说："你好，我找你老板亲爱的弟弟？"

或者打给殷其雷，说："您亲爱的朋友周翌城的联系方式可以给我提供吗？"

这样，好像都太丢人了吧？

就这样过了没有他的第三天，第四天，第五天……

第六天的时候，简嘉终于忍不住给叶得之打了电话，唯唯诺诺的，完全不似她平时的做派：“得之姐，其实，我想……殷先生应该知道周翌城的联系方式吧？”

叶得之果然不负她的期望，很快就给她提供了周翌城的电话号码。

她再三做好心理建设打过去，甚至还提前练习了一阵子，只是，这个语音信箱是怎么回事？

不管了，简嘉对着电话说：“我是简嘉，我这几天在出差，你听到了可不可以跟我联系？”

那边只有机械的回声，长久的沉默，令人心悸。

一直到一个星期之后简嘉才回去，那场婚礼那几日成为传媒关注的焦点，作为婚礼团队负责人的简嘉甚至还有几次被访问的机会，可是那又能怎么样呢？

她正在失去一样最重要的东西，简嘉又打过几次那个电话，只是都没有得到他的回应。

老大对她的表现满意极了，提出要为他们办一个庆功宴，简嘉正想找个借口推辞，却接到了小葵的电话，电话那边的小葵都快哭出来了：“小嘉嘉，完蛋了啦，你家周先生它不见了！”

挂上电话，简嘉几乎是跌跌撞撞地跑出去的，怎么会这么倒霉，那位周先生没音信，这只周先生又丢掉了，她究竟是做了什么，要承受这样难受的失去。

来到步步的店里，小葵满脸愧疚，开始讲述事情经过：“我带它去广场散步，当然了，还有一只雪纳瑞，一只哈士奇，可是有辆车子从我们身边开过的时候，你家周先生就疯一样地追了上去，我怎么跑都追不回来，然后，然后就找不到了！”

简嘉只觉得心中某个地方被强行清空了，那种无力的感觉让她几近窒息，反过头来还安慰小葵：“不要着急，去微博发个寻狗启示看看吧，也只能这样了。”

抱着美丽回到家，简嘉觉得自己已经是筋疲力尽，美丽像是明白她的心事，任由她紧紧地抱在怀里，用脑袋在她的手臂一下一下地磨蹭。

天色一点点暗下来，她又拿出手机拨出了那个号码，那已经是她第N次听到“请在哔一声后留言”的讯息，不知道为什么，简嘉开始觉得绝望，连心底的最后一丝希望都消磨殆尽。

“我是简嘉，我回来了，周先生不见了，我不知道应该怎么办，我很想你……”

说完，眼泪无声地落了下来，连她自己都仿佛被那温热的液体吓到，立刻关上了电话，她不想让他听见自己哭泣的声音。

可是眼泪却像是泛滥成灾似的，完全控制不住地落下来，忽然脸颊上有另外一种温柔的触感，原来是美丽在默默舔她脸上的泪水，她只好把它抱得更紧，哽咽地说：“美丽，怎么办，只剩下我们两个了。”

门外忽然传来钥匙开门的声音，她又惊又喜，周翌珹，周翌珹，一定是他，他回来了……

结果看到站在玄关的纪怀恩，眼泪一下重新奔涌而出。

呜呜呜呜呜呜，怎么会是表姐你啦！

纪怀恩不明就里，还以为是亲爱的表妹因为太过思念她所以喜极而泣，抱着简嘉极力安慰：“哎呀，不要哭啊，我不是回来了嘛！你看我多爱你，第一时间跑来找你玩呢，晚上我带你玩好玩的，吃好吃的。”

姐啊，其实人家哭只是太失望了而已！

纪怀恩为了表达对可爱表妹的安慰之情，硬拉着简嘉来参加她的胜利归来爬梯。

结果是大老远把她拖到港口那边，参加一个游艇派对，一众男男女女都风趣可爱，可是简嘉一点跟别人交流的欲望都没有，像一只被遗弃的小动物，默默站在角落。

其实晚上的天气好极了，抬头就可以看见璀璨的天幕，表姐跟一个长得像吴彦祖的男人眉来眼去互动不断，一看就不是普通的奸情，可见逃婚还是逃出了新收获。

这样良辰美景，美酒佳肴，成双成对的时刻，只有她……想到这里，悲伤的情绪又开始重新蔓延。

忽然，她觉得自己被一团毛茸茸的东西抱住了大腿，低头一看，居然是周先生！

它热情地摇着它没有尾巴的大屁股，甚至直接躺下露出肚皮一副渴望抚摸的神情。

简嘉抱起它又哭又亲，弄得满脸不知道是自己的泪水还是周先生的口水，亲热了好一阵子才想起一个关键性的问题，它怎么会在这里？！

抬眼张望，看到周翌珹静静站在那里。

他远远站在那边，整个人溺在阴影中，辨不出表情，两个人中间像隔了千年万年。

周先生挣开她的怀抱兴奋地朝他跑去，咬着周翌珹的裤腿把他往简嘉的方向拖。

他走过来，像是一头不耐烦的小狮子，皱着眉头打量她："怎么黑了？还瘦成这样，你怎么照顾自己的？"

简嘉觉得鼻子发酸，他怎么会觉得自己瘦了，这几天作息没规律胡吃海塞，她早就不知道胖了多少，肋下全是五花肉，大腿更是让她想去自杀，可是他居然说自己瘦了。

她正想开口跟他说那些在她心中酝酿了很久的话，纪怀恩却不知道从哪里钻了出来，一手搭在周翌珹的肩膀上，笑嘻嘻很是亲昵的样子："周小二你还满给面子的嘛……"

纪怀恩低头看了看正在简嘉和周翌珹之间打转的周先生："咦，这只跟咱们家周先生是一个品种耶，对了，咱家周先生呢？"

"汪～汪～汪～"

听到自己名字的周先生又开始兴奋，简嘉觉得后脑上又有一滴汗缓缓落下，她很小声地说："这只就是。"

"咦，那咱们周先生怎么会在周小二这里？简小嘉我跟你说，周小二可是你的救命恩人呢！当年要不是他奋力把你从那个破泳池里救出来啊，你现在还不知道在哪里呢！"

简嘉觉得下巴又有快要掉下来的趋势，居然是他，居然是周翌珹，她看着他，眼波闪动，像一只找不到主人的小狗。

纪怀恩看到两个人的样子就觉得不对劲："你们已经认识啦？"

周翌珹哼了一声，扬起下巴看着简嘉，等着她怎么回应。

“其实，我们，那时候……”简嘉愈发语无伦次起来，所有的话都聚在心头，却找不到那个出口。

像是对她彻底失望了，周翌城转身就走，那一刻简嘉的心刹那间就凉了，心慌，恐惧，慌乱，短短的时间里那样多的感受她全部尝了一遍，他那句“我不会在原地等你”又浮上心头，她顾不上表姐连声的追问，直接追了上去。

她跑得又快又急，只觉得自己如果再不快点就会失去他了，只是……她刚刚踩到的是什么东西？

还没搞清楚发生了什么，简嘉已经失去了平衡，直直往旁边倒去，听到她尖叫声转身的周翌城都没有碰到她的衣角，简嘉就已经以诡异的姿势落进了海水里。

众人傻眼，这，这到底是怎么一回事？

周翌城只觉得那一刻自己都快不能呼吸了，眼看着这个小笨蛋失去平衡从栈道上掉了下去，慌忙跳下水把她拖上来。

简嘉被他抱上来的第一件事就是号啕大哭，眼看着他们成为众人议论注目的焦点，周翌城无可奈何，拉着简嘉走上船。

进了船舱她还在哭，像一只小落汤鸡，一边哭还一边控诉：“你，你，你又让我出丑了，你不理我，你不听我解释，你转身就走，你……”

“那你自己做了什么好事？”他无可奈何，“在我跟你求婚的时候跑去跟别的野男人私奔，你要我作何感想？”

“他不是野男人，我们也不是私奔，你这个人怎么这样啦！”

“这么多天你打过几通电话，每次都只说那些话，一点悔改之意都没有！”

原来，原来他都听见了！原来他都知道！

简嘉的情绪渐渐平复下来，不停地吸着鼻子：“当年那个人，是你？”

周翌城脸上居然出现了可疑的害羞神色：“这也不是什么惊天动地的事。”

像是不想继续这个话题，他摸摸鼻子：“楚泽祺的病怎么样？”

“咦，你知道啦。”

“等你自己来说我怕自己已经七老八十不久于世。”

哪有那么夸张，她其实只是没有准备好而已。

“你刚才还丢下我就走。”简嘉开始控诉。

“是你一副百口莫辩的样子，分明不想承认我们的关系。”

“我……我只是有点着急。”简嘉觉得自己的眼泪又快要落下来了，“我害怕你已经决定不等我了。”

周翌珹忽然笑出声来：“我是决定不再等你了。”

简嘉立刻变了脸色。

看她这样，周翌珹的心情忽然变得好极了，继续道：“因为你追上来的速度太慢了，让我享受一下被人追赶的感觉就那么困难么？真让人失望啊，因为你太笨了，所以，还是我回头找你吧。”

他从湿淋淋的衣服里摸出一个小盒子：“我那天准备了那么久，可是你说走就走，你知道那天我准备了多久才有跟你求婚的勇气吗？你非但不领情，还要跟楚泽祺一起走，真的是太伤害我了……”

那是一枚式样古老的戒指，一看就是家传，不知道用来纪念了多少段感情。

简嘉任由周翌珹把戒指套在自己的指头上，看他露出得意的笑容：“这样你就不会乱跑了。”

“可是，”简嘉发现了一个关键的问题，“你还没问我愿不愿意！”

“你愿意嫁给我吗，小笨蛋？”

“不愿意。你才是笨蛋呢！”

“那就只有我继续嫁给你了。”

“嗯，好吧。”

【番外】

午夜零点零一分

今晚的美股真无聊，无论是道琼斯还是纳斯达克都叫人提不起兴趣，白天跟我哥那群主管们开完大大小小的会，boring 得要命，他们一个个跟你口中的那个面瘫冰块僵尸脸男——我的哥哥一样，机械无趣加乏味，真是想不走神都不行。

空调嗞嗞的声响，让这个安静的夜异常无趣，空气湿而凉，打开窗，潮湿的空气扑面而来，明显是刚下过雨，不知道你那边是怎样的天气。

电子钟准点报时，现在是零点零一分，就这样又过去了一天，没有你的又一天。

周先生已经睡了，我不知道它是怎么跟着我的车跑来的，在我发现它的时候，它累得哼哧哼哧喘气，但是我知道它浑身都散发着快乐的情绪，其实我也很高兴，这样就可以有另外一个家伙跟我一起，想你。

昨天它试图在社区里跟一些同龄狗发展亲切友好的关系，对象是一只鹿犬，但是那个小家伙面对一个腿长跟自己身长差不多的家伙实在没有什么安全感，所以它的交友活动还得继续。

它最喜欢做的事情就是在阳光充沛的下午，趴在落地窗前哀怨地呜咽，也许是想到了美丽，也许是想到了你。

这其实让我很怨念，有时候还很想说一点你的事来劝慰一下它受伤的少男心，可是每次提到你的名字我就会非常郁闷，恨不得立刻把你追回来打一顿出气，为了世界的和平和我的名誉，所以，我决定还是不要想你。

其实我听见了你打来的每一通留言，听着你的声音，我居然没什么勇气回应。

一直都没有告诉你，哪怕是像我这样的一个人，对于你的拒绝，也会觉得难以面对，承受不起。

你口中的面瘫男，我的大哥携一双儿女追随孩子他妈的脚步去了，把公司硕大一个摊子丢给了我，临走时拍着我的肩膀说："一个有责任感的男人必须要做的一件事就是等待，如果连等待都做不到，怎么能要求人家爱你？"

好吧，一个不负责任丢下公司就走的人，居然在这里教我如何成为一个有责任感的男人，我诅咒他去欧洲吃泡面的时候没有调料包！哼！

我害怕周先生一只狗在家会因为太过思念你而产生什么心理问题，所以我带它一起上班，吃饭，参加聚会。

每当它在公司甩着巨大的屁股追向我哥那只有着一双桃花眼的腹黑特助时，当它在格子间里拼命撞墙且死不悔改的时候，我深刻地觉得，替我那无良大哥来上班，其实也蛮有趣。

现在的你是不是已经睡了？或者是很不幸地正在加班？

我睡不着，夜一点点深了，于是想起了那些个你失眠而我被迫陪你聊天的夜里。你有时候自信满满有时候纠结哀怨，你真吵，捶胸顿足的样子看起来很是搞笑，可是现在，我什么也听不到。

那些曾经我不屑过的一切，今天居然成为记忆中最动人的力量。每一段感情不一定会有一个结果，但是我相信我跟你之间，一定会有一个答案。

今天是我们分开的第 7 天，我说过，我不会站在原地等你，所以，你追上来的脚步要快一点，因为，我怕自己会等不及。

【番外】

七月的麦田，沉默无语

——一月你还没有出现，二月你睡在隔壁，三月下起了大雨，四月里遍地蔷薇……

四月时分，春深似海。

你喜欢这个季节，花香四溢，阳光闪动在发梢，厚厚的冬装被你收拾起来放在柜子底下，你穿着那件红色的T恤，虽然她们都说那颜色让你看起来像一只小小的狐狸。

没有课的时候你喜欢泡图书馆，自五楼的落地窗向外望去，整个校园仿佛一张淡淡的水彩画，各色颜料泼洒在纸上，青碧橙红，寻常清浅至透明，唯有那一簇簇樱花于枝头怒放，云蒸霞蔚一般，成为这个季节最明艳的色彩。

午后的阳光分外柔和，照在人身上暖暖的，十分适合伸个懒腰，然后发出满足的感叹。

面前的桌上摆着几本大部头，本本的重量都相当可观，危急时分可作防身之用。它们有的簇新，有的已经泛黄，唯一相同的特点是每次翻开都有迭迭尘埃在光线中起舞，你的视线穿过那迷离的光，落在对面的男生身上。

他叫楚泽祺，额头光洁，眼睛明亮，低下头看书的时候眉头微皱，嘴唇抿着，嘴角微微上扬，从你这个角度望过去，他的神情认真专注，接近于虔诚。

他忽然抬起脸来，吓得你赶快从大部头上拿下一本书翻开来，做努力思索状，那是本放错了的小说，在一大堆微观经济学著作中显得有些突兀，封面上的小男孩固执地守着一朵玫瑰花。你紧张地吞了吞口水，心中把自己鄙视了一百遍，在宿舍设计好的台词从来没有派上过用场，每次坐在这里都暗暗下定决心跟他说话，好比“同学借支笔”抑或“师兄这本书给我看看好不好”。

可是每每到最后关头你的企图总是和胆量相违背，你们之间的距离只有一张四十公分的木桌，此时此刻却像一条奔涌不息的河，不休不止，是难以逾越的距离。

楚泽祺站起身来收拾书本，桌上出现了一道灰色的影子，太阳的位置在一点点往西沉去，你不敢抬头，整个人隐匿在他的阴影里，一颗心仿佛沙砾。

看着他离去的背影，你忽然长出了一口气，抓起杯子来狠狠地喝了一口，里面泡着小小的玫瑰花，于水中静静舒展，辗转起伏，香气四溢，入口回甘，一切的一切像极了你现在的心事，忐忑兴奋，无法诉说。

他渐渐走远，你张开手掌，那只小小的蓝色水晶U盘静静立在你的掌心，你全身滚烫，手脚冰凉。

第二天你便在宿舍楼下面的布告栏上发现了那则寻物启事，言辞恳切简洁，你轻声默念那张纸上的十一个数字，低下头输入手机，真奇怪，只一遍便已经牢记于心。

给楚泽祺打电话的时候你倒很是自若：“你好，那只U盘在我这里。”

东西失而复得让楚泽祺十分高兴，为了答谢拾金不昧的你，他诚挚地发出邀请：“我请你吃饭好不好？”

你慎重地点了点头，没有任何迟疑，生怕下一秒便会出现什么闪失。

你提出去校园西门外的烧烤店，名字叫做小木屋，你喜欢那里的一切，木头桌子木头椅子，连墙上都贴着树皮状的墙纸，老板是个活泼的大叔，围着格子围裙，像中年版的泰迪熊，每次你都会对着熊大叔嘻嘻地笑，大叔叫你小狐狸。

今天的楚泽祺穿一件白衬衫，童话里的王子时常是这么个装扮，可是你觉得他不一样，你似乎可以闻得见他身上干净的肥皂香，像是被春雨洗过的太阳。

他一边看菜单一边低声询问你的意见，每每抬眼，眼神晶亮，你忽然心慌，不敢同他目光接触。

你等待这场相遇已经太久了，久到忘记了期盼的原因，你像那棵开花的树，静静立在他必经的路旁，你知道如果没遇上蝴蝶再美的花也会凋零，所以你趁着他去还书的当口，手臂轻轻横过桌面，把U盘盖在手里。

你们有一搭没一搭地闲聊，气氛出奇融洽，远远看过去，好像是失散多年的老朋友，你吃了许多，鸡翅膀，海带，鱿鱼，豆皮，银杏……你很认真地将它们装进肚子里。

他看着你也觉得十分亲切，仿佛你在他的记忆里停留过，扑面而来的熟稔气息。酒逢知己千杯少，你们还没有到对饮千杯的那个阶段，于是你大口吃菜，他含笑望着你，脸颊上的酒窝清晰明显，整个世界都明亮起来。

离开熊大叔的小木屋，他自然而然地送你回宿舍，晚自习已经下了，小路上全是人，有那么几个家伙碰到了树枝，樱花瓣簌簌落地，夜色中有种凄艳的美。

他随口问你："你在哪里发现这只U盘的？这东西对我来说有点特殊的意义。"

你开始紧张，脸红，支支吾吾，只说无意中在地上发现，转身跑进学校的小超市里，双肩包在你身后摇摆，让你看起来像一只摇着尾巴的狐狸。

零食架上那些花花绿绿的大包小包被你一样一样地扫进购物篮里，余光看到他在微笑地打量你，你于是更加心虚。

拎着大包零食回到宿舍，那一千五百只鸭子忽地一下都扑了上来，当然是那包零食，你还没有那个魅力，小胖的杂志摊在桌面上，有一个叫林白的人写了一首诗：一月你还没有出现，二月你睡在隔壁，三月下起了大雨，四月里遍地蔷薇……

你嘀咕，怎么这样像自己的心情。

你拆开一袋鱿鱼丝奋力地嚼，两腮酸涩，仿佛只有食物可以填补你心中的那个大洞，可以消磨你那颗膨胀的心，你忘不了楚泽祺在楼下对你说："再次谢谢你，那只U盘是我女朋友送我的礼物，真的找不回来我就麻烦了。"

原来真的是这样，有些事还没有开始便已经只能追忆了，你觉得自己会永远记得今天，你们离得那么近，却已经隔了那么远。

——五月我们对面坐着，犹如梦中，就这样六月到了。六月里青草盛开处处芬芳。七月悲喜交加，麦浪翻滚连同草地，直到天涯。

在那之后，你已经很久没有遇见他，图书馆靠窗的桌子上只有你一个人的身影，你对面坐着一个臆想出来的影子，闪闪发亮，一如坠入深渊的水晶。

六月里人人焦头烂额，微观经济学那七个学分你不敢怠慢，稍有闪失你的整个暑假就此泡汤，荷塘里莲叶田田，你无心欣赏。

考试将在两个星期后进行，最后一堂微观经济学课全班翘首以待老教授能为你们指点迷津，蓝笔红笔签字笔荧光笔，你把它们一字排开摆在桌上，有人推门进来，百多人的教室爆出惊人的一声“啊”，你抬起脸来，楚泽祺大步走上讲台，白衬衫像被春雨洗过的太阳。

小胖在你身边顿足：“老王太狠了，先前考试范围一个字也不透露，直说等着最后一节课复习，没想到居然跑去开会，找了手下的研究生来给我们上课。”

同学们开始唉声叹气，这门课号称是你们学校的四大天书之一，每年死在那张考卷下的冤魂无数，成绩册一打开，全国山河一片红。

嘘声在一分钟后被平息下来，你看到他取出一根粉笔，轻轻折断四分之一，在黑板上写下一个硕大的标题，然后他开始为你们复习，只那么三言两语，一个学期所学便被他串成一个体系，单选多选判断计算题，他轻松地讲，你们认真地记。

讲台上的楚泽祺专注而潇洒，他环视整个教室，眼光于你身上稍稍停留，你忽然想起某本杂志上说的话，一个人的魅力是认真，不言而喻，此刻的他在你们心中已经无敌。

当晚，你们的宿舍开始聊关于他的八卦，楚泽祺的名字跟另外一位师姐的名字联系在一起，你心中酸涩，于是沉默地远离。

那门课你考得出奇地好，几乎是用虔诚的态度写下每一个数字，答完每一道题，交卷的时候你恋恋不舍，因为他的缘故，这场考试便有了特别的意义，你穿着最喜欢的那条红裙子，轻轻合上教室的门，像一只怅然若失的狐狸。

回家的日子很快，那是一辆慢车，摇摇晃晃比平日多出了好几个小时，清晨上车，傍晚才能到。

你拖着两个大箱子哼哧哼哧地上了车，背包摔在座位上，里面的零食哗哗作响，你望着两只大箱子一筹莫展。

“简嘉，怎么是你？”

你转过脸去，楚泽祺正在对着你微笑，这时候你觉得他不仅仅是一个骑士，还是一个天使。你的大家伙被他两下放上行李架，他只带一只小小的包，静静靠在你的箱子上，他在你对面坐下来，原来你们是同乡，此刻即将奔赴同一个方向。

于是你们开始气氛热烈地交谈，他看着你手中的“小王子”淡淡微笑，你没有告诉他你的箱子里还有好几本，你终于知道这个关于爱和责任的童话有着怎么样的魔力，它不住地被再版，黄的封面，绿的封面，人们都爱小王子跟他的玫瑰花，你却记住了那只狐狸，那只等爱的狐狸。

你们讨论安房直子，他喜欢《酱萝卜之夜》里的那三只猪，你喜欢戴上花环变成人的那只鹿；你们都喜欢皇家马德里，都在耶罗离开球队之后对他们的比赛失去了兴趣；你们还是中学校友，你们都记得校门外卖棉花糖的大婶和卖糖葫芦的大叔，马路对面的小店常年放着《心太软》……

你们拍手，你们大笑，你们只恨这旅途太过短暂，你们无话不谈，你觉得可以将这样的关系定义为知己，这是个危险的称呼，你所涉猎的言情小说里，女主角最恨的便是男主角的知己。

下午三点，你自车窗向外望去，那是一片麦田，金黄色的麦浪翻滚，如波涛般汹涌，却始终沉默不语。

回家之后的日程安排得很紧，高中同学聚会，初中同学聚会，你兜转在KTV和火锅店里，吃着不同的食物，唱着相同的歌。

表姐的生日你也被拖了去，那天你穿一件紫色的裙子，坐在KTV包厢的一角静静喝可乐吃薯片。表姐的同事和朋友在你眼里都已经是大叔大婶，他们都拿你当小孩子，学着《东成西就》里洪七的腔调叫你bui妹，不劝你喝酒也不跟你开玩笑，他们笑着闹着玩做一团，于是你安心地做一个看客。

大概是表姐嫌你寂寞，所以怂恿你去唱歌，你用力咽下爆米花，来不及喝口水就开始唱：“如果华佗再世崇洋都被医治，外邦来学汉字激发我民族意识，马钱子决明子苍耳子还有莲子，黄药子苦豆子川楝子我要面子……”

你唱得荒腔走板，却自有一副腔调，那些大叔们吹口哨起哄鼓掌，你很是得意，间奏的时候甚至跟着MV里面的小僵尸一起跳舞，这下连表姐都笑瘫在沙发上。正跳得起劲，包厢门忽然被人推开，表姐兴奋地尖叫，立刻朝那人扑上去。

你用眼角一扫，已经恨不得把自己打昏过去，楚泽祺望着你手舞足蹈，先是诧异，后来嘴角漾出一个大大的笑纹。你很郁闷，所以只好跟着音乐继续唱下去，耳朵里除了伴奏，你什么也不想听见。

一曲唱罢，众人大力鼓掌，你躲回角落继续吃薯片，音乐太吵，他悄悄靠过来，在你耳边大声说："原来你是怀恩的表妹。"

他是你表姐的高中同学，你心中莫名悲痛，于是奋力点头："是，这个世界就是这么小。"

他今日穿着灰色T恤，站起身来跟人握手的姿势异常妥帖，一下子就把其他的大叔比了下去。有人递烟给他，他轻轻伸出手婉拒，你怔怔望着那修长的指节出神。

于是你们成了整个包厢里神游太虚二人组，他不住发短信，你低头玩着手袋上的小熊，忽然间他手机铃声大作，立刻被满室的音乐声掩盖，他走出去接电话，你终于抬起脸。

他回来的时候明显面色大变，仿佛什么东西终于尘埃落定，也终于失去，你见他靠在沙发上叹气，心中冒出酸涩的泡泡。

表姐开始张罗着吃蛋糕，他却拿起话筒开始唱歌，他的声音真好听，他说这首歌祝怀恩生日快乐。

那真是一首老情歌，悲伤，悠扬，一点也不应景，可是大家都静静听他唱那首歌，他的声音仿佛被砂纸细细打磨过，你叉起一片黄桃放进嘴里，正好他唱到"每个人都有一段悲伤，在心上，却不在身旁……"

大家都称赞他唱得好，表姐也异常高兴，只有你知道，只有你明白，那首歌是他唱给另一个人听。

你不喜欢这么哀怨的歌曲，却没有办法忘记那几句歌词，你懵懂地发现爱上一个人并不是轻松快乐的一件事，它让人悲喜莫名，让人患得患失，真是一种令人窒息的情绪，你想隐藏，却欲盖弥彰。

回家的出租车上，夜色映着霓虹的光流连在你的紫裙子上，你握住自己冰凉的手指，像一只等爱的狐狸。

——八月就是八月，八月我守口如瓶。八月里我是瓶中的水，你是青天的云。

八月寂静无声地到来，你的父母宣布他们将去塞班岛二次蜜月旅行，你欢欢喜喜地送太上跟太后上了飞机，却在航站楼的角落看到了他的身影。

他远远立在那里，眼中全是落寞和不舍，你看到了那位传说中的师姐正带着微笑同家人依依惜别，他没有上前，只是静静站在那里，风度依然是那么好，可是你知道，他的一半魂魄已经遗失，你对自己的这个认知感到莫名，可是你就是知道。

你还知道这是另外一个故事，它没有结束，只是未完待续。

他没有发现你，于是你跟在他身后出了机场，一架架飞机自你们身后划破天空，冲上云霄。

回到市区，他进了一间电影院，你也跟着进去，黑暗中你看到他沉默的侧脸，偌大的放映厅里循环播放各式各样的电影，情节出奇地相似，主角们相逢相爱误会离开，兜兜转转最后还是走到了一起，你不喜欢这样的套路，因为你知道，不是所有的人都有这样的好运气。

散场的时候，他终于看见你，他努力微笑：“表妹，又是你。”

你们在影城楼上的小店里吃鱼丸粗面，楚泽祺对着一杯柠檬水，用艰涩的声音，开始讲他的故事。

鲜花似锦烈火烹油一般的初恋，一场恋爱两个人都花费了最大的气力，以为未来只会有一个方向，那就是两个人一起携手奔向前方，万万没有想到她会在毕业的时候选择出国，签证到手的时候他还毫不知情。

他痛心，他无能为力。

他微笑，你心酸至极。

你没有想到楚泽祺会是被抛弃的那一个，他失去了心口的朱砂痣，窗前的明月光，失去了世界上独一无二的玫瑰，你担心他会万分沮丧，你担心他会就此怀疑人生。

你知道了他的秘密，于是决定陪在他身边，给他疗伤，侍奉你的爱情，是的，你觉得自己早已经爱上他，从遇见他的第一刻起。

——九月和十月，是两只眼睛，装满了大海，你在海上我在海下。十一月尚未到来，透过它的窗口，我望见了十二月，十二月大雪弥漫。

回到学校，你开始全心全意地对他好，尽你最大的能力。

你为他整理资料；陪他熬夜看德甲意甲英超；你为他买早饭，给他占图书馆的座位；你看他喜欢的书，听他喜欢的CD……

这，这，这一切叫做什么呢？小王子的狐狸说，这叫做驯养，建立了这样的关系，一切毫不相干的事会变得出奇有意义。

你对他的爱意犹如一块白亮的金属钠，放进水中发出剧烈声响，他最爱的那个歌手唱道：是甘愿，所以能美满，不甘愿，才会说伤感……

于是你对自己说，这是我的甘愿。

你讨厌学校的秋天，冷风一日紧过一日，湖里一池残荷看在人眼中，说不出的凄凉，这个傍晚你们约好要一起去图书馆温习，他打电话来说："对不起。"

你听出他的疲倦，所以没有多说什么，懒洋洋地去楼下食堂吃肥肠粉，遇见相熟的师兄，对你笑嘻嘻打招呼："咦，这不是楚兄的小表妹，你表哥这两天病得厉害，现在还在校医院挂点滴。"

你拎着滚烫的袋子跑到医院，空气中充溢着你不喜欢的消毒水味，可是你没有时间抱怨，楚泽祺靠在输液室的椅子上，双目微闭，你伸手触上他额头，那热量吓坏了你。

他疲惫地抬起眼，只顾得上说："表妹，怎么是你？"

是啊，怎么是你，在这样的时刻，可以陪在他身边的唯有你，你心中酸楚，所以说："你病了，我来看看你。"

研究生宿舍从来对女生没有门禁，你陪着他上去，小屋里整洁而冷清，寻不到一点食物的痕迹，你转身出门，忘记了带伞。

窗外已然天色大变，新闻里说一场寒流光顾你们的城市，白色的大风刮起，空气中可以觅到尘埃的气味，几声闷雷响起，豆大雨点自苍穹中闪下，夹杂着冰雹，那细小晶莹的颗粒，急急坠落而下，被慌忙跑回去的人群踩碎，再也难觅踪迹。

雨和冰砸在你的身上，可是你并不介意，你去粥店买了粥，去教工小区的小菜场买了一块姜，去超市买了大大一瓶可乐。

回去之后你用他的小电锅为他做可乐姜汤，那辛辣香甜的气味弥漫在这个小屋里，你没有注意到有冰雹落在你的头发上，已然化作了水，它们无声地滑落，一滴一滴。

你喂他吃粥，逼他喝汤，他像一只温驯的兽，此时此刻任你摆布，他沉沉睡着，你却不敢离去，你开一盏小灯，光线说不出地柔和，你随便取出一本书慢慢读，这样的夜晚，你将所有心事倾注于一碗姜汤，把那巨大厚重的爱意细细碾磨。

你为他换已经变了温度的冰袋，站起身来却发现自己的手被他牢牢握在手中，痛苦中的楚泽祺声音哀戚，他说："不要离开我。"

窗外的风声又大了一点，你在心中对自己说："我不会离开你。"

那是你们最近的距离，肌肤相触，没有一丝缝隙，可是你就在他的身边，他却不知道你爱他……

他终于放开你的手，有些话已经到了嘴边，可是你生生把它们咽下，《圣经》里怎么说来着？不要惊动你爱的人，要等他们自己情愿。

好吧，你等着，你等着他自己发现，哪怕这个发现是遥遥无期。

自那之后，他望着你的眼里总是有深深的感激，可是你知道，你一直知道，你做这一切不是为了他的感激，而是为了自己的心。

就这样，你们一起送别了秋季。

冬天是适合相聚的时节，他的生日是个雪天，他的QQ签名说：晚来天欲雪，能饮一杯无。

你在灭绝师太的课上咯咯咯地笑，心思已经早早飞了出去。

那天你跟大队人马一起为他庆祝，他很高兴，你很开心，雪花和剁椒，严寒和烈酒，你觉得自己是幸福的，虽然你的爱只是他笔直道路旁的小小沙砾，卑微得好像摩天大楼上的一枚指纹，那又有什么关系，你愿意，你一直愿意。

众人早早对你们的关系产生了怀疑，几个活泼的师兄连声嚷嚷："表哥千万不要辜负了表妹才好。"

你只是笑，并无回应，他不理会，毫不在意。

他喝了很多，有些微醺，可是还是一路护送你回了宿舍，雪花落下，他轻轻拥抱你："谢谢你。"

你差点泪流满面，你知道自己不会忘记这个飘满雪的冬天，会一直记住眼前这个人的笑颜，你欲言又止，他却朝你挥挥手，就此离去。

一扇门挡住了你的誓言，雪花慢慢覆盖了那声再见。

——每一个童话故事背后，不一定都有令人艳羡的结局。

新年到来，合家团圆，他最爱的那位歌手到你们的家乡开演唱会，他递了一张票给你，问："表妹，要不要跟我去看？"

你用力点头，你依旧不喜欢那么苦情的歌曲，只是跟他在一起，做什么都没有关系。

那天依旧是个雪天，你一早就开始打扮，头发是扎起来还是放下去？是只涂唇膏，还是画上眼影？这件大衣配那双鞋子好不好看？如果你有魔镜，你真的会问人家，这世界上有谁还比你美丽。

你终于收拾停当出门，雪花正一片片地落在睫毛上，空气冷冽清新，充溢着兴奋的味道。从你家到体育馆有一趟公交车可以直达，坐在后排的座位上，你充满期待，你不知道那天会发生那样的事，你什么也不知道。

那天追尾事故在第二天上了晚报晨报都市报的头条，然后便被这个城市的所有人遗忘，你知道你不会忘记那一天，会像记住自己生日那样记住。

那天的你是那样幸运，公交车上的十几个人里，有人骨折，有人脑震荡，而你，却奇迹般地毫发无损。

你没有赶到演唱会的现场，你身边的小女孩被碎玻璃划伤了脸，她躲在你的怀里，血一滴滴溅在你白色的大衣上，像在寒风中瑟瑟发抖的梅。

你紧紧握住她的手，陪她坐上救护车，陪她去了医院，她父母赶来的时候对你千恩万谢，你只是笑笑，转身下楼。

急救中心的牌子那么高，那么亮，你站在楼下接到了他的电话。

他说，表妹你为什么没有来？表妹你知道吗？她居然买了你旁边座位的票，我们一起听那些老歌，我们想起了许多那时候的事，我终于知道自己该做些什么，我有了新的决定……

你一直没有说话，最后只是很平静地说："啊，这样，真好。"

有的故事还没讲完，那就算了吧，别后重逢，破镜重圆，这样的桥段永远会成为佳话，有谁会记得那个缺席的配角。

你和他的故事就这么讲完了，那年夏天他选择出国，飞去那个有她的国度，你没有去机场送行，长亭依依楼台送别有什么用？梁山伯最后也没有娶九妹，小王子终究会离开那只狐狸。

你独自回家，还是那列慢车，你望着窗外，心里慢慢起雾。

七月的麦田，沉默无语。

【后记】

写完最后一个字的时候，忽然有种舍不得的感觉，仿佛是不想就这样结束，还想继续下去。

每一个故事都像是一场相遇，悲喜，聚散，分离。有誓言的生生世世，有相守的朝朝夕夕。每一个故事也都是一段心情，落泪微笑，沉默不语。

从去年到今年，一个夏天到另外一个夏天，很多东西改变了，很多东西却没有变。读了许多书，看了许多风景，与新朋相识，与旧友相聚，眼睁睁看着自己又老了一岁，像一头蜗牛，在青春路上爬行。

很多故事写得太久会忘记写文的初衷，但是写这个故事的时候却不会这样，加是成长，减是还原，乘是勇敢，除是平淡，每一场相爱都有它的规则，而每一段感情都要有一个结果，哪怕在开始的时候，便已经算错。

这个故事其实是为了写给小T，因为你，让我觉得自己对写作的坚持是一种幸福。

感谢喵酱和鹿鹿的全程鼓励，你们对于我这样一个无良到恬不知耻的拖延症患者，真的给予了很大的耐心。

最后特别感谢程菲，偶然的相识却真的是一见如故，感谢你在我赶稿发疯的那些夜里陪我话痨。如果可以，请一定让我在明年的伦敦奥运会上见到你，因为坚持已经是一种胜利，那无关成绩。

感谢看到这本书的所有人，我爱你们！

嫣然猪于6月15日凌晨

图书在版编目（CIP）数据

加减乘除，都是爱 / 如是嫣然著 .—北京：当代世界出版社，2011.8
ISBN 978-7-5090-0765-5

Ⅰ. ①加… Ⅱ. ①如… Ⅲ. ①长篇小说 – 中国 – 当代Ⅳ. ① I247.5

中国版本图书馆 CIP 数据核字（2011）第 146201 号

加减乘除，都是爱

作　　者：如是嫣然
出版发行：当代世界出版社
地　　址：北京市复兴路 4 号（100860）
网　　址：http://www.worldpress.com.cn
编务电话：（010）83908456
发行电话：（010）83908410（传真）
（010）83908408
（010）83908409
（010）83908423（邮购）
经　　销：新华书店
印　　刷：北京普瑞德印刷厂
开　　本：730mm × 960mm　1/16
印　　张：14
字　　数：220 千字
版　　次：2011 年 11 月第 1 版
印　　次：2011 年 11 月第 1 次
书　　号：ISBN 978-7-5090-0765-5
定　　价：25.00 元